Einaudi. Stile Libero Big

Loriano Macchiavelli

Delitti senza castigo .

Un'indagine inedita di Sarti Antonio

Einaudi

ISBN 978-88-06-24200-8

Delitti senza castigo

Personaggi e comparse in ordine di apparizione sulla scena dei troppi misfatti.

SARTI ANTONIO, sergente, questurino in quel di Bologna.

ROSAS, il talpone che ne sa piú di Sarti Antonio (e ci vuole poco).

RAIMONDI CESARE, ispettore capo e superiore del mio questurino.

UN COMPAGNO di lotta di Rosas, ma siamo nel '77.

FELICE CANTONI, agente, guida l'auto 28 con la perizia di Stirling Moss e se non sapete chi era Stirling, vuol dire che siete vergognosamente giovani.

SIGNORA che chiude in casa i ladri.

SETTEPALTÒ, uno che vive con dignità la sua miseria e il suo altruismo.

VETTURINA, un'ex bella di notte.

UN'ALTRA EX BELLA DI NOTTE.

LA BIONDINA, una bella di notte ancora per qualche anno.

DUE RAGAZZI che facevano l'amore sotto i portici.

UNA SAGOMA con la rivoltella in tasca, una delle tante.

ELENA, signora sui trentacinque, manonlidimostra, piuttosto bella e gentile, prego accomodatevi e un sorriso di quelli che non si dimenticano. Il marito le ha regalato villa Rosantico, sui colli bolognesi.

GUIDO L'ARMADIO, di cognome fa Gladrò, uno grande e grosso e con una folta chioma scura nonostante l'età.

BASTIANI, cavalier ROBERTO, titolare dello stabilimento di acque minerali e marito della piuttosto bella e gentile Elena.

QUINTALE, proprietario di uno storico motofurgone Guzzi E.R. del 1938. Dà una mano a SETTEPALTÒ quando ci sono trasporti pesanti.

POLI UGO detto lo ZOPPO, vice ispettore aggiunto.

CINNO e POLDO, due giovani che volevano diventare campioni di calcio. E chissà quali erano i loro veri nomi.

GIANLUCA STEFANETTI ovvero l'UOMO CON LA VESTAGLIA, individuo ambiguo di professione regista teatrale.

FANTUZZI, collega di Sarti Antonio.

IL DOTTORE, un giovanotto di Cirò che non è dottore.

L'UOMO CON IL FUCILE, che parla *arbëreshe*.

TANO, albergatore premuroso, chissà perché.

ZIRAFFÈ, un vecchio contorto e secco come il tronco di un ulivo secolare.

SALVATORE, suo nipote, diciassette anni e un futuro nel calcio di serie A.

SPAZZOLA, un tipo tranquillo.

LORETTA, una ragazza disperata e suicida.

PARTIGIANI della 63ª Brigata Garibaldi.

WALTER REDER, maggiore delle SS, monco, boia e tornato, per grazia di un politico e squallidi interessi internazionali, uomo libero.

ELVIRA, una madre.

GUSTON AL BARCARÔL di Casteldebole.

BRUNELLO VALENTI, veterinario.

L'autore al lettore.

Ho scritto il romanzo in quel di Montombraro e il 4 ottobre 1998, domenica, giorno di San Francesco d'Assisi. O di San Petronio. Scegliete voi il santo che preferite. Il 4 ottobre l'ho sospeso in attesa di trovare un finale che mi soddisfacesse.

Nel frattempo avevo cominciato a scrivere con Francesco Guccini il nostro *Macaroní* e Sarti Antonio, sergente, è passato in secondo piano.

È ambientato in una città, Bologna, in un periodo vissuto pericolosamente, che poi chiamammo «anni dello stragismo». Siamo nel 1992-94, cioè una vita fa. I principali protagonisti, Sarti Antonio, sergente, e Rosas erano nati nel 1974 ed erano ancora lí a guardarmi dalle loro pagine.

Nel 2018, vent'anni dopo e prima di inviarlo all'editore, me lo sono riletto e l'ho completato. Per ciò troverete accenni ad avvenimenti e riflessioni che non appartengono agli anni 1992-94 e 1998 ma che da quegli anni derivano.

Il romanzo è mio e mi è permesso.

Se devo essere sincero, e di recente accade sempre meno, non so, ovvero non ricordo, quando, come e perché mi sono messo dietro Sarti Antonio, sergente. Sta di fatto che un bel giorno del 1974 me lo sono trovato fra le pagine, l'ho studiato, l'ho guardato in faccia e mi sono detto:

«Un questurino cosí non esiste. Vuoi vedere che è il tipo giusto?»

Avevo ragione: Sarti Antonio, sergente, era il tipo giusto per quegli anni. E anche per i successivi, visto che viaggia ancora sull'auto 28. E sono quarantacinque anni.

Ci sarà un motivo, no?

Prologo.
Qualche notizia sul passato dei personaggi, compresa la città, prima di entrare nella storia

Non si sa come Sarti Antonio sia arrivato a Bologna dalla montagna dove pare abbia avuto i natali. Forse lo ha trascinato la piena del Reno, come dicevano i bolognesi veri, quelli nati *såtta al pûr zîl ed Bulågna*, per i montanari approdati in città. Non si tratta del Reno che scorre maestoso e regale dalle Alpi al mare del Nord, la piú importante arteria fluviale dell'Europa.

Il Reno di Sarti Antonio sta all'altro Reno come un *masnadûr* per macerare la canapa sta all'oceano. Atlantico o Pacifico, non fa differenza. Il suo è un fiumetto tranquillo che lungo il percorso prende a prestito il letto di un altro fiume. Infatti, chissà quando e chissà perché, prima di arrivare al mare lo hanno deviato e incanalato nel vecchio letto abbandonato del Po.

Un fiumetto tranquillo che però quando s'incazza fa paura. Capitava ogni tanto. Ma c'entra poco. Tanto per dire.

La città dove Sarti Antonio, sergente, si muove, vive, beve un caffè dopo l'altro, si è preso la colite spastica di origine nervosa, incontra tutti i guai della sua vita, è Bologna. Ex isola felice, ex grassa, ex dotta e con la piú antica ex università d'Europa.

Questo in superficie, alla luce del sole. Sotto sotto nasconde tanti di quei segreti, tanti di quei delitti, tanti di quei misteri che uno solo di tutti quei tanti, sarebbe già troppo. La fortuna di Bologna è che nessuno si prende la briga di scavare nel suo passato, nel suo presente e nel suo futuro. Nessuno, o quasi, va a rimescolare nei suoi rifiuti. Sarti Antonio, sergente, per il suo mestiere e controvoglia, è costretto a farlo.

In un giorno di particolare buonumore e mentre si massaggiava la pancia per uno dei tanti attacchi di colite spastica, l'ho sentito borbottare:

– Per conoscere una città, come per conoscere una persona, non c'è nulla di meglio che frugare nella sua immondizia e, perdio, io l'ho fatto, oh, se l'ho fatto!

Testuale.

Nonostante l'immondizia, Sarti Antonio, sergente, a questa città ha voluto, e vuole ancora, un bene dell'anima.

Per farvi capire. A Bologna ci sono delle strade che, per quanto facciano le autorità competenti, erano malfamate e sono rimaste malfamate. Non per colpa degli abitanti che sono buoni o cattivi, onesti o disonesti come in ogni altra via di una qualsiasi città. È l'aria che vi si respira, sono i lunghi corridoi umidi e in penombra; sono i portici bassi e pavimentati con mattoni che i secoli hanno sconnesso, è l'eterno chiaroscuro che solo un paio di volte l'anno lo cede a un raggio di sole, è la tristezza che esce dalle persiane chiuse o spalancate, ma comunque segnate dalle intemperie; è la vicinanza dei muri fra loro, l'angustia di certi cortili, lo stento di un albero spuntato per caso fra una mattonella e l'altra nell'umidità di un androne vecchio quant'è vecchia la città.

È che, quando passi per quelle strade, lo stato d'animo si adegua ai colori stinti e agli intonaci scrostati e lo sguardo indifferente di uno che incroci si fa inquisitore. Ma in realtà non è cosí: qui la gente pensa ai casi propri esattamente come altrove e una donna seduta davanti a

una finestra a rammendare calzini non è necessariamen-
te una puttana. E un bimbo che gioca a palla in uno dei
pochi cortili interni non ancora trasformati in parcheggio
non è un orfano sulla strada del vizio.

Eppure, non c'è scampo: la storia non sta alle spalle,
come sostiene qualcuno dallo sguardo corto; la storia sta
davanti e allora le nuove facciate e i nuovi colori distesi
sulla ristrutturazione del centro storico assumono qui
una superficie e un colore diversi che altrove. Sono fuori
posto. Il rosso classico della città è triste; il giallo non ha
vita e lo splendore di un intonaco appena tirato è come
una cravatta annodata sulla canottiera di un muratore.

Non c'è verso: le strade hanno un loro carattere e non
si possono violentare. Sono come gli uomini.

In questa città, oltre a Sarti Antonio, sergente, e a una
quantità di altri personaggi piú o meno strani, ci vive e
si muove (il meno possibile) anche Rosas, di non si sa bene quale professione e residenza. Uno strano e beffardo
destino lo ha fatto incontrare con il mio questurino, con
Sarti Antonio, sergente.

Due personalità piú diverse io non le ho mai viste. Sarà
per via che gli opposti si attraggono, il meno si attacca al
piú e gli uomini alle donne.

In quest'ultimo caso, la regola è generale ma non tas-
sativa.

Rosas è...

Raramente ho descritto il viso di una persona. Comunque...

Rosas porta gli occhiali, due lenti grosse cosí, e ha la
faccia di una faina. Il mio questurino lo conosce da un po'.

Fa discorsi che Sarti Antonio capisce per metà, si trova
spesso dove c'è da mettere in crisi le certezze di una po-

litica miope. Negli anni Settanta lo potevate incontrare davanti alle fabbriche (occupate o da occupare), dentro le scuole (indiscutibilmente da riformare), durante le manifestazioni (pacifiche o provocatorie), all'occupazione di case (sfitte o in ristrutturazione)... Collabora a qualche giornale di estrema sinistra, che non lo paga perché il lavoro in favore del popolo non ha prezzo.

Oggi il problema non esiste piú perché di giornali di sinistra non se ne vedono in giro e quindi non c'è il pericolo che si metta a collaborare con alcunché.

Da anni è in attesa di laurearsi; scrive, dice lui, un romanzo che chissà quando troverà un editore. Insomma, cazzate.

Veste come capita. Un impermeabile sgualcito, una giacca piú grande di un paio di taglie... E trascina sui pavimenti dei portici due sandali sbrindellati.

Vive di espedienti. Il piú redditizio è quello di vendere i suoi servigi al mio questurino. Nel senso che Sarti Antonio, quando non sa piú da che parte voltarsi, va a trovarlo nella sua tana di Santa Caterina, gli porta un pacchetto di caffè, gliene prepara una macchinetta e, parlando del piú e del meno, gli chiede consigli. Quando per il mio questurino le cose sono messe male, ma male male, Rosas può anche pretendere una cena. Dove si spende meno, ma Rosas non si formalizza. È uno di bocca buona. Al piú borbotta, prima di entrare in una delle tante osterie da quattro soldi:

– Hai paura di andare a rovinarti, questa sera?

Sarti Antonio l'ha incontrato in piazza, durante una manifestazione sediziosa, come ama ripetere Raimondi Cesare, ispettore capo e capo del mio questurino.

È andata cosí.

C'è, sospesa su piazza Maggiore, la certezza che le cose si stanno mettendo male per Bologna e per i benpensanti che l'abitano.

I benpensanti amano questa città. Anche quando l'aria si è fatta pesante e allo smog si è aggiunto l'odore dei lacrimogeni.

Le manifestazioni studentesche sono all'ordine del giorno. Qualche volta sono anche operaie, oltre che studentesche.

Studenti, operai, uniti nella lotta!

E per far fronte alla sedizione terroristica, c'è bisogno di poliziotti e ancora poliziotti. Sarti Antonio, sergente, viene reclutato anche se quello di piazza non è il suo lavoro, non è addestrato.

Gli ficcano l'elmo in testa, gli mettono a tracolla un tascapane pieno di lacrimogeni, gli piantano nella destra il manganello regolamentare. Di gomma, ma duro come l'acciaio. Nella sinistra gli infilano uno scudo di plastica. Poi lo spingono sul cellulare e via, in piazza Maggiore.

Prima di farli scendere e schierarli in ordine antisommossa, il questore ordina:

– Indossare la maschera antigas!

Il questore ha la fascia tricolore di traverso sul petto e sulla pancetta prominente.

I dimostranti gli ridono in faccia. La mancanza di rispetto dei giovani studenti per le Forze dell'Ordine è scandalosa.

Il questore ordina lo scioglimento della manifestazione. I dimostranti gli ridono in faccia.

Il questore fa partire i tre squilli di tromba, come da regolamento. I dimostranti gli ridono in faccia.

Il questore ordina ai suoi di caricare. I dimostranti non gli ridono piú in faccia.

Sarti Antonio, sergente, con quell'accidente di antigas sul viso, non ci vede una madonna. O ci vede un quarto di quanto dovrebbe. Alza il manganello e lo tiene sollevato in aria per avvertire: «Guarda che meno. Ti conviene sloggiare». Ci credono in pochi.

Nel casino che si è scatenato in piazza Maggiore, il mio questurino si trova davanti al vetro della maschera il muso da faina di Rosas, un fazzoletto sul naso e sulla bocca e un paio d'occhiali dalle lenti grosse cosí. Piange come un vitello da latte: il fazzoletto sul viso non serve contro i lacrimogeni. Ci vogliono limoni, e anche quelli servono il giusto.

Prima di calare il manganello, Sarti Antonio, sergente, grida:

– Te ne vai o no?

Da sotto la maschera antigas qualcosa è arrivato a Rosas. Infatti anche lui grida:

– Se no cosa mi fai, questurino di merda? – ma gli occhi, dietro le lenti, hanno una paura che fa i piccoli.

I tre, quattro secondi che Sarti Antonio, sergente, aspetta prima di calare il manganello servono a Rosas per sparire nella calca, oltre la cortina dei lacrimogeni.

Lo ha rivisto qualche giorno dopo. Niente manifestazione. Un caffè in un baretto di periferia dove lo fanno buono, a sentire il mio questurino.

Guarda bene in faccia il tipo.

Una faccia che, messa a fuoco una volta, non si scorda piú.

– Che ci vai a fare in piazza? A prendere manganellate?

– Pagami la colazione e te lo spiego.

Gliel'ha pagata, ha ascoltato le sue chiacchiere su sfruttati e sfruttatori, termini che oggi non s'usano piú, anche se sfruttati e sfruttatori sono sempre lí a prenderle e a darle.

Non le ha capite, le chiacchiere del talpone, e si sono poi rivisti un sacco di altre volte, dopo. Ma questo lo sapete.

Non sapete, ci scommetto, della testimonianza di uno dei compagni di lotta di Rosas. La forní quando la lotta era finita da un pezzo e le cose erano come prima. No, peggio.

– L'ho conosciuto nel '77. Erano i tempi degli scontri con la polizia, a Bologna. Eravamo arrabbiati, esaltati e soprattutto giovani. Per anni io e Rosas abbiamo condiviso tutto: studi, assemblee, manifestazioni, dibattiti. E donne. Io ero ricco e brillante, lui era povero e intelligente. Sono due combinazioni che le donne adorano. Credo di non sbagliare se dico che la situazione, lui povero e io ricco, non ci ha mai dato fastidio, non ci ha mai creato il minimo problema. Lui mi chiamava Principe, e io lo chiamavo Stracci, che era un poveraccio in un film di Pasolini. Mi pare *La ricotta*, del '63. Lui trovava normale che io gli pagassi la cena e io trovavo normale pagargliela. Non so se abbia un senso dirlo oggi, dopo tanti anni, ma eravamo tutti e due assolutamente liberi. Io, rientrato in Italia dopo il *college* in Svizzera, avevo definitivamente chiuso con mio padre e vivevo tra l'appartamentino di Bologna e la casa a Pianoro. Rosas, be', Rosas secondo me non ha mai avuto una famiglia. Non l'ho mai sentito parlare di suo padre, di sua madre, di un fratello, o uno zio, un nonno. Niente, neanche una parola. Non so nemmeno se sia di Bologna. A volte, da come parla, penso che venga dal Sud, altre volte mi sembra ligure, e altre volte ancora veneto. Per fartela corta, ci sentivamo senza legami, pronti per una nuova vita, per una nuova società. Poi un giorno è finita. È finita perché eravamo due leader, e due leader come noi, quando si scontrano, è per sempre. Mi dispiace molto, mi dispiace molto: Rosas è forse la persona piú intelligente che io abbia conosciuto.

I.

... e adesso che li conoscete, cominciamo con il mio
questurino

Una giornata iniziata con la rapina alla Cassa di Risparmio, succursale Bolognina...

Bolognina, quartiere a nord della stazione ferroviaria. Diventerà nota, tristemente secondo alcuni, come luogo dove Occhetto comunicò la famosa svolta che portò alla morte del Pci e alla conseguente nascita del Partito Democratico della Sinistra.

Come se bastasse un Occhetto per far morire il comunismo e far nascere un partito democratico.

In tutto questo la Bolognina non c'entra nulla. Lei ha subito.

Una giornata iniziata con la rapina alla Cassa di Risparmio, succursale Bolognina, non si presenta niente bene.

Alle otto e venti, orario d'apertura.

Banditi abituati ad alzarsi presto.

Alle otto e trenta l'elicottero della polizia è già in zona a volteggiare inutilmente. A bassa quota sopra la Bolognina. Dei banditi si è perso anche l'odore.

Nel caos del traffico del mattino, la corsa dell'auto 28, con Felice Cantoni, agente, al volante, ha tolto un altro paio d'anni alla vita del mio questurino Sarti Antonio, sergente. Anche se l'auto 28 è un sogno di perfezione meccanica e Felice Cantoni un buon manico che se la cava piuttosto bene fra biciclette, motorini, auto, autobus che, posso assicurare, a quell'ora del mattino sono un muro.

Ma non è finita: da un po' di tempo in qua, Bologna non ha niente da invidiare alla Chicago degli anni che ruggivano.

Sarti Antonio e Felice Cantoni sono ancora dinanzi alla succursale della Cassa di Risparmio a tentare di capire qualcosa della rapina e dalla Centrale arriva un'altra richiesta d'intervento con procedura d'urgenza.

– Auto 28, auto 28, recarsi immediatamente ai Giardini Margherita, dove una ragazza è stata picchiata da alcuni teppisti. Auto 28, auto 28...

– Capito, Centrale, capito, ci rechiamo immediatamente. E qui chi ci pensa?

La voce acida di Raimondi Cesare, ispettore capo, si sostituisce a quella dell'operatore: – Se permetti sono problemi miei, Sarti Antonio. Lascia che ci pensi io, èverocomesidice. Il tuo compito è...

– Agli ordini, dottor Raimondi.

Altra corsa dell'auto 28 e altri due anni di vita lasciati sulle strade di Bologna. Senza risultati pratici: i teppisti non hanno atteso i poliziotti. La ragazza sí, lei ha atteso e Sarti Antonio, sergente, la trova seminuda, consolata dai vecchietti e dalle mamme che portano i piccoli a pascolare ai Giardini Margherita. Un nonno ha addirittura coperto, con la sua giacchetta di pensionato, le spalle graffiate della ragazza. Come vedete, nonostante tutto, nei bolognesi resta un senso di civica umanità e la giacchetta che il pensionato si è tolto per coprire la disgraziata ne è un segno.

Il tempo di prendere nota della descrizione dei teppisti e di nuovo la voce sgradevole della Centrale:

– Auto 28, auto 28... – e via verso una nuova avventura.

Una gioielleria in via Andrea Costa, nei pressi dello stadio e sui viali, l'auto di Felice Cantoni la fa da padrona.

– In quanti erano, com'erano vestiti, che accento avevano, da che parte e su che auto sono scappati...

– Non sono scappati su un'auto, erano a piedi.

– Allora non sono lontani, Felice! Cerchiamo nelle strade qua attorno!

Cercano, ma nessun risultato: i delinquenti si sono confusi fra la gente perbene. Ce n'è ancora, nonostante tutto.

Solo dopo aver perduto la speranza di recuperare i gioielli, Sarti Antonio, sergente, si concede un caffè, il primo decente di un'indecente giornata di pattuglia per le strade di Bologna a rincorrere delinquenti che fanno perdere le loro tracce.

Ordinare un caffè e non poterlo bere fa incazzare ancora di piú. Altra segnalazione via radio e altra corsa sulla 28 per raggiungere una signora che giura di aver chiuso in casa i ladri.

– Signor poliziotto, sono rientrata dalla spesa e ho trovato la porta accostata. Sono sicura di averla chiusa uscendo. Ho sentito dei rumori e ho chiuso di nuovo a chiave senza entrare. Ho telefonato subito al centotredici... Ho fatto bene?

– Ha fatto benissimo. Cosí i ladri sono dentro?

Gli inquilini, radunati sul pianerottolo, sono concordi: dall'appartamento non è uscito nessuno e la finestra è al quarto piano.

– Le chiavi, signora –. Gliele consegna e lui le infila nella toppa.

– Ma che fa? Entra senza la pistola?

Sarti Antonio si riprende le chiavi dalla toppa e spiega: – La pistola è nel cassetto del comodino, in camera mia, – e ha ragione: affrontare i ladri con la pistola in pugno significa farsi sparare in bocca. Certi disperati non vanno per il sottile. E rimette la chiave nella toppa.

Non c'è bisogno di pistola: dei ladri non c'è ombra e il casino che la signora ha sentito rientrando dalla spesa lo ha provocato il gatto per conquistarsi un paio di bistecche posate a scongelare sul frigo.

– La prossima volta, signora, uscendo di casa ricordi di rimettere le bistecche nel frigo. O tenga il gatto al guinzaglio.

– *Mò sé, adès a métt al guinzâi al gât!* Guardi che non sono micca ancora rimbambita!

– No?

Avanti cosí fino a sera e Sarti Antonio ci arriva, a sera, ridotto a uno straccio. Non Felice Cantoni, agente, che quando corre sulla 28 è a nozze. Ognuno ha i gusti che ha.

Dunque, a sera, Sarti Antonio trascina i piedi verso casa e nei pressi dell'arco del torresotto di via Piella, l'antica porta della Cerchia del Mille, incrocia Settepaltò e la sua bici carica come un vagone ferroviario. È incredibile quante cose Settepaltò riesca a metterci sopra.

– Antonio, Antonio, senti!

Far finta di essere diventato improvvisamente sordo? Non si può, non si può anche se Sarti Antonio non vede l'ora di salire in casa, prepararsi un buon caffè e goderlo intensamente, seduto in poltrona e dinanzi al televisore acceso e senza audio. Non ha cuore di deludere il buon vecchio.

– Antonio, Antonio, ce l'ho! Ne ho trovato uno della tua misura! – e già Settepaltò smonta i cartoni appesi alla bici. Lui, il mio questurino, sa cosa sta cercando, per cui:

– Lascia perdere. Ti ringrazio per il pensiero, ma non lo voglio, sono stanco e...

– No, no. Lo devi mettere e subito, Antonio. Guarda che questa sera le radiazioni sono molto piú forti del solito, – e il buon vecchio continua a frugare. – Sono sicuro... è da qualche parte, – e per cercare meglio, comincia a scaricare la merce.

– Ci mancava anche questa, – borbotta il mio questurino.

Pacchi di vecchie riviste, scatole vuote di detersivi e biscotti, rotoli di carta igienica, vecchi barattoli di creme di bellezza usate in gioventú da chissà quale nonna e con scarsi risultati, collezioni di «Topolino» anni Trenta (una rarità) e una quantità di altri vecchi oggetti finiscono a ingombrare lo stretto porticato di via Piella, costringendo i passanti a uscire sulla strada.

– Hai svaligiato un magazzino?

Settepaltò sorride. Settepaltò sorride sempre, ha stampato sul viso il timido sorriso dei semplici.

– No, no, mi ha chiamato una signora... Una villa, Antonio, una villa! Dovresti vederla: piscina, campo da tennix... – Continua a dire tennix, anche se Sarti Antonio lo ha sempre corretto. Per lui si gioca a tennix. – Ci sono persino le due torri. La signora mi ha chiesto di sgomberare la soffitta e ho dovuto fare quattro viaggi, – e finalmente trova. – Ecco, lo sapevo!

Da un deformato contenitore di Dash, quello che se lo restituisci te ne dànno due di un'altra marca e non so perché gli interpellati rifiutino sempre, estrae trionfante un elmetto.

Non m'intendo di guerre e cose militari, ma a lume di naso e dai simboli stampigliati sopra, può essere un elmetto tedesco dell'ultima guerra. Ultima per il momento.

Anzi, a guardarlo meglio direi dell'SS.

– Provalo, Antonio, provalo. Se ti va bene, è tuo. Nuovo, – e mostra l'interno perfettamente conservato, con le regolamentari strisce di cuoio antiurto.

Prima che possa impedirlo, Sarti Antonio si trova l'elmetto piantato in testa e Settepaltò che, allontanatosi di due passi, ne gode l'effetto.

– Della tua misura, Antonio. È meglio del mio, è di prima della guerra e con quello in testa, le radiazioni...

Una signora che porta a spasso il cagnolino per la pipí della sera guarda Sarti Antonio, guarda il casino che il vecchio ha combinato sotto il portico, mormora qualcosa a Fuffi e lo trascina via prima che bagni i cartoni. Già li annusava e sembravano di suo gusto.

Il questurino si sente ridicolo, e lo è, ma per non deludere Settepaltò, non si toglie l'elmo da guerriero della Seconda guerra mondiale. Si limita a borbottare:

– Non mi pare il caso...

– Non ti piace? – e il sorriso si fa triste. – Guarda che è meglio di quelli di plastica che si usano oggi.

– Ci credo, ma il mio capo non vuole che io vada in giro...

– Ne troverò uno anche per lui. Che misura porta?

Sarti Antonio, che è un buono, dice: – Piú o meno come me.

– Ha una bella testa, eh, Antonio?

Il questurino saluta con un cenno e lascia il vecchio. Fuori dalla sua vista, si toglierà l'elmo tedesco.

Prima di svoltare controlla: il buon vecchio sta ricaricando la mercanzia sulla bici. Ci metterà un paio d'ore. Si poteva deluderlo?

Accanto al primo contenitore di rifiuti che la civica amministrazione ha messo a disposizione dei cittadini, fra l'altro facendo pagare una bella quota, Sarti Antonio si toglie l'elmetto e apre il cassonetto per gettarlo dentro. Lo trattiene il rimorso. Magari Settepaltò, passando accanto al cassonetto, ci fruga dentro e lo ritrova.

Riprende la via di casa, l'elmo sotto il braccio.

Con discrezione sale le scale del condominio e con discrezione apre la porta dell'appartamento. La scommessa di ogni sera: entrare in casa senza che la Grassona della porta accanto si accorga del suo ritorno.

La Grassona sta tutto il giorno alla porta, orecchie tese, e appena il questurino infila le chiavi nella serratura, ecco che la porta della Grassona si socchiude e la Grassona gli sorride, con il sorriso stupido delle grassone vicine di casa.

Sarti Antonio non ha ancora capito cosa voglia da lui. Lo ha capito anche troppo bene, ma cerca di dimenticarlo.

Questa sera vince la scommessa e in casa può preparare un caffè come dio comanda, un caffè che sorseggia sdraiato sulla poltrona, al buio e in mutande, i piedi nudi sul davanzale della finestra spalancata e lo sguardo al quarto piano del fabbricato di fronte. Andrà a letto solo dopo la ragazza che si spoglia in vetrina. Accade quasi tutte le notti.

Non questa notte. Il programma televisivo interessa la ragazza, anche se Sarti Antonio non capisce cosa possa attirare nella tivú. La tivú passa roba da accapponare la pelle. Specie in estate.

Una giornata infame finita con un buon caffè e con la speranza, delusa, di rubare l'immagine di una bella ragazza nuda.

Il mio questurino non ha poi grandi pretese.

2.

Un signore elegante, grosso, alto come un armadio e
calvo. E cattivo

Felice Cantoni, agente, suona il campanello di casa Sarti e il mio questurino è pronto, sbarbato e in ordine per
riprendere il servizio al servizio della comunità.

Ieri è finito con un buon caffè, oggi inizia con un buon
caffè.

A volte basta, per una giornata decente. Se il caffè è
come dio comanda.

Lo fanno nel baretto del mercatino di Ugo Bassi e i due
ci vanno prima di tornare in Centrale.

Un caffè per Sarti Antonio, sergente, e un cappuccino
con l'orzo per Felice Cantoni, agente.

– Gusti barbari, – commenta per sé il questurino al cattivo odore d'orzo tostato che esce dalla tazzina del collega.

Per buona sorte e per grazia della delinquenza locale,
le acque in città sembra si siano calmate e la Centrale si
fa sentire solo per comunicazioni di scarsa rilevanza. Felice Cantoni, agente, si fuma la prima sigaretta del giorno
sbuffando il fumo dal finestrino della 28 e stando bene
attento che nemmeno un filo arrivi al sofisticato naso del
collega superiore. I dialoghi che passano sia a bordo della
28 (un'auto da fare invidia all'avvocato Agnelli) sia in questura, sono privi di interesse per la storia che vado raccon-
tandovi, e Sarti Antonio, sergente, ha tutto il tempo di
bere i caffè dei quali sente la necessità, nei bar sparsi per
Bologna e selezionati allo scopo.

Verso sera l'auto 28 percorre vicolo del Falcone a passo d'uomo.

Vicolo del Falcone merita due righe: è una vecchia e deteriorata strada del centro storico, proprio sotto le colline che fanno corona alla città, e in passato, mettiamo prima della guerra e fino a qualche anno dopo, era nota per essere residenza di diseredati. Dal Medioevo al giorno della Merlin, vi avevano sede molte case di tolleranza, casini in gergo locale.

Per gli ultimi arrivati, il giorno della Merlin non è come il giorno della merla, ma ricorda il 20 febbraio 1958 quando, per la legge che portava il nome della prima firmataria, signora deputata Merlin, i casini vennero dichiarati illegali.

Dunque, vicolo del Falcone: diseredati piú casini uguale delinquenza, secondo il giudizio dei benpensanti.

Non è del tutto vero. Nel Falcone ci hanno abitato e ci abitano persone che conosco e per le quali sono pronto a mettere le mani sul fuoco.

Facciamo una sola, la sinistra, perché non si sa mai.

Case basse e scrostate, antichi muri imbevuti da secchiate di umidità, vecchie prostitute e vecchi protettori (le giovani prostitute e i giovani protettori si sono aggiornati e hanno cambiato sede), possibili vecchi clienti, uomini già ubriachi e uomini che lo saranno nel giro di qualche ora... Insomma tutta la varia umanità che popola le nostre città e questa sera c'è anche Rosas, appoggiato a una colonna, in discreto colloquio con una signora di facili costumi, non piú in giovane età, accomodata su una sedia, sotto il portico.

– Fa' il giro dell'isolato, – dice il mio questurino a Felice Cantoni, agente. – Risali per via Paglietta. Vediamo che ci fa il talpone da queste parti.

– Non si può, Antonio.

– Come, non si può?

– Via Paglietta è senso vietato.

– E tu fregatene, accidenti! Siamo o non siamo la polizia? – grida Sarti Antonio. Guarda dritto in faccia il collega e borbotta: – Quando do un ordine... mai che rispondi signorsí.

Neppure stavolta Felice Cantoni risponde signorsí. Si stringe nelle spalle e l'auto 28 risale via Paglietta. Con precauzione. Metti il caso che un ciclomotore esca da una laterale e graffi la 28. Se accadesse, lui, Felice, potrebbe anche uccidere il collega che gli ha ordinato l'infrazione. Dopo, anche il giovanotto del ciclomotore.

Non succede e all'incrocio con il Falcone Sarti Antonio fa segno di fermare e aspettarlo. Scende e mentre, in silenzio e con la circospezione di un gatto in caccia, si avvicina a Rosas, Felice Cantoni borbotta:

– È ora di chiudere e lui, nossignore, ne trova sempre una.

A due colonne di distanza Sarti Antonio, sergente, si ferma e ascolta il colloquio fra un ex anarchico, ex rivoluzionario, ex tutto dopo il Sessantotto, e una prostituta tanto in là con gli anni da essergli nonna.

– E non hai veduto altro? – le sta chiedendo il talpone.

L'anziana signora risponde con voce roca, rovinata dalle troppe sigarette: – Oh, Rosas, va bene che non sono piú di primo pelo, ma non sono ancora rimbambita. Te l'ho detto: l'auto se n'è andata e Settepaltò si è rialzato con gran fatica e si è allontanato traballando, che non stava nemmeno in piedi, poveretto. Sanguinava anche, – e, fatto il suo dovere, allunga la destra aperta. – Allora, queste cinquemila?

– Ne meriti diecimila.

– Troppa grazia, non ti sprecare.

– Non le ho qui con me...

– Lo sapevo! Va' a dar via il culo, Rosas! E non farti piú vedere dalle mie parti.

– Calma, calma, Vetturina, vado a prenderle subito, – e punta dritto verso la colonna di portico dietro la quale Sarti Antonio si è appiattito: – Prestami un deca, questurino, che poi te lo rendo, – dice.

– Me lo rendi? Questa è la piú bella che ho sentito negli ultimi anni, – e non fa altri commenti. Dal portafogli sceglie il diecimila piú spiegazzato che trova...

Non ci vuole molto: ne aveva due. Adesso uno.

... lo consegna a Rosas che, a sua volta, va a consegnarlo all'informatrice. La saluta con deferenza, raccoglie un casco da cantiere, posato sul muretto del porticato, è di nuovo dal questurino, che non si è mosso dal nascondiglio, e glielo consegna. Dice:

– Deve averlo perduto Settepaltò. L'ho trovato là in terra, – e indica i cartoni accatastati nell'occhio del portico, pronti per essere caricati sulla bici. – Come vedi, è insanguinato.

– Ha avuto un incidente?

– La vecchia era alla finestra e ha veduto una macchina da ricco... Ha detto proprio cosí: da ricco. Ha veduto una macchina da ricco fermarsi accanto a Settepaltò. È sceso un signore elegante, grosso, alto e calvo... La signora, qui, ha visto la pelata. Il tizio si è avvicinato a Settepaltò, gli ha detto qualcosa, hanno discusso e poi lo ha picchiato di brutto.

– Ha picchiato... Settepaltò? – Rosas indica il sangue sul casco. – E lui, Settepaltò?

– La signora dice che se n'è andato con le sue gambe, anche se male.

– E il grosso e alto e calvo?

– La signora ha urlato dalla finestra e lui è risalito sull'auto e se n'è andato.

– Oh, Cristo! – Sarti Antonio corre alla 28 e grida: – Felice, Felice, al Sostegnino e di volata!

– Adesso? – Nessun entusiasmo nella domanda di Felice Cantoni: – Il nostro turno è finito, Anto', – ma fa partire la 28 e Rosas salta sul sedile posteriore che l'auto ha già preso velocità. Felice guarda il nuovo cliente: – E quest'altro? Entra senza chiedere permesso...

– Felice, vuoi far viaggiare 'sto cesso?

– Non è un cesso, Anto'. Questa è la meglio vettura della Questura di Bologna.

Guai a offendere l'auto 28. Come se insultaste sua moglie. No, peggio.

Una volta tanto Sarti Antonio non si preoccupa della velocità. Si rigira fra le mani il casco insanguinato.

Lo trovano sdraiato sul lettino, viso pallido, gli occhi chiusi e un asciugamano umido e arrossato di sangue sulla fronte.

Lo stanzone è in ordine, anche se le cose sono tante, troppe. Un tavolo, quattro sedie, una vecchia vetrina, una cucina economica...

Cucina economica. Per gli ultimi arrivati, trattasi di una stufa di antico stampo, atta a riscaldare gli ambienti. Inoltre aveva altre possibilità. Per esempio, un ampio ripiano di ghisa che veniva riscaldato da un sottostante focolare; due forni, uno per cuocere gli arrosti e uno per tenere al caldo le vivande. Sul fianco destro era ricavato lo spazio per contenere una caldaia che, come dice la parola, scaldava e manteneva calda una certa quantità d'acqua per lavare i piatti. Tutto con qualche chilogrammo di legna al giorno.

Oltre alle suppellettili di cui sopra, nel locale tenuto in uso da Settepaltò c'è un lavandino, una rete con sovrastante materasso e in un angolo, accatastate con cura, le ultime cianfrusaglie raccolte in giro per la città. O nella soffitta di una villa. La bici è appoggiata agli oggetti. C'è pulizia, nonostante il casino.

Il poveretto indossa i sette cappotti regolamentari che, a suo dire, lo preservano dalle radiazioni. Gli manca il casco. Ce l'ha in mano Sarti Antonio. Non apre gli occhi quando il questurino gli toglie l'asciugamano dalla fronte. Sul viso ha graffi e lividi e gonfiori e un occhio nero.

– Dammi una mano che lo carichiamo sull'auto.

Sulla 28 Felice Cantoni, agente, tiene un occhio alla strada e l'altro al retrovisore, preoccupato che il sangue non sporchi i sedili dove sta disteso Settepaltò. Dal cruscotto prende uno straccio lavato e stirato e lo passa a Rosas, dietro, accanto al poveraccio.

– Mettiglielo sotto la testa.

Il medico di guardia assicura che il disgraziato è ancora fra noi: – Ma non so per quanto.

Le prime cure fanno aprire gli occhi al ferito, ma è in un tale stato di confusione che non riconosce gli amici.

– Ne abbiamo ancora per molto? – chiede Felice Cantoni. Ha abbandonato la 28 incustodita per alcuni secondi.

– Cosa vuoi che ne sappia? Se devi andare, vai e non rompere i coglioni. Lasciami l'auto e vattene!

– Ti lascio l'auto? Piuttosto resto fino a domattina. Antonio, tu non metterai mai le mani sul volante della mia automobile, mai se sono vivo io.

Non c'è nulla, in ospedale, che i tre possano fare meglio di medici e infermieri di guardia e cosí Sarti Antonio si calma: – Va bene, andiamocene.

Dinanzi alla Questura, Rosas scende dalla 28 e si allontana senza una parola. Sarti Antonio si sporge dal finestrino e gli grida dietro:

– Che facciamo?

– In che senso?

– Che facciamo per Settepaltò? – Rosas si stringe nelle spalle, non risponde e si allontana. – Oh, lasciamo che il grosso pelato e bastardo la passi liscia? – continua a gridare.

– Sei tu il questurino, – borbotta Rosas tornando all'auto. – Pensi sia facile trovare il signore elegante, grosso, alto, calvo e con la macchina da ricco?

Ha ragione: oltre la metà dei bolognesi sono eleganti, grossi e calvi. Alcuni, tanti, possiedono un'auto da ricchi. Poi chissà che intendeva la signora per «macchina da ricco». Magari una Ritmo verniciata di fresco. O una Panda lavata, asciugata e stirata.

E tutti prendono la strada di casa.

Felice Cantoni, agente, accompagna il collega superiore.

Va bene, una giornata come le altre e Sarti Antonio cerca di non pensarci, ma gli torna in mente e ne parla. Difficile capire se con Felice Cantoni o per se stesso:

– Mai fatto male ad anima viva. Le sue piccole manie non dànno fastidio e chi lo conosce, cioè tutti in città, lo compatisce... Non è né matto né pericoloso...

Felice Cantoni lo ascolta, accarezza il volante e ogni tanto interviene nel monologo del collega: – Se è per questo, è piú intelligente di parecchie persone che conosco. E ha ragione se predica che la vita è pericolosa. «Metti il casco, metti il casco, Anto', se vuoi evitare guai».

– Me lo ripete ogni volta che lo incontro. Figurati, qualche giorno fa non aveva un casco e mi ha regalato un elmetto della Seconda guerra mondiale.

– Tutti dovremmo avere un casco personale. Ci eviterebbe un sacco di guai.

Sarti Antonio guarda il collega al volante: – Dài i numeri anche tu? Che significa che tutti dovremmo avere il casco personale?

– È un modo di dire, Anto', un modo di dire, – e Felice Cantoni rinuncia a spiegare che il casco al quale allude è una metafora.

Forse neppure lui, Felice Cantoni, agente, sa cosa sia una metafora.

In certi momenti è difficile dialogare con il collega. Metti solo che abbia problemi che non riesce a risolvere o che la colite gli morda le budella e diventa intrattabile. Però, come si fa a dargli torto? Come non comprenderlo?

3.
Un'ex bella di notte.
E una bella di notte

Il viso è gonfio e in certe parti violaceo: il grosso ha picchiato di brutto! Settepaltò, pallido, gli occhi chiusi, non parla. Sta come al momento del ricovero. Nessun miglioramento. Nel letto accanto al suo hanno sistemato un vecchietto dagli occhi furbi che fissano il questurino. Gli chiede:

– Un tuo parente?

Sarti Antonio nega con un gesto del capo e poi chiede:

– Non ha ripreso conoscenza?

– Ogni tanto apre gli occhi, si tocca la testa e parla di radiazioni.

Le voci, che l'incoscienza di Settepaltò registra come vicine, gli fanno riaprire gli occhi. Vede il questurino e sorride. Sorride anche il questurino e si china sul letto:

– Ooo, che ti è capitato?

– Le radiazioni, Antonio, le radiazioni.

– Ma che radiazioni e radiazioni! Ti hanno picchiato, non ricordi?

Il vecchio ci pensa su e nega con un gesto lento del capo. – Ricordo che stavo nel Falcone a raccogliere cartoni e mi sono trovato in questo letto. Senza casco, Antonio! Me lo faresti un grande piacere?

– Anche due.

– La prossima volta portami il casco…

– In ospedale?

– In ospedale è peggio e le radiazioni sono dappertutto.

– Va bene, va bene Settepaltò, ti porterò il casco. L'ho recuperato nel Falcone e l'ho lasciato a casa tua. Te lo porterò.

Ancora il sorriso triste del buon vecchio: – E mettilo anche tu, Antonio –. Indica attorno: – Vedi che succede a non proteggersi dalle radiazioni? Metti quello che ti ho regalato. Funzionerà benissimo. Mettilo, Antonio, mettilo.

È commovente l'attenzione e la cura con cui Settepaltò vuole proteggere il prossimo. Sarti Antonio, sergente, in particolare. Nelle condizioni in cui si trova, sarebbe il minimo se si preoccupasse di se stesso.

E sarà ora di dargli ciò che merita.

Raccoglie carta e cartoni e ogni porcheria che la moderna civiltà butta sulla strada. Carica tutto sulla bicicletta e la trasporta nella baracca di periferia dove vive. Vende il raccolto...

L'ironia sta proprio in questo: la gente butta, altri raccolgono e riescono a venderlo a qualcuno che ci guadagnerà una valanga di soldi.

Settepaltò ci ricava da sopravvivere onestamente senza pesare sulla comunità. In inverno come in estate indossa il casco e un numero sproporzionato di cappotti, uno sull'altro. I cappotti, come il casco, proteggono dalle radiazioni, ma, essendo di stoffa, se ne imbevono e vanno cambiati spesso. Il piú esterno, e quindi piú esposto, finisce bruciato davanti alla baracca che gli fa da abitazione. Ne indossa uno nuovo sotto tutti gli altri che poi diventerà a sua volta esterno, saturo di radiazioni assorbite e dovrà essere sacrificato al fuoco purificatore.

Quanti anni abbia, nessuno lo sa. Molti, comunque, e vissuti in beata solitudine.

In un ripostiglio che, alla necessità, si trasforma in ambulatorio d'emergenza, Sarti Antonio trova il medico di guardia. Sta baciando la caposala. Neppure bella, accidenti!

I due fanno finta di niente e il medico spiega: – Il suo amico ha solo bisogno di riposo. Ho controllato le radiografie e le ferite sono superficiali. È in stato confusionale e ripete che la colpa è delle radiazioni. Cosa c'entrano poi le radiazioni? Mi sa che è un poco... – e si tocca la fronte con l'indice.

– Lei non è di Bologna, vero? – Il medico annuisce. – A Bologna lo conoscono tutti e sanno che Settepaltò non è matto, dottore, e può essere che abbia ragione lui e che le radiazioni ci stiano ammazzando tutti. Non è matto, chiaro? – Accenna alla caposala: – Grazie e riprenda pure la visita alla laringe della signora.

È buio e non ha voglia di rincasare, cosí passa dal Falcone. L'aria si è rinfrescata tanto che le belle della notte sedute sotto il portico a far passare il tempo e ad aspettare amici stringono in grembo gli scaldini pieni di braci. Un paio di ubriachi tentano di imbastire un discorso logico, con il sostegno delle colonne del portico. L'illuminazione stradale è scarsa e chiazze di luce filtrano dai vetri dell'osteria. I cartoni accatastati da Settepaltò sono là e ci resteranno fino a quando il buon vecchio non uscirà dall'ospedale.

L'ex bella di notte che ha assistito al pestaggio di Settepaltò è seduta sulla solita sedia portata da casa, lo schienale appoggiato al muro e le mani sullo scaldino della collega accanto. Sarti Antonio va per le spicce:

– Tu vedi che lo picchiano e non prendi la targa dell'auto...

– E tu chi saresti? – lo interrompe l'attempata.

Le risponde la collega titolare dello scaldino: – Come, chi sarebbe? Un questurino, si vede di lontano che è un questurino.

– Ti dirò che non m'importa *gnente* se è un questurino. Per me i clienti sono tutti uguali, questurini o non questurini, – e ci fa su una risata catarrosa. Torna seria per chiedere: – Allora, come sta?

– I medici non ci capiscono niente.

– Tutti uguali. Ricordo che a me, uno di loro...

Sarti Antonio taglia corto con i ricordi d'infanzia: – Vorrei tanto trovare quel figlio di... – e per riguardo alla professione della signora, non completa la frase. – Allora che mi dici della targa?

– La targa, la targa! Ti pare che io vedo uno che picchia Settepaltò e mi perdo a guardare la targa?

– Sarebbe stato un bene e a quest'ora io avrei il suo nome e cognome. La gente deve imparare a prendere nota delle targhe. Se le hanno avvitate sulle automobili, a qualcosa serviranno, no?

L'ex si mette a ridere di nuovo. Il catarro le va di traverso e scatena la tosse. Si calma e dice:

– Sí, hai ragione. Io quella targa l'ho vista e ho pensato che mi faceva pensare... Indovina a cosa?

– Senti, nonna, non è il momento degli indovinelli.

– Non sono nonna. Le lettere della targa mi hanno fatto sorridere.

– Perché?

– Figurati, erano una ci e una zeta... – e le parte un'alta risata che si confonde con un altro attacco di tosse. – ... come cazzo. Ce l'hai tu il cazzo?

Ci zeta: è qualcosa. Anzi, è molto. Quante potranno essere le auto in giro per Bologna targate Catanzaro? Ha ottenuto il possibile e se ne sta andando dal Falcone quando:

– Ciao Antonio. Non è che te l'intendi con quella signora? – gli dice la Biondina.

È vestita come le ragazze della sua età e della buona società del luogo, senza distinzione di mestiere. I capelli biondi le scendono lisci sulle spalle. – Il sorriso ti fa bello il viso, – le dice il questurino. L'ha letto da qualche parte e non ha resistito

Ancora per qualche anno il suo corpo rimarrà snello e fresco e poi si avvierà sulla strada già percorsa dalle antiche belle della notte, sedute in vicolo del Falcone con lo scaldino in grembo.

– Ciao Biondina, che ci fai da queste parti? – La ragazza si stringe nelle spalle, infila un braccio sotto quello di Sarti Antonio e lo costringe ad accompagnarla. – Sei vestita come una signora.

– Io *sono* una signora! Almeno per una sera ogni settimana. E poi sono invitata a casa di… Non te lo dico: una professionista non rivela i nomi dei clienti di rispetto.

– Se ti accontenti di una vecchia utilitaria, – le dice il Sarti, – ti accompagno dal tuo cliente di rispetto.

La Biondina si stringe al braccio del questurino: – Con te, anche in bicicletta, – e per il mio questurino è un bel complimento.

Sarti Antonio si ferma e la guarda negli occhi: – Sei giovane, sei bella e per il momento sei sana. Perché non la pianti con il mestiere che ti sei scelta e…

La Biondina posa l'indice sulle labbra di Sarti Antonio e lo interrompe: – Non ricominciare con i discorsi stupidi. Ne abbiamo parlato mille volte, ognuno segue la propria strada. Perché tu non la smetti di fare il questurino?

Sarti Antonio alza le mani al cielo: – Oh, Cristo! Che c'entra un questurino con una, con una…

– Con un'indossatrice. Diciamo indossatrice, Antonio.
Io questa sera sfilerò portando abiti meravigliosi.

Gli occhi della Biondina sono chiari e il sorriso dolce,
compiuto. Sarti Antonio rinuncia a ribattere. Dice: – Devi
proprio andare?

La ragazza ci pensa su un attimo e dice: – Se avessi di
meglio da fare…

– Hai di meglio: a cena con me e dopo…

– A cena vengo. Per il dopo, si vedrà.

Fa segno di non muoversi e di aspettarla; si chiude in
una cabina telefonica, parla a lungo e animatamente e il viso le si arrossa. Torna dal questurino e ha il tono alterato.

– Accidenti, che non si possa fare i propri comodi per
una volta? Accidenti!

Salgono sulla scassata utilitaria e Sarti Antonio spera
che tenga botta almeno fino al ristorante. La Biondina si
rilassa contro lo schienale e subito le torna il sorriso.

4.
Una sagoma arzilla

Passa dal Sostegnino. Se un casco di plastica può tranquillizzare Settepaltò, non sarà lui a negarglielo. La porta è forzata e, dentro, tutto è sottosopra: riviste sul pavimento, scatoloni rovesciati, sportelli spalancati, il materasso sul pavimento... Un massacro!

Sarti Antonio si guarda attorno e allarga le braccia. Il casco sta sul tavolo, dove lui stesso l'ha posato. Lo prende ed esce.

Non c'è altro da fare. Dove mettere le mani. E soprattutto chi può voler rubare a un disperato come Settepaltò? E cosa? Una sola certezza: il grosso pelato targato Catanzaro è ancora in giro per Bologna. Meglio cosí.

Entra nell'osteria del Sostegnino. Sta proprio accanto al cancello che mette nella tana di Sette.

Ordina un caffè. Rischiando, perché non gli è mai capitato di ordinare un caffè da quelle parti. Nell'attesa dice: – Scommetto che hai veduto chi ha sfondato la porta di Settepaltò.

L'oste posa il piattino e il cucchiaino sul banco di legno, sporco da secoli, guarda in viso il cliente e chiede: – E tu chi saresti?

Sarti Antonio non ci ha mai tenuto a mostrare a destra e sinistra la patente di questurino e lo fa solo quando è indispensabile. L'oste guarda la tessera e storce il naso prima di dire:

– Scommettere è contro la legge e io non lo faccio. Eppure mi chiedo chi sia tanto disgraziato da rubare a un disgraziato. E che ci sarà mai da rubare là dentro?

– Due domande che mi sono fatto anch'io, – conviene il mio questurino e intanto si porta la tazzina alla bocca: odore sgradevole e caffè imbevibile, immagino. Comunque ci prova e assaggia. Rinuncia: – Il peggior caffè di Bologna e dintorni. Io me ne intendo e puoi credermi.

Tenendo d'occhio il cliente, l'oste sorseggia dalla tazzina che il questurino ha abbandonato. Degusta: – Vero, imbevibile. Colpa dell'acqua. Il comune ci passa un'acqua che… Imbevibile. Facciamo cosí, – e posa i gomiti sul banco, il mento sulle palme e il viso a una spanna dal naso del questurino. – Facciamo cosí: tu non mi paghi il caffè, esci dal mio esercizio e non ci rivediamo piú, d'accordo?

Un oste scortese e che non ama i questurini. Dalle parti del Sostegnino, oggi come oggi, nessuno ama i questurini.

Sarti Antonio pensa alla proposta, annuisce e si avvia all'uscita: – D'accordo. Vuol dire che tornerò con un mandato di perquisizione. In cessi come questo, che tu chiami esercizio, si trova sempre un motivo igienico per chiuderli.

– Aspetta un momento, maestro. Adesso che mi ci fai pensare… Ero sulla porta a fumarmi una sigaretta e si è fermata un'auto di grossa cilindrata, una Bmw. È stato ieri sera. È sceso un grosso pelato… L'ho perso di vista perché in quel preciso momento sono arrivati dei clienti e sono entrato con loro. Li ho serviti, abbiamo fatto quattro chiacchiere e quando sono uscito la Bmw non c'era piú.

– Targa?

– Catanzaro. Ci ho fatto caso perché mi è venuto da pensare: vuoi vedere che adesso me li trovo anche qui da me, sotto casa mia?

– Di chi stai parlando?

Un cenno leggero con il capo, il suono della lingua contro palato e denti, fate conto Marlon Brando nel *Padrino*, e chiarisce indicando un ipotetico Sud che non sa bene da che parte sia: – Quelli del tacco.

Se vogliamo dire la verità, e qualche volta la dovremmo pur dire, la situazione nella quale si trova questa città non la si deve esclusivamente a «quelli del tacco», come li ha chiamati l'oste razzista.

Sono accaduti fatti che hanno coinvolto un po' tutti, dal tacco alle Alpi, compresi gli stanziali, ma non sto qui a sottilizzare quanti delitti i locali, quanti i forestieri.

Le statistiche riservano sorprese. A volte sgradevoli.

Quando fa comodo sono quelli del tacco, poi diventano extracomunitari. Fra qualche anno, chissà. C'è sempre bisogno del capro espiatorio perché noi, nel senso di chi abita qui, eravamo, siamo e saremo innocenti.

Amen.

Sta di fatto che la città non è piú la stessa. Non è cambiata di botto, questo sí. Ha cominciato a modificarsi poco a poco. Sarti Antonio, di professione sergente, non saprebbe dire da quando. E neppure il sottoscritto, professione sconosciuta.

Quale professione appicciare a chi perde il proprio tempo dietro a uno sfigato questurino colitico?

Dunque, la città non è piú la stessa e non passa giorno senza che in una qualche via non si verifichi un pasticciaccio brutto come quello accaduto ai Garganelli.

Oggi nessuno sa piú dove siano i Garganelli.

Questa sera vi si respira il clima di malessere che da un po' di tempo circola, subdolo, sotto i portici. Ce ne siamo accorti in pochi del malessere. I politici sono ancora lí a chiedersi come sia potuto succedere.

Una notte fredda. La nebbia si taglia col coltello.

Mezz'ora e l'auto 28 sarebbe rientrata in Centrale.

– Auto 28, auto 28...

Sarti Antonio, sergente, guarda Felice Cantoni, agente, e non risponde.

Dalla Centrale ripetono altre due volte la chiamata e poi passano all'insulto: – Sveglia, due coglioni, sveglia che siete ancora in servizio.

Il mio questurino prende il microfono e ci sussurra dentro: – Mancano cinque minuti alla fine del turno, ma sentiamo, sentiamo cos'hai da comunicare di tanto urgente.

– I Garganelli. Sai dove sono, sergente? – chiede la voce con tono ufficiale.

– Di questa città conosco ogni buco. Allora?

– Andateci.

– Motivo?

– Hanno sentito degli spari...

– «Degli»? Cosa vuol dire? «Degli» va da due a una raffica.

Per quelli della Centrale è come se non avesse parlato. Vanno dritti per i loro frumentoni: – ... degli spari. Magari sono solo scorregge, ma devi andarci, cicciobello, – e il tono non è piú ufficiale.

Lenta, la 28 scende Santo Stefano costeggiando il portico. Il riflesso dei fari sbatte contro il muro di nebbia.

Alla curva dei Garganelli incontrano due fagotti accartocciati sul pavimento bagnato del portico.

Felice piazza il muso della 28 fra una colonna e l'altra e i fanali illuminano un lui e una lei.

Erano un lui e una lei. Entrambi giovanissimi. In vita e in morte.

Il lampeggiante della 28 rischiara il porticato dei Garganelli e quelli di fronte, che sono alti rispetto a Santo Stefano. Un gioco di chiaro e di scuro che trattiene i pochi passanti. Richiama anche gli inquilini dei portoni attorno, svegliati dal lampeggiante che entra dalle finestre.

In attesa che arrivino quelli della scientifica Sarti Antonio, sergente, e Felice Cantoni, agente, isolano i due fagotti con il nastro in dotazione. Il primo chiede a voce abbastanza alta:

– Qualcuno ha visto o sentito qualcosa?

Silenzio.

– Almeno due spari dovreste averli sentiti.

Silenzio.

– Chi ha telefonato in questura?

Silenzio.

Ci sono due, marito e moglie, anziani, in piedi sulla soglia del portone. Lui lo tiene aperto con un piede. Forse non ha portato le chiavi. Si sono buttati sulle spalle il cappotto dal quale spunta il pigiama di lui e la camicia da notte di lei.

Sarti Antonio, sergente, li raggiunge. – Avete telefonato voi, – e non è una domanda.

Ha telefonato lui, ma lei ha insistito molto perché lo facesse. Insiste ancora con il marito mentre il mio questurino l'ascolta:

– Te l'avevo detto che erano due spari e fra il primo e il secondo ho sentito anche un grido…

– Di uomo o donna?

– Adesso esageriamo. Io ci sento, sí… Lui non sente nemmeno il telefono. Ci sento, ma capire se era uomo o donna… – e la pianta lí, curiosa di vedere se i poliziotti fanno come nei telefilm.

Fanno come nei telefilm: quelli della scientifica indossano le tute chiare e si portano dietro, dal furgoncino, le valigette con i filtri misteriosi che scoprono tutto; i due poliziotti della seconda volante sostituiscono il nastro steso da Sarti e Cantoni con il loro.

Un motivo lo avranno.

– Allora, posso sapere cos'ha visto?

– Oh, senti, stiamo al primo piano, c'è una nebbia che non si vede da qui a lí...

– Dài mo' che adesso torniamo a letto, – sollecita lui.

– Ci sono due ragazzi morti e ve la cavate cosí? Cos'ha visto, signora?

– Be', ho visto una sagoma piuttosto arzilla attraversare la strada, salire i gradini là di fronte, fare il tratto di portico, scendere gli altri gradini, quelli là, vede?, in angolo e sparire su per Rialto...

– Uomo o donna?

– Gliel'ho già detto, santoddio, che non ho capito...

– Però ha capito che era arzilla...

– L'avrebbe capito anche *un semo*... L'avresti capito anche tu... Voglio dire che ha attraversato la strada di corsa e sempre di corsa...

– Capito, grazie del *semo*, signora.

– Ma sai che sei proprio una sagoma? Micca ho detto *semo* a te...

– Adesso basta, – taglia corto il marito, – che noi non c'entriamo *gnente*, non abbiamo visto *gnente* e non abbiamo sentito *gnente*, – poi alla moglie: – *Azidènt a te e a la tó langua. Ste stess un pôc zétta...* – e, presa per le spalle la consorte, la trascina dentro al portone.

Sarti Antonio, sergente, fa in tempo a infilare il braccio fra portone e stipite, ad afferrare la signora e a riportarla fuori.

– Un momento, – e si massaggia l'avambraccio. – Che accidenti di molla avete montato che per poco non mi ha spezzato il braccio?

– Ohi, gliel'ho detto io all'amministratore che era troppo dura da spingere.

– Cosa vuole ancora da mia moglie?

– Sapere quanto tempo ci ha messo la signora... Come si chiama sua moglie?

– Clementina.

– ... la signora Clementina per scendere dal letto, aprire le persiane...

– Intanto non avevo bisogno di scendere dal letto, – chiarisce direttamente l'interessata.

– Prima di venire a letto mia moglie passa un'oretta circa seduta alla finestra a guardare il mondo, – spiega lui.

La battuta torna a lei: – Ohi, mo' sa che mi concilia il sonno? Lascio le persiane in *casone* e guardo fuori. Stanotte c'era troppa nebbia, però.

– Vuol dire che quando ha sentito i due spari lei era già alla finestra?

– Proprio cosí. Sa che lei è un ragazzo sveglio? Adesso posso andare?

– Prima dovrete dare le generalità al mio collega, – e chiama Felice Cantoni, agente, perché provveda.

Lei: Spatis Clementina nata a San Giovanni in Persiceto, provincia di Bologna, or sono sessantasei anni; lui: Zigalini Filossero, anni settantadue, bolognese da tre generazioni, forse quattro, le sue ricerche non lo hanno ancora stabilito con certezza documentale.

Nella tasca interna del cappotto del ragazzo ucciso, Sarti Antonio, sergente, trova un 33 giri. Un disco di plastica di questi giorni è cosa piuttosto rara. Non riesce a leggere il titolo: il sangue l'ha coperto.

Non ci sarà bisogno della testimonianza della signora Spatis Clementina. Non ce ne sarà bisogno perché non ci sarà alcun processo.

La sagoma arzilla che aveva fatto di corsa i sei gradini del portico e preso per via Rialto si è dissolta nella nebbia sporca di una notte come tante, a Bologna.

Sarti Antonio, sergente, non saprà mai come quei due fagotti siano finiti sul pavimento del portico dei Garganelli.

Una storia triste di due ragazzi che non sono diventati grandi.

Lui veniva da Trieste.

Lei era nata e viveva a Bologna.

Entrambi morti a Bologna troppo presto e troppo in fretta.

Come dire *Quel pasticciaccio brutto dei Garganelli*.

Non sono tanto presuntuoso da mettermi con i grandi.

Per noi sarà *Tre passi e amen*.

A Bologna, l'inverno scorso.

5.
Tre passi e amen

Per tutti erano i Garganelli. Una piazzetta in angolo fra Guerrazzi e San Petronio Vecchio, pieno centro di Bologna. Chi se ne ricorda?

Chiedete a un passante dove sono i Garganelli e vi guarderà storto come se lo prendeste in giro e se ne andrà per la sua strada.

Loro due si incontravano proprio lí, ai Garganelli, ogni sera alle sei. Lui usciva da scuola e lei di casa.

L'inverno faceva bui i loro incontri e ogni angolo era buono per nascondersi e baciarsi, toccarsi, eccitarsi, prima di arrivare al cinema Roma. Non importava se il film era già iniziato: il biglietto non era caro, la maschera ormai li conosceva e li salutava con un cenno del capo. A volte con un sorriso, dipendeva da come si era lasciato, quel pomeriggio, con la moglie.

Un cinema riscaldato, tranquillo; qualche coppietta come loro, un paio di cinefili che rivedevano un film già visto e rivisto, e le poltroncine dell'ultima fila, quelle accanto alla cabina di proiezione che s'inseriva nella platea formando, alla sua destra e sinistra due rientranze con tre poltrone per parte, appoggiate direttamente al muro, in modo che nessuno passasse dietro a disturbarli.

Due ore di baci, di carezze e altro. Tutto quello che si poteva fare alla loro età seduti sulle poltroncine di un cinema.

Dopo, fuori, nel buio della Fondazza, i portici erano bassi e intimi come la penombra di una stanza poco illuminata.

Fino a quando, una brutta sera, il loro giochino si ruppe.

Il cartello all'ingresso del cinema, sopra la cassa, accanto al prezzo dei biglietti, avvertiva che: «Da lunedí il locale resterà chiuso per lavori di restauro e rinnovo. Riaprirà il prossimo aprile».

Per un certo tempo, quindi, niente piú incontri nella morbida penombra di uno schermo baluginante d'immagini fantastiche e niente intimità complice di una sala cinematografica.

I due non lo sapevano ancora, ma quei lavori di restauro avrebbero cambiato la loro vita. Come sarebbe cambiato il cinema Roma. La sala si sarebbe trasformata e avrebbe perduto l'atmosfera di complicità che ai due ragazzi, e non solo a loro, piaceva troppo.

Non ebbero il tempo per verificare la nuova sistemazione. Io so che, comunque, non gli sarebbe piaciuta. Non piacque neppure a me, anche se le poltroncine erano piú comode, imbottite, il sonoro piú comprensibile, lo schermo piú ampio e le teste degli attori in primissimo piano c'entravano del tutto e non piú tagliate all'altezza della fronte. Come i piedi, nei piani a figura intera.

Il primo giorno di chiusura, lunedí, s'incontrarono al solito posto e alla solita ora.

– Cosa facciamo adesso? – chiese lui.

Lei si strinse nelle spalle e gli sorrise: – Ci ho pensato tutt'oggi, ma non mi è venuto in mente niente. Ti sei accorto che a Bologna non c'è un posto dove i ragazzi come noi possano incontrarsi in pace?

Lui ci pensò.– Anche se c'è, io non lo conosco, – disse.
– Passeggiamo. Ti va?

La ragazza annuí e gli passò la mano sotto il braccio e poi nella tasca del cappotto. Disse: – Com'è che le tue tasche sono sempre calde?

– Perché ho il sangue caldo.

Si strinse ancora di piú a lui. Gli mormorò all'orecchio: – Non ho mai avuto freddo come questa sera. E tu?

– Io sto bene. Mi manca solo la poltroncina di legno del Roma.

Cadeva una neve fine, quella prima sera, fine come nebbia, una neve che, illuminata dai lampioni, sfarfallava, s'infilava, si posava e si scioglieva subito facendo bagnati e scivolosi l'asfalto della strada e il pavimento del portico.

Passeggiarono a caso andando dietro lo snodarsi dei portici, senza una scelta. L'importante era restare al buio. E al coperto. Via Guerrazzi, strada Maggiore e poi la Fondazza. Come sempre. Davanti al cinema Roma si fermarono per un'occhiata alla parete buia del fabbricato.

Senza le luci dell'atrio, l'insegna e le locandine illuminate, il posto non era quello che conoscevano. Poteva benissimo essere preso per la bottega chiusa di un salumiere.

– Peccato, – mormorò lei. E ripresero a salire la Fondazza.

Fra via del Piombo e Santo Stefano, dove il portico ricomincia dopo la lunga parete liscia dell'ex convento di Santa Cristina, una lampada stradale bruciata faceva buio un angolo. Lí si fermarono e restarono a lungo appoggiati al muro ruvido d'intonaco.

Poi i fari di un'auto che svoltava per entrare in un garage li centrò in pieno e allora lui disse: – Vieni, – e la trascinò dentro la porta aperta, lí accanto, nel buio di un corridoio. Fu il loro nascondiglio per quella sera.

In seguito cercarono di intrufolarsi negli androni scuri di porte socchiuse, a rintanarsi nel fondo di corridoi che davano su cortili saturi di un'umidità che si respirava.

La paura di essere sorpresi faceva piú eccitanti i loro momenti e, quando la luce delle scale si accendeva, si rannicchiavano dov'era piú scuro e aspettavano che il ticchettio dell'interruttore a tempo rallentasse e tornasse il buio. Il silenzio. Un momento da rubare agli altri per una felicità di contrabbando.

Una sera lui disse: – Sono stanco di nascondermi in un androne. E poi fa un freddo cane.

– Non sei tu quello dal sangue caldo? – Lui non rispose. – E allora cosa faremo?

– Non lo so. Troverò una soluzione...

La trovò qualche sera dopo. Disse: – Vieni, – e si cambiò percorso.

La portò a sedere sui gradini del Baraccano. Il piazzale era pochissimo illuminato e gli alti pilastri del porticato, davanti alla chiesa, lasciavano spazi oscuri.

– Guarda, – le disse. E le mostrò una bustina di carta stagnola.

– Cos'è? – ma aveva paura di saperlo.

– Aspetta.

Dalla tasca cavò un cucchiaino, una siringa e un accendino. – Con questa roba non avremo piú freddo. Proviamo?

Subito lei non rispose. Il senso di pericolo le fece tremare i muscoli dello stomaco. Una sensazione per niente spiacevole. Poi chiese:

– Sai come si fa?

– Lui mi ha spiegato tutto...

– Lui... chi?

– Uno, uno a scuola con me. E mi ha anche fatto provare. Sono stato bene. Staremo bene.

Provarono e dopo fecero l'amore in piedi, schiacciati nell'angolo formato da due colonne gemelle del porticato. Non sentirono il freddo di un inverno nebbioso.

– Non ce l'hai? Questa sera non ce l'hai? – gridò lei. – E adesso?
– Adesso, adesso... Non ho piú soldi, cazzo!
Passeggiarono in silenzio. Neppure un bacio, quella sera. E si lasciarono senza salutarsi.

Dalla sua faccia capí che neppure quella sera l'aveva portata. Gridò: – Niente neanche stasera?
– Neanche stasera, sí!
Pure lui aveva alzato la voce e la signora che, stretta nel suo cappotto, cercava nella borsetta le chiavi del portone li guardò veloce e tornò a frugare, fingendo che non ci fossero.
– E adesso? – gridò ancora lei. – E adesso, cazzo, cazzo, cazzo?
– Quelli non fanno credito, lo sai? E dove vado a trovarla la lira?
La signora aveva già aperto il portone e li guardò di sfuggita prima di entrare e cercando, a tasto, l'interruttore. Teneva la borsetta con la sinistra.
– Vuoi vedere che la trovo io la lira? – e con una forza che neppure pensava di avere, strappò la borsetta dalla mano della signora e scappò.
Lui ci mise un po' a capire che doveva correre. Lo fece al primo urlo isterico della signora. Anche lei ci aveva messo un po' a capire. Poi aveva cominciato a strillare come un'oca e si teneva le mani premute sulle guance.
C'era poca gente sotto i portici umidi di nebbia. Nessuno tentò di fermarli, anzi, si facevano da parte per non

essere sulla linea della loro corsa. E le grida si persero tra le arcate dei portici e l'indifferenza dei quattro passanti.

Una corsa, un angolo di strada, un portone socchiuso...

– Questa sera tocca a te, – e lui ci provò. Il suo primo scippo.

In seguito non gli fu difficile strappare la borsetta a una donna. Meglio se vecchia.

L'inverno e i portici li protessero per molte sere. Anche quando s'infilavano l'ago nelle vene, rannicchiati in un angolo.

Non c'era piú, per loro, l'attesa di un tempo. Restavano un ago sul pavimento del portico e due corpi rilassati, senza forza e senza volontà. Fino a quando l'effetto del buco svaniva e il gelo mordeva, allora, le carni.

Si lasciavano in silenzio.

– Che accidenti c'è questa sera? Le donne se ne stanno tutte chiuse in casa?

Lui non le rispose e continuarono a vagare: via del Piombo, la Fondazza, Santo Stefano, i Garganelli... Stradine strette, portici bassi, pavimenti scivolosi, marciapiedi bagnati e luci dei fanali appannati dalla nebbia.

Una sera schifosa, fredda e umida come solo a Bologna riescono a essere schifose, fredde e umide le sere con brutto tempo.

Lui si appoggiò al portone del numero 18. Ci pensò e fece: – Ne ho piene le palle. Vado a casa.

I passi di qualcuno, poco distante ma ancora nascosto dalla nebbia. Li guardò appena e passò oltre.

– Fuori il portafoglio! Non fare scherzi che ho una pistola contro la tua schiena –. La sagoma si fermò e alzò le mani. – Bravo. E adesso non ti voltare e fuori il portafoglio!

Quella annuí, lentamente. Abbassò la destra, l'infilò sotto il cappotto e quando la ritirò fuori stringeva una rivoltella.

Il giovane avrebbe voluto gridare che non era armato, che aveva scherzato, che lui non aveva una pistola, che…

Cadde sul pavimento del portico bagnato dalla nebbia.

Lei fece solo tre passi e amen. Gli ultimi tre passi della sua vita, prima di cadere col viso sul pavimento e la schiena macchiata di sangue.

Alla sagoma indistinta erano bastati due colpi.

Di corsa attraversò Santo Stefano.

Salí i gradini del porticato dall'altra parte della via.

Prese a destra e, sempre di corsa, scese altri gradini in angolo con via Rialto.

Sparí nella nebbia proprio mentre la signora Spatis Clementina, primo piano, apriva del tutto gli scuri e chiedeva, verso altre finestre che si andavano schiudendo:

– Cos'è stato? Avete sentito?

Chiusi al caldo delle loro case, alcuni abitanti si scambiarono qualche commento sui teppisti e sui tempi che erano proprio cambiati.

Qualcuno scese in Santo Stefano, ma solo dopo l'arrivo dell'auto 28.

In Centrale aveva telefonato Zigalini Filossero anni settantadue, bolognese da tre generazioni, forse quattro…

Due giorni prima di San Valentino.

Lui aveva diciassette anni e faceva l'Aldini Valeriani, in via Castiglione, una scuola tecnica e per questo frequentava anche di pomeriggio.

Lei ne aveva sedici e faceva le Laura Bassi, magistrali, e per questo aveva tutto il tempo di fare i compiti e uscire verso le sei del pomeriggio per raggiungerlo all'uscita dell'Aldini.

Lui le aveva già comperato un disco. Glielo avrebbe dato il giorno di San Valentino.

Lei gli avrebbe comperato un disco, il giorno dopo. Glielo avrebbe dato il giorno di San Valentino.

Piaceva a lei, ma era sicura che sarebbe piaciuto anche a lui. Avevano gli stessi gusti. Se l'erano detto tante volte:
– Ti sei accorto che abbiamo gli stessi gusti? – e la canzone parlava di due che avevano cominciato come loro, per strada, sul tram o appoggiati ad un muro.

Era andata cosí.

Nessuno saprà come i due fagotti siano finiti sotto il portico dei Garganelli bagnato di nebbia e sporco di smog.

Solo una sagoma indistinta che passeggia di notte con la rivoltella in tasca sa.

Si porterà dietro il suo segreto.

Ne avrà forse altri.

6.
Il rompipalle

Il degente non sta meglio di ieri: ha la borsa del ghiaccio sulla fronte e respira a fatica eppure riesce a sorridere quando il questurino posa il casco da cantiere sul comodino.

– Lo metterò appena mi toglieranno il ghiaccio, cosí domani starò meglio, – dice. E chiude gli occhi.

Sarti Antonio lo lascia riposare.

Una sera piovosa. Una sera nella quale Sarti Antonio non ha voglia di chiudersi in casa, dinanzi al televisore. Passeggia sotto i portici, senza una meta. Solleva il bavero del soprabito.

Non so se per caso o per scelta, arriva a pochi passi dalla tana del talpone Rosas, Santa Caterina 19. Sente la necessità di giustificarsi con me: – Vado a sentire come se la passa, – mormora, – e a farmi offrire un caffè.

Rosas se la passa bene. O almeno, prima dell'arrivo del questurino se la passava bene e se la passava bene anche la ragazza che gli è accoccolata accanto, sul letto.

Sarti Antonio non bussa, entra e non chiede scusa. Va in cucina e poco dopo il profumo di caffè si sparge nell'umida tana al pian terreno. Porta due tazzine, posa la sua sul tavolo e offre l'altra a Rosas, che ha messo il naso fuori dalle coperte. Non ha gli occhiali sul naso: per ciò che stava facendo non erano necessari. Ha l'aria assonnata delle talpe portate alla luce del sole e anche la ragazza sporge il capino. Guarda il questurino e borbotta:

– Che stronzo. E il caffè per me?

Sarti Antonio sorseggia e la guarda: – E tu chi sei? Giuro, non mi ero accorto di te.

La ragazza ripete «stronzo», si alza e, nuda, va in cucina a versarsi una tazzina che viene a sorseggiare seduta sul bordo del letto.

– Non hai freddo? – le chiede il questurino. Lui sí, lui ha freddo e si stringe addosso il soprabito dal bavero rialzato.

Rosas finisce di bere, posa la tazzina sul pavimento, cerca, sempre sul pavimento e a tentoni, gli occhiali. Li trova e se li posa sul naso cosí da mettere a fuoco l'ospite. Dice:

– Se sei qui, vuol dire che hai bisogno.

Sarti Antonio si stringe nelle spalle, nega con il capo e dice: – Sono passato a offrirti il caffè e a dirti che Settepaltò non sta niente bene –. Si alza, posa la tazzina nel secchiaio, solo la sua, e torna dal talpone. – Il grosso che lo ha menato è andato a frugare a casa sua. Hai idea di cosa cercasse?

– Perché dovrei averne idea?

– Che ne so? A volte capita. Non sei tu il genio?

Rosas si rilassa, sospira e dice: – Bene, il caffè me l'hai offerto, della salute di Settepaltò mi hai detto, io devo studiare e se non ti dispiace… – e con la destra lo invita a togliersi dai coglioni.

– Puoi studiare. Non mi disturba, – lo rassicura Sarti Antonio.

Rosas conosce tanto bene il questurino da sapere che non se ne andrà fino a quando non avrà ottenuto ciò che è venuto a prendere. Sospira rassegnato, si toglie dalle spalle la coperta e resta nudo come un verme. Un verme con gli occhiali sul naso.

Se i vermi avessero naso.

Seduto sulla sponda del letto, accanto alla ragazza con ancora la tazzina in mano, infila i calzoni senza mettere

le mutande e indossa la camicia. La camicia della ragazza.
Si passa le dita fra i capelli, guarda in viso il questurino e
finalmente dice:

– Sentiamo: che vuoi?

Anche la ragazza ha capito che lei e Rosas non potranno riprendere a «studiare» se non se andrà il questurino.
Si copre con il panno abbandonato dal talpone e borbotta: – Che rompipalle!

Sarti Antonio, sergente, guarda Rosas e gli chiede: – Ma
con chi ce l'ha la piccola?

– Indovina.

Sarti Antonio si rivolge a lei: – Che vuoi da me?

– Che la fai corta.

– La farò corta –. Si batte l'indice della destra sul petto
e poi sul petto del talpone. – Io e te troveremo quel grosso e gli toglieremo la voglia di riprovarci. Ci stai?

– No. Ho altro da fare che perdere tempo dietro i tuoi
fantasmi di giustizia.

– Ah sí? Aiutare gli amici che hanno bisogno è perdere tempo?

– E dove sarebbe l'amico da aiutare?

Sarti Antonio annuisce, si alza e si avvia alla porta. Dice
sottovoce: – Bene, benissimo, io mi rovino la reputazio-
ne e mi gioco la carriera per tirarlo fuori dai guai e lui...

Rosas lo interrompe senza alzare la voce: – Non è ora
che la pianti con la storia che mi hai aiutato chissà quanti
anni fa? – Disperato, si passa ancora le dita fra i capelli e
si copre il viso con le mani. Riappare per dire: – D'accordo, che vuoi che faccia?

Il questurino torna indietro, si china su Rosas e mormora: – Lo chiedi a me? Sei tu il cervello della coppia –.
Si rialza e saluta con un gesto la ragazza: – Ci vediamo,
cara, riprendi a studiare, – e adesso lui può tornare a

casa e mettersi dinanzi al televisore, tranquillo, che ha Rosas dalla sua. – Ancora una cosa: l'auto da ricco è targata Catanzaro.

In un momento di lucidità, Settepaltò ha tracciato una mappa dei suoi spostamenti nella giornata che si è conclusa con il suo ricovero in ospedale. Un giro che Sarti Antonio, sergente, ha intenzione di ripercorrere. Con Rosas, possibilmente.

Il talpone ci vede meglio di lui anche se ha sugli occhi due culi di bicchiere.

Passa a prelevarlo e lo convince con l'impegno di una cena in un locale a sua scelta.

Prima tappa, una vecchia casa colonica trasformata in deposito di carta che i diseredati come Settepaltò vanno recuperando in giro per la città. Li pagano male, ma pagano un tanto al chilo. Il deposito sta negli Stradelli Guelfi, alla periferia est di Bologna. E in quegli stradelli ci si trova di tutto: vermi per la pesca, orti con cipolle e radicchio, depositi di rifiuti espulsi dalla città, carcasse di vecchie automobili in demolizione... Insomma, un sacco di cose, comprese le manifestazioni mafiose che di lí sono partite per diramarsi all'interno della città.

Il titolare del deposito di carta ha piazzato sotto il portico, un tempo ricovero alle vacche, un nastro trasportatore. Un paio di vecchietti, assunti senza contributi previdenziali, naturalmente, separano la carta dagli altri componenti.

In quel mare di carta, cerca Sarti Antonio. Non sa cosa, ma cerca. Esce dal cumulo dei rifiuti ed è da mettere in lavatrice.

– Niente. Solo carta, cartoni, giornali, riviste, schifezze... – dice a un Rosas che si è tenuto lontano dal polverone sollevato dal questurino. – Se quel bastardo calvo cercava qualcosa fra la carta portata da Settepaltò, non è qui che la troverà.

Seconda tappa, deposito di medicinali nel centro di Bologna. Il titolare conferma il passaggio di Settepaltò venuto a ritirare, come fa periodicamente, i cartoni, le scatole vuote e il resto che i dipendenti mettono da parte per lui. Né il titolare né i dipendenti somigliano alla descrizione fornita dall'antica signora del Falcone. E nessuna delle auto parcheggiate nel cortile, è targata cizeta.

Terza tappa, la ditta Pacchetti, Pacchetti & Co. – viti, bulloni e derivati. Nessun risultato.

Ultima tappa di Settepaltò prima della batosta, villa Rosantico, com'è scritto sul pilastrino del cancello d'ingresso.

Villa Rosantico sta sui colli, con parco e signora sui trentacinque, manonlidimostra, piuttosto bella e gentile, prego-accomodatevi e un sorriso di quelli che non si dimenticano.

Seduto su sedie di vimini sotto il porticato che domina la città, assieme alla trentacinquenne manonlidimostra, Sarti Antonio dimentica Settepaltò e si perde in quel sorriso che non si dimentica.

Si chiama Elena, sposata a un industriale delle acque minerali: – Abito qui da appena un mese, signor Sarto…

– Sarti, mi chiamo Sarti Antonio e il mio collega qui… – ma a Elena, «il mio collega qui», che sarebbe il talpone, interessa il minimo per non apparire scortese. Gli rivolge uno sguardo distratto. Evidentemente Rosas non è il suo tipo.

Alla signora Elena piace chiacchierare: il marito è appena tornato nel suo paese d'origine, dove ha costruito l'impianto di imbottigliamento delle acque miracolose…

– Si chiama Roberto. L'acqua minerale. Roberto, come il nonno di mio marito. È campato centosei anni bevendo solo Roberto.

È tornato nel suo paese d'origine, a Cirò, e lei si sente sola in una città che ha lasciato molti anni prima, sposandosi: – Ormai non ho piú amici, le conoscenze di un tempo chissà dove sono finite...

La servitú, di cui l'industriale dell'acqua ha dotato la villa, è come non ci fosse, fa parte dell'arredamento.

Uno di questi arredi, una specie d'armadio, con una gran chioma scura nonostante l'età, si occupa delle necessità degli ospiti, e lo fa con tanta discrezione da passare inosservato. Compito ed elegante, nonostante la notevole stazza, porta con grande dignità la divisa della casa e ha tutto per rappresentare la ricchezza e l'opulenza dei padroni. Una sorta di personaggio utile per ogni esigenza: maggiordomo, servo di scena, autista, accompagnatore, cane da guardia...

Di cani da guardia veri e propri, ce ne sono due e non dànno confidenza agli estranei. Di marca Alano, sono seduti sul prato, a pochi passi dalla padrona, in silenzio. Bene educati, quindi, ma con lo sguardo sempre puntato sui due ospiti. Meglio stare alla larga.

– Lascia, lascia, Guido, faccio io. Sai che preparare e servire il caffè è la mia specialità, – dice la bella Elena al fido servente. E sorride a Sarti Antonio socchiudendo gli occhioni.

– Come vuole, signora, – risponde Guido e, con un inchino, di quelli di una volta, esce di scena.

La bella Elena non vede la smorfia di disgusto di Sarti Antonio mentre lei deposita la polverina solubile nelle tazzine e ci versa sopra acqua bollente per farlo diventare caffè. Un lavoro preciso.

– Quanto zucchero? Sí, ho chiamato io quel dolce vecchietto. Non trova che sia dolce? L'avevo veduto per strada che raccoglieva cartoni e gli ho chiesto se saliva in villa a sgomberare la soffitta dalle cianfrusaglie... Sa, doveva venire il tecnico dell'architetto per fare rilievi, fotografare la soffitta, considerare il recupero dello spazio e della sua utilizzazione virtuale... Non so cosa voglia dire, ma gli avevo detto: va bene, mi telefoni –. È una miniera di informazioni. Peccato che non servano a nulla. Almeno al momento. Forse in futuro... – Cosí, appena ho visto il dolce vecchietto... È venuto, mi ha vuotato la soffitta, che ce n'era un gran bisogno. Inutilità che l'ingombravano da secoli. Sa, abbiamo intenzione di ricavarne stanze per gli ospiti e mi sono detta... – Sorseggia il caffè ed è adorabile anche in quel semplice gesto. Come se stesse facendo l'amore. – Sí, le stanze per gli ospiti, – e si passa la lingua sulle labbra e Sarti Antonio sposta a fatica lo sguardo dalla signora alla vallata con città. Dice:

– Gran bel panorama, – ma, con tutta la buona volontà, riesce a mandare giú appena un sorso del caffè solubile.

– Le piace? Dovrebbe vederlo dalla mia camera da letto!

Il dialogo ha preso una piega che non ha nulla di investigativo e Rosas tenta di rimetterlo in sesto perché, se no, non arriveranno a nulla. Chiede: – Cos'ha portato via Settepaltò dalla soffitta?

La bella Elena risponde, ma a Sarti Antonio: – Non ho tenuto l'elenco. Sa, c'erano tante cose inutili lassú –. Lo guarda negli occhi e gli sorride: – Le ho detto come si chiama mio marito? – Sarti Antonio nega con un cenno del capo. – Roberto, come il nonno, – e ci avrei scommesso. Una famiglia con molta fantasia. – Di cognome fa Bastiani. Cavaliere del lavoro. Immagino che lei abbia bevuto l'acqua minerale Roberto.

Sarti Antonio non vuole dispiacerle, ma è costretto a rispondere: – No, io bevo l'acqua del sindaco.

– Guido, portami una Roberto ghiacciata che la faccio assaggiare ai miei ospiti! – e prima che si spenga l'eco dell'ordinazione, Guido riappare, massiccio e sicuro, con una bottiglia imperlata di fresco e in bilico sul vassoio d'argento, assieme a tre bicchieri di cristallo. Grande professionalità.

Dispone sul tavolo i bicchieri appena tolti dal frigo, versa come fosse champagne, posa la bottiglia, china il capo, non molto, che il gesto non deve essere servile, e torna nel buio dal quale è venuto.

– Mi diceva di suo marito, signora, – riprende Sarti Antonio, ma Elena gli indica i bicchieri e lui sorseggia la Roberto e annuisce per dovere di ospitalità.

– Mio marito, sí. Pensi che mi ha regalato villa Rosantico per farmi rivivere la mia infanzia ma, come vede, qui c'è tutto da sistemare, pulire... Ho cominciato facendo sgomberare il solaio e mio marito non ha gradito. Sa che mi ha fatto una scenata quando è tornato? Roberto è strano, a volte. Lui è di quelli che vorrebbero conservare tutto. Si è arrabbiato come non aveva mai fatto, ma poi mi ha chiesto scusa. E c'era anche gente venuta da Milano, gente che si occupa di calcio. Un giovanotto timido... Non avrebbe dovuto e gliel'ho detto quando i milanesi se ne sono andati.

Parla, parla e l'ascolteresti per ore.

Sarti l'ascolterebbe per ore.

Rosas il talpone, no: – Voglio vedere il solaio, – dice di botto.

Non c'entra niente, ma ne ha abbastanza e ha dato una bella potata ai fronzoli dei due.

Per capire: uno che non si lascia incantare dalla voce suadente di una bella donna e va dritto al segno.

Elena c'è rimasta male e lo mostra. È una donna di mondo e si riprende subito. Non guarda neppure chi le ha

dato un ordine, si alza con la grazia delle signore di clas-
se, sorride a Sarti Antonio e gli dice, anche se la richiesta
non è venuta da lui:

– Ma certo. Faccio strada, – e ancheggia via, fasciata in
un kimono che lascia capire cosa c'è sotto, cosa nasconde.

7.

Una soffitta come le altre, Quintale, la sua auto da
ricco, due mitra e un elmetto da collezione

La soffitta è come tutte le soffitte delle antiche ville di
collina: travi di legno, polvere, tegole di scorta e tegole
rotte, abbaini...

Gira e rigira, non si arriva a niente. La soffitta, cosí come l'ha lasciata Settepaltò, dice che il «dolce vecchietto»
ha fatto un gran bel lavoro:

– Hanno portato tutto a piano terra...

– Hanno? Vuol dire, signora Elena, che Settepaltò non
era solo?

– No, signor Antonio. Non ce l'avrebbe fatta. Con lui
c'era un signore alto e grosso, tutto nero e assai meno dolce di Settepaltò. Arrogante, poi. Si figuri, Antonio, – e
qui ha già lasciato perdere il «signor», – che, quando ho
dato il compenso a Settepaltò, ha subito preteso di averne la metà perché, ha detto, «il furgone è mio e la benzina
ce l'ho messa io». Per il puzzo che faceva la motocicletta
quando l'ha messa in moto, non usava certo benzina. E il
rumore. Sembrava una formazione di motociclisti, sa, quei
giovanotti con giubbetti di pelle e chiodi...

– Era una moto con il cassone dietro?

– Sí, era una moto che avrà cent'anni.

Sarti Antonio si guarda attorno: – Lei dice che qui rica-
verà delle camere per gli ospiti? Non è troppo basso?

Elena non è entrata e se ne sta appoggiata alla porta: – Sí,
ma nel rifare il coperto, lo alzeremo di tanto cosí e allora...

Rosas continua a fare il rompipalle: – È contro la legge manomettere l'estetica di queste antiche ville di collina.

– Oh, sí, è vietato, – dice Elena, sempre al questurino, – ma Roberto è riuscito a ottenere una licenza in deroga... Credo si dica cosí –. Sorride e l'abuso diventa una cosa lecita. – Sa, questa villa si chiama Rosantico e l'architetto che ha progettato il restauro è giapponese.

Un discorso che non ha senso, ma alla bella Elena Sarti Antonio è disposto a perdonare tutto.

Ha appena lasciato sui colli il bel sorriso di Elena e se ne porta dietro il ricordo.

Anche il talpone si porta dietro un ricordo, ma molto piú prosaico di quello del mio questurino. Dice: – Ha qualche anno di meno.

– Elena non ha detto quanti anni ha...

Dal sedile posteriore Rosas si sporge verso il questurino: – Ti è entrata nel cervello quella donna. Dico la moto di Quintale: non ha cent'anni. È un motocarro Guzzi E.R. del 1938 con motore a due valvole in testa derivato dal tipo V, cambio a tre marce piú retromarcia, tre freni a tamburo meccanici, portata 10 quintali. Costava 10 400 lire quello con cassone. Pensa te: viaggia ancora. Un miracolo. Chissà com'è arrivata a Quintale.

Siamo tutti ammirati per la cultura del talpone. Una cultura che spazia dalla filosofia alla storia della motocicletta. E chissà a cos'altro ancora.

A Sarti Antonio, sergente, servono alcuni minuti per assimilare la notizia prima di comunicare: – Dovremo fare due chiacchiere con 'sto Quintale.

– Dovremo? Per un piatto di lenticchie, io ho già dato, – mugugna Rosas. E riprende il fischio solista interrotto poco prima di entrare a villa Rosantico.

Scendono in città e il pensiero del questurino torna alla bella Elena.

– Adesso a Bologna importiamo anche architetti.

Sbagliato: pensa alla soffitta.

Il talpone sospende la sinfonia per fischio solista e dice:
– A Bologna si importa di tutto. Non si fidano dei residenti, un'abitudine nata, tu pensa, nell'Italia dei Comuni.
Allora i responsabili della cosa pubblica venivano scelti fra
i personaggi importanti di altre città.

Il talpone è polemico di natura, anche quando non serve, e Sarti Antonio non considera la provocazione. Dice:
– Gran bella donna. Fa un caffè schifoso, solubile, figurati, ma è una gran bella donna.

Rosas riprende la sinfonia per fischio e ritrova la parola
solo in città, prima di scendere dall'auto. Dice:

– Al posto tuo, io andrei a Cirò a chiedere conto al cavalier Roberto Bastiani.

– Cosa c'entra l'industriale dell'acqua minerale con
Settepaltò?

Rosas non risponde. Infila la mano sotto la camicia sgual-
cita ed estrae un quadretto con la cornice d'argento, ven-
ticinque per diciotto centimetri. Dietro il prezioso vetro,
il cavaliere del lavoro Roberto Bastiani sorride soddisfatto, grosso e calvo, mostrando l'ingresso allo stabilimento
della sua acqua minerale.

– L'hai rubato!

Rosas ghigna come una faina soddisfatta: – Se questo
è il marito della tua bella, abbiamo trovato il grosso calvo
che ha menato di brutto Settepaltò.

– L'hai rubato! Tu sei matto! Adesso torniamo su e lo
restituisci… – ma Rosas non ha intenzione e scende. – E
poi, perché un cavaliere del lavoro se la dovrebbe prendere con un disperato e senza famiglia come Settepaltò?

– Chiedilo a lui, – risponde il talpone chinandosi verso il finestrino. Rimette il prezioso quadretto sotto la camicia ed è già sotto il portico basso.

– Rosas, non puoi! Lo hai rubato e io... Tu sei... tu sei...

– Un ladro, ma non ti scaldare, appena ripasserò dalle parti di villa Rosantico lo restituirò.

– Lo restituirai! So io come lo restituirai!

Prima di entrare Rosas grida: – Guarda che Cirò è in provincia di Catanzaro! – e sparisce nel buio del corridoio umido, puzzolente e sconnesso di via Santa Caterina 19.

Rosas lo ha messo in buca, come si dice in gergo. Sarti Antonio, sergente, cerca di tirarsene fuori con un: – Figurati se non lo sapevo: Cirò in provincia di CZ, Catanzaro –. Passa ad altro: – Sai dove abita?

– Credo di sí, – ma ci pensa meglio. – Dove abita chi?

– Quintale, no? Di chi stiamo parlando?

Stavano parlando di ci zeta, ma vallo a spiegare al questurino. – Lo sai o no?

Lo sa anche Felice Cantoni, agente: via degli Stradelli Guelfi, fuori San Vitale, sulla via verso il mare. Partono dalla Croce del Biacco, alla periferia est di Bologna e arrivano fino a Cervia e Milano Marittima.

Chissà perché «Stradelli Guelfi» e chissà che vuol dire Croce del Biacco.

La sede della ditta Traslochi e Sgombri di Giornata è indicata da un cartello scritto a mano e piazzato a un paio di chilometri dall'inizio degli Stradelli, in angolo con una sterrata che porta in un boschetto sul greto del Savena. Quella che era l'aia di una casa colonica ora è adibita a discarica di ogni porcheria.

Il titolare è in tono con il posto.

Sarti Antonio, sergente, lo ha incontrato spesso in giro

per la città e in periferia. Saldamente piantato sul sedile della Guzzi, guarda il prossimo dall'alto del suo trono e viaggia a velocità ridotta. Il suo trabiccolo lo si sente arrivare di lontano.

L'ha incontrato spesso, ma solo quando se lo trova davanti si accorge che è un tipo alto, grosso e calvo. Se lo si potesse identificare come un signore, come da definizione dell'ex bella di notte di via Paglietta, la Vetturina, e possedesse un'auto da ricco, il caso Settepaltò si potrebbe chiudere qui.

Sarti Antonio, sergente, ci prova. A volte, non si sa mai, la vita è strana e riserva sorprese. Gli chiede, alla brutta:

– Perché hai massacrato di botte quel poveraccio di Settepaltò?

– Cos'ho fatto?

– E dove nascondi l'auto da ricco?

Quintale scuote il corpaccione come se volesse togliersi di dosso le pulci. O i ricordi di un brutto sogno. Guarda Felice Cantoni e dice: – Il tuo collega ha tracannato troppo elisir di Bacco, oggi –. Prende sottobraccio l'agente e se lo trascina dietro, dentro quello che un tempo era il fienile. – Ora ti mostro il mio veicolo a motore, di modo che poi tu possa illustrare al collega in stato etilico di quale veicolo si tratti. Eccolo lí, – e indica, con l'orgoglio di un marito che presenta la moglie belloccia e con il necessario nei posti giusti, il motocarro Guzzi del quale sappiamo già quasi tutto.

Li ha seguiti il mio questurino.

– Lascia perdere il rudere e rispondi alle domande...

– Sono uso rispondere a domande sensate, questura, – lo interrompe lui. Poi tira dritto: – Ti sembro uno che prende a botte quel pover'uomo di Sette? L'ho sempre difeso dai cialtroni che gli dànno fastidio. Chiedilo a quei due che volevano costringerlo a togliersi i cappotti. Ho procurato una notevole mole di lavoro a uno studio dentistico, tanto per dire... – e andrebbe avanti chissà quanto.

– Va bene, va bene. Dimmi dello sgombero della soffitta di villa Rosantico.

– Così sí che andiamo bene. Intanto Elena, una signora che meriterebbe la mia attenzione due o tre volte al giorno...

– Quintale, rispetto per le donne.

– E non è rispetto? Porgere i propri omaggi a una donna consenziente è rispetto. E scommetto la mano di Muzio Scevola che lo faresti anche tu, no?

– Affari miei.

– Giusto. Ritiro la domanda, signor giudice.

– Cosa mi dici, oltre a Elena?

Quintale ci pensa su, fruga a lungo nelle molte tasche della saccona che indossa...

Ci starebbe di tutto in quelle tasche e chissà cosa tirerà fuori.

Niente che interessi il mio questurino. Pacchetto di sigarette e accendino. All'apparenza d'oro.

– Andiamocene, che la signora Rita, – e indica il motocarro, – non sopporta il fumo.

Subito fuori dall'ex fienile, Quintale porge il pacchetto ai due. Felice Cantoni, agente, guarda il collega, si stringe nelle spalle e accetta.

Accetta anche Sarti Antonio, sergente, e la cosa è assurda, visto il suo odio antico per il fumo.

– Tu, – balbetta Felice, – tu fu... tu fumi?

– Affari miei, – rifiuta la fiamma che Quintale gli porge. – Preferisco accendere con le mie mani.

– Prego, si accomodi, – e l'accendino passa nella destra del questurino. Se lo rigira fra le mani, lo soppesa, lo accende e lo spegne un paio di volte senza accendere.

– Mi prendi per il culo? – chiede Quintale. È passato dal linguaggio aulico al linguaggio triviale. Perfettamente in tono con il personaggio.

– Bell'oggetto. Oro. Lo hai rubato a RB, vedo, – e indica il monogramma inciso sull'accendino. Che restituisce assieme alla sigaretta spenta. – Grazie, non fumo.

In silenzio Quintale guarda l'accendino. – Trovato durante i lavori di sgombero in una vecchia casa nobiliare del centro storico. I titolari erano morti e cosí me lo sono tenuto. Vuoi mettermi dentro per cosí poco?

– No, in cambio mi dici cosa c'era di interessante nel solaio di villa Rosantico.

Quintale accende per Felice Cantoni poi per sé. Dà un paio di tiri in silenzio, sempre guardando Sarti Antonio, sergente. – Elementare Watson, elementare. Sei qui per le armi che abbiamo trovato nel solaio della signora Elena. Ho già fatto la mia dichiarazione ai tuoi colleghi che sono venuti a cercarmi. Il coglione al quale ho venduto i due mitra è andato in questura e li ha denunciati e cosí sono venuti i tuoi colleghi... Mi sembrava tutto sistemato.

– Se è sistemato, lo decido io.

Quintale tira nella sigaretta e si rilassa: la cosa ha preso un piega che può controllare. Dice:

– Andiamo bene: siamo in buone mani e possiamo dormire sonni tranquilli. Con tutto quello che succede in città, con quello che avete in Questura... Hai presente i poliziotti della Uno Bianca? Tu perdi il tempo dietro due mitra arrugginiti e inservibili.

– Avresti dovuto consegnarli alla polizia.

– Tempo risparmiato per voi che avete tanto da fare.

– Dov'erano?

– Su, in soffitta, abbiamo trovato un baule chiuso con un lucchetto... Un buon lucchetto e sul momento non riesco ad aprirlo. Penso: forse questo non va portato via. Scendo dalla signora e glielo faccio presente. Mi dice: signor Quintale, porti via tutto. Niente di quello che vede lassú è mio, quindi... – e pare abbia finito.

– Quindi?

– Quindi arriviamo qui da me, taglio il lucchetto con le tronchesi e dentro, sotto alcuni panni militari, ci troviamo i due mitra.

– Dove sono i mitra?

– Te l'ho detto, venduti. Ci sono i nostalgici della Seconda guerra... Non hanno ancora capito com'è andata e cos'ha portato al mondo, e collezionano armi. Magari non distinguono un MAB 38 da un kalashnikov. Approfitto della loro stupidità per far su qualche spicciolo, quando posso.

– È tutto?

Quintale annuisce: ha finito e si dedica solo alla sigaretta.

– Voglio sapere se in quel maledetto solaio avete trovato qualcosa che giustifichi le botte a quel poveraccio di Settepaltò. Chi l'ha picchiato è andato poi a cercare nella sua baracca...

Quintale interrompe con un gesto e sempre con un gesto fa segno ai due di seguirlo. Li porta nell'ex stalla e indica attorno. Spiega:

– Le cassette che vedi gettate in mezzo alla corsia erano piene e sistemate nelle *poste* per le vacche. Lo stesso per il materiale sulle scaffalature.

Basta un'occhiata per capire che in quella stalla è passato un tornado.

– Dovrò riordinare e catalogare il materiale. Mi ci vorrà una settimana, – e con rabbia getta la cicca e la calpesta piú volte.

È ciò che farà se metterà le mani sul responsabile.

I questurini lasciano la stalla con Quintale dentro e si avviano alla 28.

Anche Quintale, dopo un'ultima occhiata al lavoro che dovrà fare, esce e dalla porta chiama:

– Oh, Questura! – I due si voltano. – Come sta Sette?

– Come può stare uno travolto da un autotreno.

Quintale li raggiunge: – Poveretto, mi dispiace. Ce la fa a parlare?

– Qualcosa balbetta, ma non ricorda niente.

– Salutalo da parte mia e digli di non dare via l'elmetto. Quel tipo che mi ha preso i mitra è disposto a sganciare un centomila lire. Pare sia piuttosto raro. Se tira un poco, arriva anche a centocinquanta. E sono tutte per lui. Non voglio niente.

– Di cosa parli?

– Non te l'ho detto? Sotto i mitra c'era anche un elmetto...

– Perché non te lo sei preso tu, come i mitra?

– Si sarebbe messo a piangere, povero Sette. Quando l'ha visto si è commosso. Si è messo l'elmetto in testa, felice come una pasqua: «Questo va proprio bene al mio amico Sarti che bazzica in questura, un posto dove le radiazioni non stanno mai ferme...» Gliel'ho lasciato. Potevo portarglielo via? Gliel'ho lasciato e ho preso i mitra.

8.

Lo Zoppo, un'incredibile partita di calcio sul Crescentone e cala la notte su Bologna

– Sei sicuro che non avevi altro da chiedergli? – dice Felice Cantoni, agente, in auto.

– Ne ho, ne ho.

– Lo hai salutato in fretta e te ne sei venuto via...

– Problemi personali. Fermati al bar della Croce del Biacco.

– Capito, la colite.

Gli capita. Quando la tensione diventa pesante, la colite spastica di origine nervosa, come ha sentenziato il medico, si fa sentire e allora serve un cesso.

– Potevi chiedere a Quintale di usare il suo bagno.

– In quella merderia, chissà che razza di bagno avrei trovato.

– Lo sai come si chiama?

Il questurino lo guarda strano. – Quintale, lo sai.

– Nome e cognome, voglio dire.

– No, credo che neppure lui li ricordi.

– Be', quel tipo non mi piace. È uno straccione finto.

– In che senso?

– Nel senso che non parla da straccione. Usa delle parole... Elisir di Bacco, Muzio Scevola, domande sensate, stato etilico, veicolo a motore... Conosce le armi: MAB 38 Calascof...

– Kalashnikov.

– Quello, sí. Io che sono del mestiere non le conosco.

Sarti Antonio, sergente, ci pensa su: – Vero, dovrò dare un'occhiata in archivio. Chissà che non venga fuori qualcosa di interessante, – e pensa a come presentare la richiesta all'archivista Poli Ugo, detto lo Zoppo. Uno che non dà confidenza, burocrate dalla testa ai piedi. E anche dentro, fino al midollo.

Si massaggia il ventre.

Cosí, a volte, riesce a chetare un poco i morsi della colite.

Se dovessi raccontarvi chi è Poli Ugo, non saprei da che parte cominciare se non da qui: lo chiamano lo Zoppo. Immagino perché è zoppo. Ma non lo è sempre stato. Lo è diventato quando la sua auto di servizio ebbe un incidente, lui e il collega rimasero incastrati fra le lamiere e quando li tirarono fuori era troppo tardi per salvargli la gamba come gliel'aveva fatta sua madre.

Viaggiavano sull'auto di scorta a un importante uomo politico in giro per l'Italia in campagna elettorale. Poli Ugo è ancora convinto, e di anni ne sono passati e c'è stato pure un processo, che il collega alla guida dell'auto dell'onorevole si fosse accorto dell'incidente e fermato per prestare aiuto. È altrettanto convinto che il politico, uno che in quegli anni contava, e come, gli abbia ordinato di riprendere il viaggio. Presentarsi in notevole ritardo a un comizio elettorale non è il modo migliore per ottenere voti. Ai due poliziotti rimasti fra le lamiere ci avrebbe pensato qualcun altro.

I soccorsi arrivarono tre ore dopo l'incidente. E solo grazie a un ragazzotto del posto che portava a spasso le pecore e aveva visto i rottami in fondo alla scarpata.

Il collega ha sempre negato l'ipotesi di Poli Ugo e giurò allora, e giura oggi, che non si accorse dell'incidente.

Deve essere per questo che è incarognito con tutti.

Lo Zoppo, intendo.

Non ha tutti i torti. Prima era considerato il piú promettente ispettore della Questura di Bologna e in molti, compreso l'interessato, Poli Ugo, prevedevano per lui una carriera folgorante.

L'ha fatta il collega al volante dell'auto dell'onorevole.

– Qualcuno mi deve spiegare come mai, sei mesi dopo quel maledetto giorno, un coglione come lui è diventato vice commissario, – mugugna quando gli torna il ricordo dell'incidente. E accade spesso. Ogni volta che registra e timbra una pratica arrivata in archivio.

Era andata cosí: dopo la guarigione Raimondi Cesare gli aveva offerto la pensione anticipata, ma lo Zoppo l'aveva rifiutata. Sostenne allora e sostiene oggi che per essere un bravo investigatore serve una buona testa e non due buone gambe.

Non tutti sono dello stesso parere e Raimondi Cesare, ispettore capo e superiore di Poli Ugo, davanti alla sua ostinazione, lo schiaffò in archivio.

Cosí Poli Ugo, detto lo Zoppo, è diventato la carogna che è e io lo capisco.

Un consiglio: se vi capita di incontrarlo, non chiamatelo Zoppo. Vi arriverebbe fra capo e collo il pesante bastone che fa da aiuto alla gamba destra massacrata.

Uno che ci mette poco.

Sarti Antonio, sergente, lo conosce bene e per ciò entra in archivio senza bussare, butta sulla scrivania una cartella e gira la schiena per andarsene.

Seduto alla scrivania c'è Poli Ugo, vice ispettore aggiunto, intento a scorrere una pratica. Non alza gli occhi e dice:

– Scommetto che è il rapporto sul caso dei Garganelli.

– Bravo, hai vinto una bambolina, – rimanda Sarti Antonio, sergente, fermandosi sulla soglia.

– E scommetto che è un altro caso irrisolto.

– Ne hai vinte due.

Finalmente lo Zoppo solleva il capo dalla pratica, si alza in piedi appoggiandosi al bordo della scrivania, prende il pesante bastone che gli fa da terza gamba e si avvicina al mio questurino. Lo guarda negli occhi in silenzio e poi: – Sai quanti sono, con questo, i casi irrisolti, nell'ultimo mese? – Non aspetta risposta. – Sette.

– Be', io ne ho uno solo, sono in media, – e fa per riprendere l'uscita interrotta. Ci ripensa: – Veramente con Settepaltò farebbero due, ma ho ancora speranze di risolverlo.

– Tu non risolverai un accidente, Sarti. Non sai collegare i fatti fra loro, non hai il dono della sintesi, non hai la cultura per fare l'investigatore... Alla voce investigare il vocabolario Treccani specifica: «Ricercare con cura, seguendo ogni traccia, ogni indizio che possa condurre a scoprire, a conoscere, a trovare ciò che si cerca». Cosa puoi trovare tu se neppure sai cosa cercare?

– Be', Poli, stavolta so cosa cercare. Cerco informazioni su Quintale. Ne hai? Come si chiama, da dove viene, che precedenti...

– Per questo sei qui? – lo interrompe lo Zoppo.

– Ne hai o no? Se ne sai quanto me, perdiamo tempo in due.

Lo Zoppo torna alla scrivania. La terza gamba batte pesantemente sul pavimento e il suono cupo si perde nello stanzone. – Vuoi vedere che stavolta ce la fa? – borbotta. Appende il bastone alla spalliera della sedia, siede, si mette le mani intrecciate dietro la nuca, chiude gli occhi. – Ventrucci Teofilo, laureato in filosofia strutturale o strutturalismo... Roman Jakobson, Claude Lévi-Strauss, Jacques Lacan, Michel Foucault, Roland Barthes... – Sospende, riapre gli occhi e guarda Sarti Antonio, sergente, che nel frattempo si è avvicinato alla scrivania. – Nomi che per te non vogliono dire molto, ma non ha importanza. Il professor Teofilo Ventrucci ha insegnato per due anni all'università e poi, con il suicidio di una sua allieva che si era innamorata di lui, ha lasciato l'insegnamento ed è diventato quello che vedi oggi. Ti basta?

In silenzio il questurino guarda lo Zoppo. Gli chiede:
– Come mai ti sei occupato di lui?

– Sei giorni fa ha presentato denuncia contro ignoti che gli hanno messo sottosopra il magazzino procurandogli ingenti danni economici. Nulla risulta trafugato –. Le sue labbra vorrebbero atteggiarsi a un sorriso ironico, ma viene fuori il ghigno di una iena. – Denuncia archiviata.

Il solo sistema per seguire gli sviluppi degli avvenimenti e per ricavarne qualcosa che somiglia alla realtà è ragionare a voce alta, fra sé. Almeno per Sarti Antonio, sergente. Per il sottoscritto, il sistema è comodo. Anche se lascia perplesse le persone che incrociamo. Un tempo lo prendevano per matto. Da quando sono in circolazione i cellulari, può passare per una telefonata, anche se l'apparecchio non è visibile e nessun filo esce dalle orecchie di chi dovrebbe telefonare.

Io ci ho preso l'abitudine. Capisco dove sta andando il mio questurino, cosa ha capito e dove vorrebbe arrivare. E posso anche intervenire. Fra noi c'è ormai una certa intesa.

– Quintale. Ovvero professor Ventrucci Teofilo, da non credere.

– Con la tua esperienza non dovresti meravigliarti di nulla.

– L'esperienza non basta mai. Le cose ti cambiano davanti agli occhi e quello che ieri era esperienza, oggi è inutile. Ci vuole un caffè.

Lo prende al bar del Battibecco, a due passi dalla Questura.

– Ne ho bevuti di migliori, – dice al barista prima di uscire.

– Dici cosí quando le cose non ti vanno bene, – commenta l'altro. – Io li faccio sempre buoni, lo dicono tutti.

– Gentaglia, – e prende la strada per piazza Maggiore. C'è un gran casino. Una folla di gioventú è seduta sui gradini di San Petronio. Il Crescentone è occupato da un branco di scamiciati, ragazzi e ragazze. Di tutte le razze, censo e religione.

Ci vuole poco a capire che sono divisi in quattro schieramenti. Ogni gruppo ha un fazzoletto legato attorno alla fronte. Quattro i colori dei fazzoletti: rosso, verde, giallo e nero.

– Che fanno? – chiede il questurino alla ragazza seduta sui primi gradini.

– Calcio a quattro squadre. Divertente. Mai visto? – Non aspetta risposta. – Io sto con Cinno e Poldo. Vedi quei due con il fazzoletto rosso sulla fronte e che discutono con l'arbitro? Sono bravi.

Mi ci vuole un poco a capire come funziona: sette giocatori per ogni squadra, quattro porte, una per lato del Crescentone. Ogni porta è contraddistinta dal colore dei quattro fazzoletti ed è quindi difesa dai giocatori che lo indossano, quel colore.

Le quattro squadre sono ammassate al centro del Crescentone e l'arbitro lancia sul gruppo il pallone. I giocatori dello stesso colore tentano di impossessarsene e di giocarlo con i compagni per segnare in una delle tre porte avversarie, non importa quale. I giocatori di ogni squadra tentano di recuperare la palla per giocarla verso le tre porte avversarie.

Vince chi ha incassato meno reti.

Un gran casino, ma si divertono molto.

– Sono bravi o no? – chiede la ragazza dopo qualche rete segnata qua e là.

– Chi?

– Cinno e Poldo, te l'ho detto.

Il calcio non ha mai coinvolto il mio questurino. In realtà non è interessato a nessuno sport. Per un certo periodo di sua gioventú aveva seguito il baseball. Gli piaceva un gioco che non ammetteva la parità dei contendenti. O vinci o perdi. Classico della mentalità Usa dove vincono pochissimi e i molti perdono.

– Hanno già segnato quattro reti. Sono bravi o no? – ripete la ragazza.

Niente da dire: Cinno e Poldo sanno come trattare il pallone. Palleggio, testa, destro e sinistro, stop e dribbling sulle lastre di granito del Crescentone.

Tiro rasoterra e rete.

– Sono bravi. Giocano in qualche squadra?

– In prima divisione, ma non ricordo la squadra. Glielo chiederò. Noi abbiamo preso solo un gol.

Non sa come la ragazza riesca a tenere il conto e, dopo qualche altra rete, Sarti Antonio toglie il disturbo e prende la strada di casa. Da un paio d'ore il sole ha salutato le due torri e il sindaco ha acceso le luci su piazza Maggiore dove non si gioca piú il calcio a quattro squadre.

Si pensa a come passare la notte bolognese.

Per Sarti Antonio, sergente, non sarà delle piú tranquille.

9.
Quel pasticciaccio brutto di via dei Mille...
e scusate se disturbo i grandi

In due non arrivano a quarant'anni. Due qualsiasi, due come tanti. E chissà quali erano i loro veri nomi.

Due sfigati che non sapevano ancora come prendere la vita.

Giocavano a calcio piuttosto bene e si erano illusi, o qualcuno li aveva illusi, che il calcio sarebbe stato il futuro. Hanno solo contribuito a cambiare in peggio la città, ma non me la sento di caricarli di colpe non loro.

Poldo è sull'incazzato: – Siamo i piú coglioni di tutti, noi due?

Cinno non gli risponde. A lui la vita è sempre andata per quel verso e non si è mai fatto domande cosí stupide. Non risponde perché non è abituato a rispondere. Gli basta mugolare o fare un cenno con il capo.

Da un paio d'ore il sole ha salutato le due torri e il sindaco ha acceso le luci su piazza Maggiore dove non si gioca piú a calcio a quattro squadre.

Improvviso, come accade d'estate, un acquazzone ha lavato il granito della piazza e si è portato via, nelle fogne della città, i tanti, troppi gol segnati in una incredibile partita di calcio a quattro squadre in campo e quattro porte.

Seduti sui gradini di San Petronio, Cinno e Poldo hanno smesso di preoccuparsi della pioggia che li ha inzuppati fin dentro le ossa e non c'è motivo di andare al coperto adesso che ha quasi smesso. Solo poche gocce sparse da nuvole lente e da un cielo che si sta aprendo e tinge di un rosa morbido gli antichi mattoni e le fasce di marmo sulla facciata di San Petronio. Di un grigio pallido ma luminoso. Fa piú rosa i mattoni a vista non ancora rivestiti.

Non lo saranno mai.

Stanno bene cosí.

Poldo è il piú giovane dei due: – Allora, mi vuoi rispondere? Che cazzo ci facciamo con 'sta roba? – e batte la mano sulla tasca destra della saccona che porta in spalla.

È una domanda precisa e Cinno non può continuare a mugolii o cenni del capo. Sta per rispondere, ma visto che Poldo si è alzato e passeggia sugli ultimi gradini di San Petronio, gliela dà su. Si vede che non gliene frega niente della sua risposta. Meglio cosí.

I piccioni, usciti dai fori della vecchia torre e dalle nicchie sulla facciata della chiesa, sono tornati a incasinare il granito bagnato del Crescentone di piazza Maggiore e beccano un mangime che vedono solo loro, nascosto dentro le macchie di pioggia e nelle fessure fra lastra e lastra.

Poldo passeggia e il peso della pistola dentro la saccona gli batte sul fianco. Un senso di sofferenza e di disagio perché non ci si abitua subito a un'arma.

In due non arrivano a quarant'anni: Cinno e Poldo, due caratteri opposti che non si capisce come stiano bene assieme. Come ho detto, Cinno parla pochissimo e, quando lo fa, ha l'accento di uno nato dalle parti di Bologna. Anche il soprannome che gli hanno dato, Cinno, lo confermerebbe. Vuol dire ragazzo.

Poldo, da maledetto toscano che è, parla di continuo. Un giorno che era in vena di chiacchiere, Cinno gli ha detto:

– Tu parleresti anche con il culo, se il tuo culo avesse la lingua.

Poldo ha smesso di passeggiare e torna vicino a Cinno, ancora seduto sui gradini bagnati della chiesa. Gli si ferma dinanzi, a gambe larghe e lo sguardo dritto in viso.

– Adesso te lo dico, adesso ti do il mio parere: noi due non s'è peggio degli altri e allora, per il tu' dio, è giusto che lo facciamo.

È un discorso che fa effetto e Cinno ci pensa un po' e poi si alza. Mugola qualcosa e scende i gradini. Poldo lo guarda, sfiora con la destra la pistola che, nello zaino, gli pesa sul fianco e poi scende anche lui e raggiunge l'amico sulla piazza. Hanno i calzoni bagnati. Sulle chiappe molto di piú ed è come se si fossero pisciati addosso.

– O cosí mi piaci, – dice Poldo. – Ci vuole decisione, se no si finisce tutt'e due alla mensa dei derelitti. Noi due s'è preso un impegno e noi due si va fino in fondo.

Sono almeno due ore che Cinno non parla e adesso chiede: – Tu l'hai già usata?

– Ecché ci vole? Poi, devi stare a sapere che quando la gente vede un'arma, si caca sotto e 'un si move. Sarà una passeggiata, credimi, – e sorride sicuro.

Cinno non si accontenta della risposta e insiste: – Ti ho chiesto se ne hai già adoperata una.

Questa volta Poldo grida: – No, ma 'un significa *gnente*!

Con il palmo della destra rivolto in basso, Cinno gli fa segno di abbassare la voce e si avvia. Camminano uno a fianco dell'altro, in silenzio. C'è nell'aria un vago sapore d'umidità mista alla polvere sollevata dall'acquazzone.

Attraversano via Rizzoli e prendono per Indipendenza e, sempre sotto i portici, arrivano in piazza VIII Agosto. Dopo il lungo silenzio che li ha accompagnati fino là, Poldo torna alle loro ultime battute, in piazza Maggiore:

– E tu? – Cinno lo guarda senza capire. – Tu l'hai mai usata? – Quello si stringe nelle spalle e grugnisce qualcosa che non significa nulla. – Comunque questa volta lo farò io. La prossima toccherà a te. Sei d'accordo?

Dal borbottio di Cinno non si capisce se sia d'accordo oppure no e Poldo, come molti toscani, fa presto a incazzarsi: – O lo sai che tu sei un bel tipo! Stai ancora a pensare al calcio. Col calcio noi due non ce la si fa, come te l'ho da dire? Noi due s'è mosso mezzo mondo per trovare una strada diversa, la s'è trovata e s'è trovata pure la pistola e che la usi io o te, che differenza fa?

Prendono per via dei Mille. Passano, senza nemmeno guardarlo, davanti al portone del palazzo stile medievale costruito dopo la guerra. Girano attorno al caseggiato e sono di nuovo davanti al palazzo stile medievale. Si guardano attorno.

Un vigile urbano, uscito dopo la pioggia come una lumaca, sta attaccando i suoi foglietti gialli sui parabrezza di una lunga teoria di auto in sosta. Con un gesto del capo Cinno indica la collega del vigile che attende, protetta dall'umidità, sotto il portico, piú preoccupata per la messa in piega che per il traffico.

– Hai ragione, ora 'un si pole, – dice Poldo. – Ci sono quei due.

Cinno borbotta il suo consenso e riprendono a passeggiare. Senza una logica: via Indipendenza e poi via Galliera e ancora via dei Mille, il palazzo stile medievale.

I due vigili non ci sono piú e Poldo dice: – Adesso. Ci sei?

Cinno mugola ed entra deciso nel lungo corridoio illuminato dalla luce che viene dalla strada. Poldo lo segue, ma si ferma, torna indietro e chiude, adagio, il portone d'ingresso. Adesso sono al buio. Poldo cerca l'interruttore, a tentoni, e fa luce. Guarda Cinno, appoggiato alla parete del corridoio e dice:

– Non aver paura.

– Io non ho paura.

– Mi pareva, sei pallido...

– Anche tu. Andiamo, – e si avvia, deciso, alle scale.

– O Cinno, quello sta al sesto piano! C'è l'ascensore.

– A me gli ascensori non sono mai piaciuti, – dice Cinno, ma quello che Poldo sente è un borbottio incomprensibile. Allora rinuncia all'ascensore e segue l'amico per le scale.

Sono al secondo piano e la luce si spegne. Poldo bestemmia a Cinno e all'ascensore. Sul pianerottolo cerca il pulsante e fa di nuovo luce. Il traffico della strada arriva ammorbidito e, nel quasi silenzio, la porta che si apre qualche piano sotto è un rumore violento che inchioda i due a metà di una rampa.

Da giú chiamano l'ascensore. Qualcuno ci entra e scende, apre il portone ed esce. Entra il traffico. Richiude il portone ed è di nuovo silenzio e i due riprendono a salire.

Cinno si ferma dinanzi a una porta del sesto piano e la indica.

– È qui, – dice Poldo.

– E se non è in casa?

Parlano sottovoce. – È in casa, è in casa. Sta sempre in vestaglia e non esce mai, – dice Poldo. – Non ci hanno detto cosí?

– E se non è solo?

– Occazzo, Cinno! Dov'eri mentre ci spiegavano? Non esce, è sempre solo e sta in vestaglia –. Si tira davanti la saccona, ci fruga dentro e prende fuori la pistola. – Adesso suona, per dio, suona o devo fare tutto io? – Stringe la pistola. Ha un brivido nella schiena.

Cinno allunga la mano indecisa verso il campanello, ma Poldo gliela blocca. Gli sussurra all'orecchio: – Aspetta. Sai che si fa? Prima ci si fa aprire la cassaforte, sei d'accordo?

– Figurati se quello te l'apre la cassaforte.

– Me l'apre, me l'apre, – e sventaglia la pistola sotto il naso di Cinno. – Questa convince anche i morti, – e di nuovo il brivido nella schiena.

– Ma con loro ci siamo accordati...

– Ti fa schifo se oltre ai soldi che ci dànno noi si prende anche quelli della cassaforte dell'uomo con la vestaglia? A me non fa schifo. Sona.

Ancora la mano indecisa di Cinno verso il campanello, ma non suona perché la luce delle scale si spegne.

– Ora che facciamo? – borbotta Cinno.

– S'accende, per dio, s'accende! O Cinno, certe volte mi fai proprio incazzare. Accendi e sona. Io non mi faccio vedere e sto pronto con la pistola –. La mano che stringe l'arma suda e gli fa male. Gli fanno male tutti i muscoli del braccio.

Senza accendere la luce delle scale, Cinno preme il campanello.

Passa un secolo e poi, all'interno, si sentono passi che si avvicinano alla porta.

– Chi è?

Poldo tocca l'amico con il gomito e gli sussurra all'orecchio: – Diglielo.

Da dentro chiedono ancora: – Chi è?

– Mi manda Angelo.

Scattano parecchie serrature, la porta si schiude e una lama di luce illumina il buio delle scale. Cinno si fa vedere nello spiraglio illuminato e dice:

– Si è spenta la luce.

La porta si apre del tutto e l'uomo con la vestaglia colorata dice: – Guarda che c'è un pulsante in ogni pianerottolo. Basta premerlo e... – ma non finisce perché Poldo spunta dietro Cinno e, il braccio teso e la pistola puntata, spinge dentro l'uomo, entra anche lui e sussurra deciso, come se non avesse fatto altro nella vita:

– Non ti muovere! Non ti muovere o, per dio, t'ammazzo! – A Cinno e senza voltarsi: – E tu chiudi e vieni dentro!

L'uomo con la vestaglia è andato a sbattere contro la parete dell'ingresso; se ne sta lí, piegato in due e immobile, con gli occhi spalancati a fissare la canna della pistola puntata alla sua fronte. Il tono deciso di Poldo gli deve aver messo paura perché balbetta:

– Ma cosa... cosa volete... Angelo non può... Cosa volete? – e cerca di rimettersi dritto.

– Non ti muovere, ho detto di non muoverti!

Il braccio teso che sostiene la pistola comincia a tremare e l'uomo con la vestaglia se n'accorge. Allunga le braccia e dice:

– Va bene, va bene, non mi muovo, ma tu calmati, che un colpo fa presto a partire. Adesso io telefono ad Angelo e vediamo di risolvere...

– Tu non telefoni a nessuno e non risolvi niente! Capito? A nessuno!

– Va bene. Cosa volete? Non ho niente in casa che possa interessarvi...

Poldo grida a Cinno, sempre tenendo d'occhio e sotto mira l'uomo con la vestaglia: – Hai sentito? Il pover'uomo non ha niente in casa! Niente tranne una cassaforte piena di lira. Datti da fare, Cinno, cerca la cassaforte! Non possiamo stare qui fino a domani.

Cinno, molto calmo, molto piú calmo di Poldo che non fa che urlare, si avvicina all'uomo con la vestaglia e gli chiede, sottovoce e con gentilezza:

– Dov'è la cassaforte? Il mio amico, qui, ha un po' di fretta. E anche tu, a pensarci bene, non hai molto tempo a disposizione –. Non mugola e non borbotta come fa sempre. Parla a voce chiara e comprensibile come Poldo non l'aveva mai sentito.

L'uomo con la vestaglia si muove appena e Poldo gli grida ancora, e la sua voce è strozzata: – Stai fermo lí, contro il muro! Non ti muovere! – La pistola è diventata pesante e ora la deve sostenere con due mani.

– Non mi muovo, ma, ragazzi, come faccio a portarvi alla cassaforte se non mi muovo? A parte che dentro non c'è niente che possa interessarvi. Solo cose personali che a voi non fanno né caldo né freddo...

– Sono personali anche i soldi! Non ti muovere e di' a Cinno dov'è 'sta cassaforte del cazzo!

L'uomo con la vestaglia capisce che il giovane dalla pistola non reggerà per molto e immagina cosa succederà dopo. Dice: – Va bene, ma stai calmo –. Gira il capo verso Cinno: – Diglielo anche tu di stare calmo –. Di nuovo a Poldo: – La cassaforte è nel mio studio, la porta in fondo al corridoio. Ho la chiave in tasca e farò tutto quello che vuoi. Adesso io consegno la chiave al tuo amico, va bene?

– Va bene.

Lentamente l'uomo mette la mano nella tasca della vestaglia, una vestaglia colorata che gli scende fin quasi ai piedi e tenuta in cintura da una striscia di stoffa abbondante e di colore diverso dal resto. Quando la mano esce dalla tasca, non tiene la chiave della cassaforte, ma una piccola, ridicola rivoltella, quasi un giocattolo, che di colpo è in linea con la fronte di Poldo.

– E adesso come la mettiamo, coglione? Facciamo a chi tira per primo o la chiudiamo qui, senza farci male?

Poldo aveva ragione a dire: «Quando la gente vede un'arma, si caca sotto e 'un si move». Lui per ora non si caca sotto, ma di certo non si muove. Spalanca gli occhi e fissa il piccolo, ridicolo foro scuro dell'arma che guarda la sua fronte. Spalanca anche la bocca, ma non gli esce la parola e la sua pistola è diventata tanto pesante da sostenere che non ce la fa, non ce la fa piú nemmeno con tutte e due le mani.

Con la voce strozzata che neppure lui riconosce, Cinno gli grida: – Spara, Poldo, spara! – ma è come se Poldo non lo sentisse. I suoi sensi sono finiti dentro quel piccolo ridicolo foro che guarda la sua fronte. – Spara per dio, spara!

Spara. Un piccolo fiore rosso sboccia sulla fronte di Poldo che continua a tenere sollevata e tesa, con le due mani, la sua inutile pistola.

Cinno non ha ancora capito e continua a gridare: – Spara, spara! Cos'aspetti, cazzo?

Un altro piccolo fiore rosso sboccia sulla fronte di Cinno. È tutto.

Una storia senza capo né coda, nata chissà dove e chissà come.

In due non arrivano a quarant'anni.

Cinno e Poldo, due qualsiasi, due come tanti. E chissà quali erano i loro veri nomi.

Uno dei due, forse Cinno, con un minimo di fortuna, sarebbe diventato un buon calciatore.

10.

Un personaggio ambiguo

Un altro crimine senza colpevole e senza castigo. L'uomo con la vestaglia conosce la parte che lo coinvolge, la piú importante per Cinno e Poldo. Il resto, cos'abbia spinto i due giovani a suonare il campanello di casa sua, a minacciarlo con una pistola, come abbiano saputo di Angelo, la parola chiave per fargli aprire la porta, della droga, dei soldi, della cassaforte...

Settepaltò resta in ospedale, ancora in stato comatoso e con poche possibilità di uscirne. Non ha la struttura fisica e mentale.

– Andrò a parlare con i medici, – dice a se stesso Sarti Antonio dopo il primo caffè della giornata, nella cucina di casa sua.

E, chissà per quale sensibilità, gli viene alla mente l'incredibile partita a calcio sul Crescentone.

– Chiederò a Felice se sa qualcosa di quello strano sport.

Subito dopo, per la stessa imperscrutabilità, gli tornano le immagini della ragazza che gliel'ha spiegata e gli ha parlato di Cinno e Poldo.

I due ragazzi li incontra di nuovo appena sale sulla 28. Sono incollati sul cruscotto, proprio davanti al sedile del passeggero. Sorridono: non sono foto scattate in questura. Non sorride nessuno davanti al fotografo della questura. Di fronte, profilo sinistro, profilo destro.

Cinno e Poldo in un'istantanea scattata su un campo di calcio, in mutande da calciatore e casacca a righe orizzontali azzurre e gialle. I due amici si tengono a vicenda le braccia sulle spalle.

Il mio questurino li guarda, guarda il collega al volante e chiede spiegazioni con un cenno del capo.

– Dobbiamo scoprire, chiedere in giro... Chi li ha incontrati e quando. Chi li ha visti di recente... La solita trafila, insomma.

Per Felice Cantoni, agente, due ragazzi ammazzati sono la solita trafila. Il lavoro nobilita l'uomo, sostenevano i nostri avi. Qualcuno che la sapeva lunga aveva poi aggiunto: e lo rende simile alla bestia.

Già la notte non è stata delle migliori per Sarti Antonio, sergente. Un continuo andare e venire dal letto al bagno per una colite che quando fa sul serio lascia poco spazio al sonno.

Felice Cantoni si era accorto subito che sarebbe stata una giornata dura. Se n'era accorto appena il collega aveva messo il culo sul sedile senza neppure mugugnare il solito «Buongiorno».

– Cosa sappiamo?

– Li hanno trovati uccisi in casa di un noto artista bolognese. Regista, mi pare. C'è tutto nel rapporto, sul sedile dietro. Dove andiamo?

Sarti Antonio, sergente, non risponde. Raccoglie il rapporto e lo scorre.

– Allora? Dove dirigo?

– In Centrale, – e scaraventa il rapporto dove l'aveva trovato.

– Vengo di là...

– Ci torni! – Annusa l'aria dell'abitacolo. – La prossima volta che fumi qui dentro chiederò il tuo trasferimento.

Se il buon giorno si vede dal mattino...
La 28 non è ancora ferma, sul piazzale della questura...
Piazza Galileo, per i non residenti.

... che Sarti Antonio ha già aperto la portiera, è sceso e si dirige verso l'ingresso.

– Io che faccio, Anto'?
Ovviamente nessuna risposta.

– Dov'è Fantuzzi? – grida entrando in ufficio.
– A casa. Ha fatto il turno di notte...
– Figlio di puttana, non poteva aspettarmi?
– Stanotte ha lavorato su due morti ammazzati, poveretto.

– Poveretto un cazzo!
– Non ne poteva piú...
– Anch'io. Chiamalo e fallo tornare in servizio, – e, aspettando che il figlio di puttana Fantuzzi si ripresenti, fa una puntata in archivio.

– Forse lo Zoppo ha qualche notizia sui due ragazzi.
Poli Ugo, vice ispettore aggiunto, è già al lavoro e quando se lo trova dinanzi esprime il suo disappunto cosí: – Due volte in due giorni. Che vuoi ancora, Sarti?

– So come si chiamano i due ragazzi uccisi.
– Bene, fai un rapporto e consegnalo...
– Cioè, non conosco i veri nomi. Li chiamano Cinno e Poldo, giocano a calcio e sono bravi...
– Sarti, io che c'entro?
– Sappiamo chi li ha ammazzati?

Non se ne andrà fino a quando non avrà avuto ciò che è venuto a prendere. Lo Zoppo lo sa e quindi, con aria di sopportazione, si alza, impugna il bastone dalla spalliera della sedia e scompare fra le scaffalature. I passi delle sue tre gambe si allontanano e si perdono sotto le antiche volte dell'archivio.

Si risentono dopo cinque minuti. Si avvicinano e riappare lo Zoppo che ripete l'operazione al contrario: si avvicina alla sedia, appende il bastone alla spalliera e siede. Ha posato sulla scrivania un fascicolo che, mentre parla, scorre con gli occhi.

– Li ha ammazzati Stefanetti Gianluca di professione regista teatrale, tendenze omosessuali, coinvolto in vicende di carattere sessuale poco chiare. Sospettato di traffico di stupefacenti, ma non si è mai riusciti a provare l'accusa. L'ultimo spettacolo che ha diretto risale a quattro anni fa e attualmente non si sa come possa permettersi un appartamento di lusso in via dei Mille –. Alza lo sguardo su Sarti Antonio. – A cosa ti serve?

– Ieri sera li ho visti giocare a calcio sul Crescentone...

– Allora?

– Niente, per dire che la vita... – e la smette per non diventare patetico. – Nel caso ti arrivassero altre notizie...

– Hai detto bene: se mi arrivassero delle notizie, sarebbe veramente un caso.

Sarti Antonio, sergente, se ne va con un «Grazie» sussurrato.

È ancora sulla soglia che lo Zoppo gli dice: – Sarti, cosa ti succede? – Il nominato si gira e guarda l'archivista senza capire. – È la prima volta che mi ringrazi.

– Ero soprappensiero, scusa.

Allo Zoppo sembrerà strano, ma altre notizie arrivano. Gliele dà il collega Fantuzzi, rientrato in Centrale piuttosto incazzato. E sono, riassunte dalla viva voce del collega, le seguenti:

Stefanetti Gianluca avrebbe telefonato in Centrale qualche minuto dopo il duplice omicidio. Il tempo per rendersi conto di quanto era avvenuto: Siamo arrivati sul posto, abbiamo trovato la porta dell'appartamento accostata e lo Stefanetti piangente, inginocchiato sui due corpi sui quali non ho trovato alcun documento. Nel sacco accanto a uno di loro ho trovato la foto dei due in tenuta da calcio. So di che squadra si tratta e li ho visti giocare. Oggi stesso avrò le loro generalità. Bastava che tu aspettassi quattro ore, cazzo! Uno lo chiamavano il Cinno e dovrebbe risiedere al Pilastro. Lo Stefanetti sostiene che i due volevano farsi aprire la cassaforte e minacciavano di ucciderlo. Sembrava disperato per ciò che era stato costretto a fare per difendersi. È in possesso di regolare porto d'armi nonostante abbia avuto guai con la giustizia e sia sospettato di traffico di droga. Durante la perquisizione non abbiamo trovato nulla di compromettente che giustificasse il suo fermo. La mia opinione è che, prima di avvertire la Centrale, lo Stefanetti si sia preso il tempo necessario per *pulire* l'appartamento. Il medico della scientifica ha ipotizzato che fra la morte dei due e il nostro arrivo sul luogo siano passate almeno tre ore. L'autopsia ci confermerà o meno. L'omicida ha dichiarato di non conoscere i due giovani, di non averli mai visti e che entrambi erano armati. Di aver loro aperto la porta solo dopo che i due avevano dichiarato di essere stati mandati da un amico comune per ritirare un volume antico che lo Stefanetti avrebbe dovuto restituire. Mi pare assurdo che un'incombenza del genere sia stata effettuata a mezzanotte passata. Accanto ai corpi ho trovato effettivamente due pistole. Una era vicina alla mano destra del Cinno e la cosa non mi torna perché il ragazzo è sinistro sia di piede che di mano. Ho potuto notarlo durante le partite. La cassaforte, trovata chiusa, conteneva solo trecentomila lire. Poco per giustificare una rapina. Ho idea che lo Stefanetti sia personaggio equivoco e collegato ad

ambienti della mala locale e che il duplice omicidio abbia
altre motivazioni, magari di carattere sessuale o ricatto.

Fantuzzi riprende fiato e poi:

– Ti basta? – Non aspetta risposta perché, in ogni caso, non ha nulla da aggiungere, e se ne va piú incazzato
di quand'è arrivato. – Ti avrei aggiornato fra quattro ore,
cazzo! Non capisco tanta fretta, cazzo! Ne ammazzano
ogni giorno, cazzo!

È vero, ne ammazzano ogni giorno.

Strano mondo.

Di nuovo un «Dove andiamo?» che fa tornare indietro
il tempo di qualche ora.

– Tu togli il culo da quel sedile, che ci hai messo radici, e
vai in ufficio. Ti fai dare una copia del rapporto sui due ragazzi ammazzati stanotte e te lo leggi. Chissà che non impari
qualcos'altro che non sia la guida di questo cesso di auto 28.

– Non è un cesso. Intanto tu?

– Vado a cercare una ragazza.

Non fatica a trovarla. È esattamente dov'era ieri sera:
seduta sui gradini di San Petronio. È triste. Sa già la brutta notizia.

Accanto ha un fagotto di stracci, forse il suo intero guar-
daroba. Se non l'intero appartamento.

Sarti Antonio, sergente, le siede accanto, come uno dei
tanti sfigati che hanno messo casa qui, sui gradini della
chiesa. A volte mi chiedo dove vadano a espletare le loro
necessità fisiologiche.

Il mio questurino dà un'occhiata in giro.

Il sole delle dieci e mezza ha superato il palazzo dei Ban-
chi e illumina di taglio il palazzo del Podestà creando leggere ombre sulla facciata. Sta di fronte a San Petronio: potere
temporale e potere religioso si guardano. Non in cagnesco,

come mi piacerebbe, ma con benevolenza. O forse con ironia. Me lo suggerisce la torre dell'Arengo che, leggermente inclinata verso sinistra, come un sorriso di sbieco, sovrasta di una decina di metri il Podestà. Il campanazzo appeso all'interno della torre non suona piú per richiamare in piazza il popolo in occasione di eventi tragici e, forse, per discutere di come superarli. Non suona piú da qualche secolo.

– Dovrebbe suonare ogni giorno, – borbotta il questurino.

Pensa all'Italicus?

A Ustica?

Al 2 agosto?

A Francesco Lorusso?

Alla banda della Uno bianca?

La ragazza lo guarda. Non ha capito le parole di Sarti.

– Te ne vai? – Lei annuisce e torna a guardare i gradini. – Sei di Bologna? – Niente. – Come ti chiami? – Cenno del capo: non te lo dico. – Erano tuoi amici? – Sí, lo erano. – Mi dispiace, – e lei tira su le spalle: chi se ne frega? – Hai fatto colazione? – La smorfia della bocca dice: non me lo ricordo.

Il mio questurino si alza. – Vieni, prendiamo un cappuccino.

Lei ci pensa un po' prima di alzarsi.

Attraversano la piazza e siedono sotto il porticato di palazzo del Podestà.

Sono lí da trenta secondi, piú o meno, e il barista è già da loro. Guarda prima la ragazza, con sospetto. Poi il questurino. Con fastidio. Sarebbe stato meglio se i due avessero scelto un altro bar.

Il questurino sorseggia il caffè. Ne ha bevuti di migliori.

Aspetta che la ragazza mandi giú alcuni bocconi di brioche e un sorso di cappuccio.

– Quanti anni hai? – le chiede.

– Quindici.

– Perché non torni a casa, dai tuoi?

– Meglio di no.

– Li conoscevi bene Cinno e Poldo?

– Li conoscevo.

Li conosceva e basta. Come succede oggi fra i giovani. Ci si incontra, ci si piace, a volte si scopa e ognuno per la propria strada.

Poldo le aveva parlato di un ingaggio e lei pensava a una squadra di calcio, magari di serie B o anche C.

– A me piaceva Cinno, ma parlava poco. Sai cosa vuol dire Cinno? Ragazzino, come *el pibe* per Maradona.

Prima di pagare e lasciarla al tavolo del bar, il mio questurino le chiede:

– Non mi vuoi proprio dire come ti chiami?

La ragazza scuote il capo. Si alza e raccoglie il suo scarso bagaglio.

Probabilmente non la rivedrà piú.

– Hai solo quindici anni.

– Lo so.

II

In trasferta

Non chiude occhio per tutta la notte. Gli ballano nel cervello immagini degli ultimi avvenimenti. Dai due fagotti sotto il portico dei Garganelli, alle foto di Cinno e Poldo che ha avuto davanti per tutto il turno e poi si è portato in ufficio, sulla scrivania, fino a quando è smontato dal servizio.

Gli torna il viso insanguinato di Settepaltò e quello triste della quindicenne.

L'avrebbe abbracciata per farle sentire il calore di qualcuno che poteva prendersi cura di lei, ma non se l'è sentita. Meglio che gli impulsi restino tali: si fa presto a scambiare un gesto d'affetto per un approccio sporco.

Anche il sorriso di Elena gli è tornato spesso davanti. Subito cancellato dell'immagine del marito, Bastiani cavaliere del lavoro Roberto «... e quando si accorgerà che è sparito il quadretto rubato da Rosas, penserà che non ci si può fidare neppure di un questurino».

Così accade che, al mattino presto, sale sulla 28, piú stanco di quando ha staccato il giorno avanti. Felice Cantoni se ne accorge subito e chiede:

– Cos'è che non va adesso, Anto'?

– Il caldo, non ho dormito per il caldo.

– Balle, questa notte ho dormito con il panno.

– Avresti fatto meglio a dormire con una donna, – borbotta fra i denti Sarti Antonio. Una battuta squallida, da notte insonne, e infatti Felice gli ride in faccia:

– Se avessi avuto una donna nel letto, non avrei perso tempo a dormire, caro mio, – il che fa arrabbiare ancora di piú il questurino.

– A casa tua faceva freddo e a casa mia faceva caldo, va bene? – a significare che, comunque, ha ragione lui e con ciò il dibattito è chiuso.

Abbassa il vetro, si appoggia allo schienale e chiude gli occhi.

– È mai possibile che non stai tranquillo un minuto, Anto'? – prova ancora il buon Felice Cantoni, ma sa che è inutile insistere. – Fa' un po' come ti pare, – borbotta. E avvia la 28. Conosce il superiore e sa che prima o poi scenderà dal pero. Questione di un caffè e, dopo, Sarti Antonio, sergente, si scioglierà e riprenderà a parlare. Anche troppo.

Va cosí, infatti: il collega ha appena finito il caffè e comincia:

– Ti pare che un industriale dell'acqua minerale si prenda da Cirò e venga a Bologna per picchiare un disperato come Settepaltò? Ti pare? Eppure Rosas ne è certo e io ci ho pensato tutta la notte.

– Anche Rosas può sbagliare.

– Sbaglia di sicuro! – Ordina un altro caffè e borbotta: – Sarebbe la prima volta.

– Dovrà pur esserci una prima volta, Anto'. Mica è il Padreterno, quello.

Sarti Antonio finisce di bere il secondo e si avvia all'uscita dimenticando di pagare.

Ci pensa Felice Cantoni che poi lo raggiunge:

– Anto', non è che i pensieri ti faranno dimenticare di pagare il caffè per tutta la giornata?

– Capirai! Hai pagato il mio caffè…

– Due, Anto', due caffè.

– Sapessi quante volte ho pagato la tua camomilla.

– Ho capito, non è giornata.

– È giornata, è giornata! – grida il mio questurino. Non sopporta che gli si rinfaccino i difetti, specie quando è arrabbiato per i fatti suoi. Cioè spesso. Sospira, si rilassa contro lo schienale e riprende:

– E se ne parlassi con il capo?

– E che gli dici? Che un famoso e ricco industriale ha picchiato il tuo protetto deficiente?

– Non è deficiente, Felice! – grida ancora Sarti Antonio. Poi si calma: – Va bene, ho capito, con te non parlo piú.

– Vuoi ragionare, Antonio? Quello, Raimondi Cesare, ti ride in faccia.

– Mi ride in faccia e sai che ti dico? Mi prendo dei giorni di ferie e vado a Cirò. Posso andare a Cirò per i fatti miei?

– Anto', tu sei padrone di fare quello che ti pare, ma è una stronzata.

– Secondo te, io faccio solo stronzate...

– Non «solo». Fai «anche» stronzate. Per esempio, a Cirò ti presenti dal cavaliere del lavoro Roberto Bastiani. E poi che gli chiedi? Scusi, è lei che ha menato il mio amico Settepaltò?

– Ci penserò, ci penserò durante il viaggio.

Durante il viaggio ci riflette, ma non trova una soluzione. Non fa che borbottare: – Un'idea, mi verrà un'idea.

Fortunatamente il paesaggio della Sila lo rilassa. Non si può vivere in perenne tensione. Per cosa, poi? Ma non si cambia carattere all'età del mio questurino. Non sopporta i soprusi. E la sua vita è piena di soprusi visti e subiti.

Dunque, il paesaggio della Sila lo rilassa: abetaie e boschi, laghetti e sterpaglie secche, strade assolate e ombre rilassanti... Soprattutto i profumi. Gli entrano dal fine-

strino abbassato e lui si ferma a riempirsi i polmoni. Una
gradevole riscoperta. Da anni non assapora i profumi della natura, da quando gli scarichi delle auto, in città, gli
hanno fatto pensare di aver perduto il senso dell'olfatto.
Da suicidio!

Fa anche due passi fra gli alberi. La primavera calabra è
piú calda della primavera emiliana e gli entra nei muscoli
a sciogliere le tensioni e, sdraiato sul bordo di un laghet-
to, si sente in pace.

Cirò può aspettare.

– E chi si muove piú?

Ha pensato per buona parte del viaggio. Cioè ha parlato con se stesso, che è il suo modo di pensare.

Ad alta voce il suono dei pensieri giunge al cervello e
li capisce meglio.

Ognuno ha i suoi metodi.

Chiude gli occhi e ascolta il silenzio appena scalfito dai
rumori della natura. Di nuovo gli arriva il profumo dei
pini calabri e riapre gli occhi. Felci, funghi e piantine di
fragola in fiore.

– Per completare il paesaggio, manca solo un sequestrato.

La lunga teoria dei monti, rotti da dirupi coperti di coni-
fere, digrada a valle. Difficile violare i segreti di quei posti.

– Magari un rapito c'è pure, nascosto qua attorno.

Piú in basso, verso il mare, le cime si arrotondano, coperte di castagni. Poco lontano, un ruscello. Sarti Antonio non lo vede, ma sente lo scorrere dell'acqua. Anche i
rumori della natura, come i profumi, li ha dimenticati da
anni. Pure hanno fatto parte della sua vita, nell'infanzia.

Resta fino a tardi e non sente il minimo desiderio di caffè.

È la vita assurda che fa a Bologna a mettergli la frenesia della bevanda. Ad altri mette la frenesia del fumo o
della droga.

Come ai due fagotti dei Garganelli.

O, ci scommetterebbe, a Cinno e Poldo.

La peste del Novecento.

Prima di ripartire consulta la cartina: la strada per il lago di Cecita gli allungherà la strada, ma viaggia a sue spese e consumando i suoi giorni di ferie.

Non si prende una vacanza da chissà quanti anni!

Dorme in un alberghetto con le finestre sul lago, dorme bene e fino a tardi e anche questo non gli accade da tempo.

La colazione gliela servono sul terrazzo che sbalza sul lago.

In pace e senza fretta.

Due sensazioni dimenticate.

12.
L'uomo con il fucile

Alle dieci del mattino parcheggia l'auto sulla piazza di Cirò monte, il muso contro un davanzale che dà sulla valle. Esce, si appoggia al muretto e respira a fondo l'aria che sale dal mare, là in fondo, e ancora non ha idea di cosa chiederà al Bastiani cavalier Roberto, industriale dell'acqua minerale.

Gira le spalle alla valle e si guarda attorno: poca gente nella piazzetta e quei pochi sono uomini seduti sulle panche, fuori dalla sede del Movimento Sociale, e lo guardano in silenzio. Guardano lui e la sua auto targata Bologna, un marchio che preferirebbe non portarsi dietro da queste parti dove la sinistra non è vista di buon occhio. Ma quello che succede subito gli dimostra come lui, Sarti Antonio, sergente, sia pieno di informazioni sbagliate e come gli abitanti di Cirò siano persone a modo e non abbiano i suoi pregiudizi.

Infatti uno dei giovani seduti dinanzi alla sede Msi si alza, lo raggiunge al muretto e lo guarda. Guarda lui, Sarti Antonio, sergente, non il muretto, e butta lí una frase in un linguaggio del tutto incomprensibile per il questurino venuto da lontano.

– Scusa ma non ti capisco.

– Sono convinto. Ci ho provato, ma al corso non ti hanno insegnato la lingua di Pallagorio. Se resterai da queste parti, dovrai abituarti all'arbëreshe –. Indica l'auto con un cenno del capo: – Vieni da Bologna –. Sarti Antonio annuisce. Che altro può fare? – Gran bella città. Ci sono stato tre anni, università, poi me ne sono tornato. Gran bella città. Abitavo in via del Carro assieme ad altri studenti. Via del Carro...

– Conosco, è nel quartiere ebraico, – e si pente per averlo detto. Altro pregiudizio? Cambia discorso: – Come vanno le cose da queste parti?

– Come a Bologna, male.

– Sí, un brutto periodo –. Indica attorno. – Bel posto anche qui. Io cerco lo stabilimento delle acque minerali Roberto...

– Devi tornare indietro, – lo interrompe il giovanotto. – Sulla strada per Pallagorio troverai un cartello che lo indica. È il mio paese. Non portarci grane.

Come si vede, gente tranquilla, disponibile. Sono i giornali che rovinano la convivenza.

– Ti ringrazio. Posso offrirti un caffè?

Il giovanotto annuisce: – Mi chiamano Dottore, – dice mentre si avvia verso l'unico bar della piazza, – e se hai bisogno, chiedi di me che sono conosciuto.

– Ti ringrazio.

Finiscono il caffè, né buono né cattivo, e Sarti Antonio fa per andare a pagare.

– Bolognese, sei ospite.

– Be', grazie. Gente simpatica qui, – dice Sarti Antonio.

– Se ti avevano detto il contrario, sbagliavano, – ed escono dal bar.

Prima di salutare il giovane e risalire in auto, dice: – Cosí sei dottore. Ce l'hai fatta, a Bologna...

– No, ho smesso. Mi chiamano Dottore per i tre anni di Medicina all'università.

– Che razza di lingua è quella che hai parlato poco fa? Areberese, albanese...

Dottore sorride. – Ci sei andato vicino. Si chiama arbëreshe, quasi albanese. Attorno al Quattrocento a Pallagorio si stabilí una comunità di albanesi. Continuano a usare la loro antica lingua. Te l'ho detto, io sono di Pallagorio.

– Dal Quattrocento al Novecento, avete avuto una bella costanza.

– Le radici non si dimenticano. Buon soggiorno a Pallagorio.

Un gesto di saluto e il giovane torna a sedere sulla panca, accanto alla sede dell'Msi. Spiega agli altri:

– È uno della polizia di Bologna.

È capitato altre volte che lo abbiano dato per questurino senza che lui avesse fatto o detto qualcosa per comunicarlo. Prima di lasciare Cirò e tornare a Bologna, ne chiederà al Dottore.

Alcuni chilometri sulla strada per Pallagorio e trova il cartello «Fonte Minerale Roberto – Stabilimento di prelievo e imbottigliamento». Indica a destra, verso l'alto e lungo una strada deserta e stretta, tanto stretta che quando incrocia l'auto che scende a velocità da circuito, lui, per evitarla, finisce nel fosso.

Per prima cosa, forse perché è un questurino ed è abituato, prende nota della targa, e per seconda, bestemmia.

Le ruote slittano sull'erba e non c'è verso di venire fuori dal fosso. Bestemmia di nuovo e va a cercare, lí attorno, dei bacchetti da mettere sotto le ruote. Ce la fa a uscire e riprende la strada, ma non è finita. Dietro la curva a gomito di un tornante, fra l'altro coperta da castagni, c'è un uomo fermo in mezzo alla strada. Lo evita per miracolo. E finisce di nuovo nel fosso.

Si sporge dal finestrino e grida: – Ma cosa… Siete tutti matti da queste parti? – Si accorge solo adesso del fucile

da caccia che l'uomo tiene puntato a terra, però pronto a
sollevarsi verso l'intruso con l'auto nel fosso. Sarti Antonio cambia tono: – Sono strade pericolose...

Che altro dire?

L'uomo con il fucile guarda il parabrezza sporco di ani-
maletti spiaccicati e, senza avvicinarsi, guarda anche il
viaggiatore, sollevando leggermente la linea di tiro.

La domanda che viene dopo il movimento della canna
è incomprensibile al questurino che arriva da lontano. Per
cui questi sporge il capo dal finestrino e dice:

– Non capisco la vostra lingua.

– Che vuole la polizia di Bologna dalle acque? – L'in-
flessione è di queste zone e la domanda è chiara, precisa.

– E a te cosa cazzo... – ma sottovoce perché sulla strada
ci sono solo loro due e uno dei due ha un fucile. Un colpo
accidentale fa presto a partire. Per cui, sorride: – Vedo
che il Dottore ha già diffuso la notizia.

Ingrana la prima ed esce dal fosso, questa volta senza
problemi, e si trova con il muso dell'auto a un paio di metri dall'uomo con il fucile.

– Dalle mie parti la caccia è ancora chiusa, – e finge di
sorridere, Sarti Antonio, sergente.

Il tipo con fucile non ha il senso dell'ironia.

– Dalle mie parti non chiude mai. Allora, che vuole la
polizia di Bologna dalle acque?

– Dalle acque, niente... Affari personali –. La risposta
non convince l'uomo con il fucile e la linea di tiro si alza
ulteriormente. – Va bene, sono qui per incontrare il cavalier Roberto Bastiani.

– E che vuoi dal cavaliere?

C'è un limite a tutto e Sarti Antonio, sergente, ritiene di
averlo raggiunto. – Non credo di doverti tanto. Adesso io
parto e se non ti sposti... Guarda che non sono una lepre.

Dentro la prima, giú il gas e su la frizione. L'auto salta in avanti e l'uomo con il fucile salta di lato, nel fosso lui, questa volta.

A scanso di colpi partiti incidentalmente, Sarti Antonio china la testa, ma nessun pallettone sfonda il lunotto posteriore dell'auto. Sarebbe stato un bel guaio, con quello che costano i carrozzai e i pezzi di ricambio Fiat.

Gli è andata bene e nel piazzale della fabbrica il pavimento è coperto da cocci di vetro e da un lago di acqua minerale. Oltre il cancello l'asfalto è pieno di bossoli.

Non sono un esperto di armi come non lo è il mio questurino, ma, a occhio, i bossoli sono di mitra. C'è una bella differenza fra i bossoli di una pistola e quelli di un mitra e lo si vede subito.

– C'è stata battaglia? – chiede Sarti Antonio a una delle ragazze in camice bianco intente a radunare cocci. La ragazza lo guarda e non risponde. – Dove trovo il cavalier Roberto Bastiani? – Ancora la ragazza non risponde, ma solleva il capo e guarda il cartello con la freccia e l'indicazione «Uffici e amministrazione». – Grazie e non ti disturbare, bionda.

La ragazza è scura di capelli e di viso, come molte delle belle figlie del Sud.

Il questurino lascia l'auto sul piazzale e segue la freccia.

Passa accanto a una pensilina sotto la quale è parcheggiata un'auto di grossa cilindrata, un'auto da ricco, targata cizeta.

13.

Davanti a un bicchiere di Cremissa, vino degli dèi.
E tanto altro

Il Bastiani cavalier Roberto, titolare dello stabilimento di acque minerali, è un elegante signore grosso e alto e calvo. Esattamente come da descrizione dell'antica bella di notte di via del Falcone, in quel di Bologna. Stessa faccia da culo che ha nella foto sottratta da Rosas a villa Rosantico.

Sulle facce da culo si potrebbe scrivere un saggio. Ce n'è una quantità e solo un occhio esperto riesce a distinguerle dalle facce normali. In passato, mettiamo nei giorni di gioventú del questurino, le facce da culo erano piú facili da individuare.

Per esempio, Raimondi Cesare, ispettore capo, era faccia da culo alla prima occhiata. Col tempo e l'allenamento è riuscito a farsi passare per una persona normale. Ma faccia da culo si è e si resta. Non c'è pezza che tenga.

Torniamo al cavalier Bastiani. Sarti Antonio, sergente, lo vede e ha la certezza che la trasferta in terra straniera non è stata inutile: la bella Elena è sciupata per uno come lui.

Bisognerebbe sentire il parere della bella Elena, ma per il questurino è superfluo.

Il cavaliere è tranquillo, come se il danno di migliaia di bottiglie, acqua imbottigliata e mancati guadagni per mancata consegna della merce, non fosse un problema suo.

Parla sottovoce con i collaboratori, dà istruzioni e solleva appena lo sguardo sul nuovo arrivato che una segretaria ha fatto accomodare, come da disposizioni ricevute. Parla con i collaboratori e poi, quando è in comodo, licenzia con un cenno i subalterni.

Escono tutti tranne uno che accompagna i tre dipendenti alla porta e la chiude dietro di loro. Indi indica all'ospite una poltrona.

Il cavaliere si sistema dietro l'enorme scrivania.

– Che vuole la polizia di Bologna da me?

Piú o meno la stessa frase pronunciata dall'uomo con il fucile.

– Sono qui a titolo personale, cavalier Bastiani, – e Sarti Antonio accenna col capo alla finestra e al piazzale, dove sono andate in frantumi tante bottiglie. – Non ritiene sia il caso di avvertire i carabinieri per quel... quel massacro? – Il cavaliere si stringe nelle spalle: – Oppure sono cose normali da queste parti?

– Sono cose che riguardano me –. Il cavalier Bastiani parla sempre a voce bassa e con il tono tranquillo di uno abituato alle sparatorie. – Cosa posso fare per te? – e, rilassato dietro la scrivania, attende i comodi dell'ospite.

Sarti Antonio cerca la frase adatta per iniziare un interrogatorio che si presenta ostico. E tace, allora il cavaliere si solleva dallo schienale, sceglie un sigaro da una scatola di legno, immagino pregiato, e se lo rigira fra le dita per ammorbidirlo. Ne mordicchia l'estremità piú sottile e infine, a conclusione della cerimonia, se lo mette fra i denti e fruga nelle tasche della giacca. Non trova ciò che cercava e gira il capo verso il dipendente, in piedi al suo fianco.

Questi sa cosa il cavaliere si aspetti da lui e gli appare nella destra l'accendisigaro, già acceso.

Dopo la prima boccata, il cavalier Bastiani indica all'ospite la scatola dei sigari, ancora aperta.

– Grazie, non fumo.

– Male, fa male a privarsi del piacere di un sigaro, – e butta fuori un fumo denso e fetente.

Niente di peggio dei sigari per ammorbare l'aria.

A parere del mio questurino.

Il cavaliere non condivide, a giudicare da come tira lentamente e lentamente butta fuori il fumo.

– Voglio sapere tutto, – ed è chiaro che il cavalier Bastiani non ripeterà.

Scommetterei sulla partenza classica di Sarti Antonio, sergente.

– Dov'era la sera del...

Scommessa vinta.

Lo blocca lo sguardo, di colpo incattivito, del cavalier Bastiani e il questurino cambia domanda e tono e va sul consueto: – Conosce Settepaltò, cavaliere?

Il cavaliere chiude gli occhi e si rilassa di nuovo contro lo schienale della capiente poltrona. Tira una breve boccata e mormora: – Settepaltò, Settepaltò... – Cantilena con voce sempre piú bassa, tanto che sembra addormentarsi, ma di colpo riapre gli occhi, fissa il questurino e a voce alta dice: – Non conosco, non voglio conoscere uno con un nome tanto stupido. Perché me lo chiedi, Questura di Bologna?

A Sarti Antonio rompe che la faccia da culo gli dia del tu, come fa con i suoi dipendenti. Continua a rivolgerglisi con il lei, chissà che non lo capisca da solo, il cavaliere: – Settepaltò è quel poveraccio che ha sgomberato il solaio della sua villa Rosantico, cavaliere.

Una tirata dal sigaro fetente e poi: – E tu vieni da Bologna per chiedermi di quel disgraziato? E a titolo personale?

– Settepaltò è un amico e per gli amici io...

– Tu sei matto! – e schiaccia il sigaro nel posacenere. Ne ha tirato meno della metà. Pensa forse ai fatti suoi o a come continuare il colloquio con un matto. Quando si è dato una risposta, dice: – Tu sei matto, ma uno che fa centinaia di chilometri per un amico merita rispetto. Cosa vuoi sapere di preciso, poliziotto? Naturalmente, come hai detto, a titolo personale.

– Lei... Diciamo che lei somiglia in modo impressionante a quel delinquente che ha massacrato di botte il mio amico.

– Capito, – e si alza in piedi. – Guardami bene: ti sembro il tipo che va in giro a picchiare? Ho chi lo fa al posto mio e per pochi soldi.

– Resta il fatto, cavaliere...

Il cavaliere lo interrompe: – E perché avrei picchiato quel Sette... non so cosa?

– Diciamo che potrebbe aver portato via dal suo solaio qualcosa a cui lei tiene in modo particolare. Diciamo che...

– Diciamo che non sono affari tuoi e diciamo pure che non ho capito come sia venuto in mente a mia moglie Elena... L'hai incontrata?

L'ha incontrata sí. E gli ha anche fatto un certo effetto.

Il cavaliere non aspetta la risposta e va per la sua strada: – Come sia venuto in mente a Elena di chiamare quel tale per fare pulizia nel mio solaio, – e calca sul «mio».
– Se le donne si limitassero a fare le donne... In ogni caso la pulizia della mia soffitta non riguarda la polizia.

– Riguarda me, cavaliere –. È un tipo difficile da manovrare e Sarti Antonio, sergente, tenta un'altra strada. Si avvicina alla finestra e indica fuori: – Neppure la sparatoria di poco fa riguarda la polizia?

– Di quale sparatoria parli?

– Va bene, io ho la targa dell'auto che aveva a bordo i banditi che non hanno sparato nel piazzale della sua azienda, – e anche lui calca sul «non hanno sparato». – Che non hanno sparato alle sue bottiglie. Sono pronto a fornire i numeri di targa dietro la sua collaborazione, cavaliere. A occhio e croce, quello, – e indica il piazzale, – non è un danno da poco.

– Non mi serve la tua collaborazione. Io so chi sono e chi li ha mandati. Regolerò questo affare personalmente.

– E allora diciamo che comunicherò la targa alla locale stazione dei carabinieri e mi dichiarerò disposto a testimoniare sulla sparatoria che non è avvenuta nel suo piazzale.

Il cavaliere sorride, scuote il capo e si alza dalla poltrona per raggiungere Sarti Antonio alla finestra. Gli posa una mano sulla spalla e anche lui guarda fuori:

– Sei proprio un ragazzo simpatico, ma non hai capito come stanno le cose qui da noi. Io dirò al maresciallo che hai sognato e il maresciallo mi crederà, tutto finirà lí e tu farai la figura del coglione –. Lascia la spalla del mio questurino e si avvia alla porta. – Vieni, ti offro da bere e restiamo buoni amici.

– Non bevo acqua minerale.

– Nemmeno io. Conosci il vino di Cirò?

– Ne ho sentito parlare, ma non sono qui per bere.

– Sei un ragazzo in gamba, – dice il cavaliere. Apre la porta e fa segno al questurino di seguirlo. – Andiamo, continueremo la chiacchierata dinanzi a un bicchiere di Cirò, che è molto, molto meglio di qualsiasi acqua minerale, anche della Roberto.

Quasi quasi comincia a non stargli piú sui coglioni, il faccia da culo. Sarà per le due volte che lo ha chiamato ragazzo con l'aggiunta di simpatico e in gamba.

Si accontenta di poco il mio questurino.

Si percepisce il profumo di vino ancor prima di entrare nelle cantine. Scavate nella roccia del monte. Un profumo penetrante, quasi bevibile. Nella discreta, silenziosa penombra delle grotte, si muovono uomini in camice bianco, che si mettono rispettosamente di lato al passaggio del cavaliere. Un percorso stretto fra botti piene di vino a stagionare.

Roberto Bastiani si ferma dinanzi a un'enorme botte, suppongo di rovere. Senza che nessuno gli dica verbo, un addetto sistema due bicchieri di cristallo su un tavolino e, con movimenti delicati, attenti, spilla, dalla botte prescelta, una caraffa. Poi riempie i due bicchieri e si mette in disparte.

– Assaggia, – mormora il cavaliere al mio questurino. Il silenzio della cantina è il rispetto dovuto al vino che riposa nelle botti. – Assaggia e dimmi se non è nettare.

– Dopo di lei, – dice il mio questurino. Sottovoce anche lui per adeguarsi all'ambiente.

Il cavalier Bastiani sorride e sceglie un bicchiere, guarda in controluce il colore del vino, annusa e infine sorseggia.

Sarti Antonio non è un intenditore, non conosce il rito e passa direttamente al sorso. Non è un intenditore, ma è certo di stare assaggiando un vino eccezionale. E lo dice:

– Direi che è degno del sole.

Chissà da dove gli è venuta? O dove l'ha sentita?

Il cavaliere è soddisfatto e poi: – Visto che sei qui a titolo personale, a titolo personale ti dirò perché hanno sparato alle bottiglie di minerale.

– Veramente sarei qui per scoprire chi ha picchiato Settepaltò e perché. Il resto, le vostre beghe, non mi riguardano.

Il cavaliere finisce di sorseggiare e posa il bicchiere. Dice: – Sul tuo amico non posso aiutarti, ma posso soddisfare la tua curiosità. Sono presidente di una squadra di calcio che si sta giocando la promozione in C2. Se la sta giocando anche un'altra squadra, sempre di queste parti, ma in C2 andrà la mia.

– Mi interessa solo la serie A. Qualche volta arrivo in B per via del Bologna che ha il vizio, – e anche Sarti Antonio vuota il bicchiere e lo posa sul tavolino.

L'addetto in camice bianco si avvicina, riempie di nuovo e prende le distanze, sempre discreto. Il cavaliere va avanti per la sua strada senza tenere conto dell'intervento di Sarti Antonio.

– Questa mattina sono venuti per darmi un consiglio e il consiglio è: «Domenica è meglio che la tua squadra perda».

– Da queste parti avete strani modi per consigliare.

– Credi che su, al Nord, le cose vadano diversamente? Voi della questura non ve ne accorgete, ma sai quante raffiche di mitra volano per l'aria delle vostre tranquille città?

– Non mi risulta che si spari per una promozione in C2.

– Perché tu ti occupi di calcio solo dalle tribune.

– Dalle gradinate, – precisa Sarti Antonio. E sorseggia ancora. Ci ha preso gusto. – Buono, davvero buono.

– Hai appena assaggiato il vino piú antico d'Italia, – mormora compiaciuto il cavaliere. – Discende dalla preziosa vite greca che forniva il Cremissa. Sai che il Cremissa veniva offerto agli atleti nei giochi olimpici? – Al solito non attende risposta. – No, non lo sai, un poliziotto non può sapere certe cose. A quei tempi si diceva che il Cremissa desse forza e aumentasse le capacità competitive e io credo che avessero ragione –. Solleva il bicchiere e osserva il colore rubino: – È un dono di Dio agli uomini –. La voce del cavalier Roberto Bastiani ha perduto la consueta durezza ed è diventata tenera, come se il vino che riposa nelle botti lo ascoltasse e ricambiasse l'amore che lui gli tributa. Cita: – «Giova ai visceri e risana le ferite...» Sai chi lo ha scritto? No, non lo sai. Cassiodoro, ma tu non sai nemmeno chi era Cassiodoro. E sai che il Cirò è stata la bevanda ufficiale degli atleti nelle gare olimpiche di Città

del Messico? – Il cavaliere delle acque minerali e del vino
posa il bicchiere e fa segno all'incaricato che può bastare.
Mormora, con tono sconsolato: – E oggi la bevanda ufficiale è l'acqua minerale Uliveto! Il mondo è proprio de-
generato –. Si avvia all'uscita delle grotte. – Se non hai
altro da chiedermi...

– Avrei altro, avrei una quantità di cose, ma lei non mi
darebbe risposte.

– E tu accontentati di quello che hai e torna a Bologna.

– Non credo. Non ho fatto tanti chilometri solo per le
notizie sul Cremissa e sul Cirò, cavaliere. Io sono testardo e le chiedo: cosa c'entra Settepaltò? Cosa c'entra la
sua squadra di calcio? E il vino e l'antica Grecia e i giochi
olimpici di Città del Messico?

– Non lo so, sei tu il poliziotto. E adesso andiamo!

Tornano alle acque minerali. Il paradiso è rimasto giú,
nelle cantine ricavate nella roccia viva che trasuda l'umidità giusta per coccolare e proteggere il vino e lo mantiene
alla giusta temperatura.

All'ingresso dello stabilimento, il cavaliere dice: – Se
hai deciso di restare, ti servirà una camera. Vai da Tano,
l'albergo giú, in paese, e digli che ti mando io. Ti tratte-
rà bene.

– A colpi di mitra?

– Siamo ospitali con i forestieri e tu non sei un problema, non lo sarai almeno fino a quando ti occuperai solo
del tuo amico... Come si chiama? Il nome vero.

Sarti Antonio si rende conto di non poter rispondere.
Non conosce il nome e il cognome di Settepaltò. Per lui,
e per chi a Bologna lo incontra, Settepaltò è sempre stato Settepaltò.

– Lasci perdere, cavaliere, non credo che le interessi
tanto il mio amico.

– Ti sbagli. Mi preme molto.

Che al Bastiani cavalier Roberto prema molto Settepaltò è un fatto. E Sarti Antonio non ne ha mai dubitato.

Il mio questurino ha buona memoria, per fortuna.

Sul piazzale i lavori di pulizia sono finiti a tempo di record e una montagna di cocci di vetro è accanto al cancello, pronta per il trasporto alle vetrerie. Diventeranno di nuovo bottiglie.

Della pioggia di bossoli sparsi sull'asfalto, neppure l'ombra: tempo sprecato avvertire la locale stazione dei carabinieri.

Non avrà ragione il faccia da culo e lí non c'è stata guerriglia?

14.
Un giovanotto di belle speranze

Evidentemente lo aspettavano. C'è già una stanza pronta e pulita e fresca, e una bottiglia di Cirò bianco. – Fredda al punto giusto, – dice Tano.

Un'ospitalità di prim'ordine. Seduto accanto alla bottiglia, posata sul tavolino del terrazzo, lo aspetta anche il Dottore.

– Il cavaliere dice che sei ospite suo, dice di chiedere se ti serve qualcosa.

– Se ho capito bene, quello che mi serve non me lo darete e dovrò sudarmelo.

Al telefono, il medico di turno al Sant'Orsola di Bologna gli dice: – Non va niente bene. Un momento si direbbe che stia riprendendosi e poi di colpo peggiora. Non sappiamo perché.

– Come sarebbe non sapete perché? Se sta male, ci sarà una ragione!

– Preferisce curarlo lei? – Non c'è da replicare.

Stando cosí le cose, per Sarti Antonio, sergente, arrivare al responsabile è una questione di principio, ma la soluzione è lontana e il cavalier Roberto Bastiani ha ragione: se avesse voluto dare una lezione a Settepaltò, non lo avrebbe fatto di persona. Avrebbe pagato un sicario e non lo avrebbe scelto grosso e alto e pelato come lui né gli avrebbe prestato, all'occasione, la sua auto da ricco targata cizeta.

Eppure Sarti Antonio è sicuro di un paio di cose: la soluzione sta dalle parti di Cirò e lui la troverà, a costo di consumare tutte le ferie in Calabria. Ma da dove cominciare?

Sdraiato sul letto, in albergo, ragiona a voce alta, com'è solito fare quando cerca uno spunto per andare avanti:

– Se questi sparano a mitra per una promozione in C2, sono capaci di tutto, anche di picchiare un povero vecchio dalla mente semplice. Perché? Perché Settepaltò ha messo le mani, senza saperlo ovviamente, su qualche scandalo sportivo.

L'idea gli piace. Le chiacchiere del cavaliere sul vino di Cirò, sull'antico Cremissa, su Cassiodoro (anche se non sa chi era), sulle olimpiadi di Città del Messico e sugli atleti, non sono altro che fumo sollevato per nascondergli la verità o per creargli difficoltà. Come se non ne incontrasse abbastanza in tutte le situazioni che il destino infame gli mette davanti! Mai un bel delitto risolvibile in poche ore.

Il silenzio della notte di Cirò lo fa dormire bene, o forse è il vino bevuto nella cantina del cavaliere, assieme alla bottiglia di bianco scolata da solo, a cena da Tano.

Si affaccia alla finestra e il mattino è limpido e l'aria sa di salsedine. Viene su dal mare che s'intravede in basso, dove finisce la pianura, e si confonde con il cielo. Una distesa di ulivi color verde argento scende quasi fino al grigio della sabbia, una strisciata prima dell'azzurro.

Appoggiato al davanzale, il mio questurino respira il profumo del mare e degli ulivi...

Non so se gli ulivi profumino, ma Sarti Antonio lo sente.

– Da qui non sempre si vede il mare, – dice un vecchio, entrato in camera senza che lui se ne sia accorto, – e se si vede, dicono che sarà un giorno fortunato.

Da quando ha messo piede da 'ste parti il questurino non si meraviglia piú di nulla. Si limita a commentare:

– Un giorno fortunato, dici? Sarebbe ora.

Il vecchio, rinsecchito e con il viso pieno di rughe, lo raggiunge alla finestra, posa i gomiti sul davanzale e il mento alle palme delle mani. Guarda la piana e annuisce:

– Sí, sarà un giorno fortunato per te.

– E per te, nonno?

Il vecchio si solleva: – Non sono tuo nonno. Né nonno di altri. Per me sarà fortunato se tu sei quello che aspettavo.

– E chi aspettavi, nonno?

Il vecchio, contorto e secco come il tronco di un ulivo secolare, si solleva dal davanzale, pianta gli occhi nel viso di Sarti Antonio e dice, a voce bassa: – Se mi chiami ancora nonno, ti cavo gli occhi con queste due dita, – e, per maggiore chiarezza, gli mette a due dita dagli occhi l'indice e il medio della destra, piegati a uncino, e li ruota come se stesse estraendo i bulbi oculari dalle orbite.

– Se non mi dici il tuo nome sarò costretto a chiamarti nonno.

– Il mio nome non serve né a te né a me. Comunque... Ziraffè, mi chiamano Ziraffè. Che sei andato a fare alle acque?

– Vi occupate solo dei fatti degli altri, da queste parti? Chi aspettavi?

– Uno zerozerosette della Federazione Calcio –. È vecchio ma si esprime come un giovanotto, veloce e chiaro e con parole dei nostri giorni.

Sarti Antonio, sergente, si guarda bene dal chiarire che lui è sí uno zerozerosette, ma non della Federazione Calcio. Gli va bene tutto quello che arriva purché serva alla causa per la quale è sceso dal Nord fino a Cirò, nel culo del mondo.

– A che ti serve un agente della Federazione Calcio?

Il vecchio ulivo non risponde e si avvia alla porta. Dice, prima di uscire: – Ti offro il caffè, – e mentre scende le scale continua, senza preoccuparsi di essere seguito o no: – Ho scritto sei lettere alla Federazione e alla fine si sono mossi. Complimenti per la rapidità –. Esce dall'albergo, attraversa la piazza, entra nel bar e si appoggia al bancone: – Due caffè, – ordina. Si gira al mio questurino e gli chiede: – Corretto?

– Il caffè è caffè e la correzione è correzione. Mi piace che le due cose restino separate.

– Gusti tuoi, – borbotta fra i denti il vecchio. Alza la voce: – Per il mio amico, qui, un caffè normale.

Bevono senza parlare e, dopo, il vecchio fa segno di seguirlo e lo porta a spasso per i vicoli di Cirò, in silenzio e finisce che il mio questurino chiede:

– Ne abbiamo per molto ancora?

– A casa mia, ne parleremo a casa.

Abita fuori dal paese, piú in alto, in una casa nascosta fra gli ulivi e dal cortile si dominano i tetti di Cirò, bagnati dal sole tiepido di primavera.

– Bel posto, – commenta Sarti Antonio.

– Se lo dici tu... Abito qui da una vita e non me ne sono accorto, – brontola il vecchio. – Ci voleva un agente della Federazione per farmelo capire –. Fa segno di sedere sulla panca di sasso sistemata contro il muro della casa, accanto alla porta. Lui entra, ma ci resta poco.

Esce. Ha in mano un fiasco e due bicchieri. Che posa sulla panca e riempie: – Bagnati la gola e dimmi cosa ne pensi.

– Non bevo di mattina.

– Bevo io, – e si accomoda sulla sedia portata dalla cucina. Vuota d'un fiato il bicchiere.

Niente cerimoniali come scuotere il vino nel bicchiere, annusarlo, guardarlo controluce... L'anziano ama andare al sodo.

Un vino scuro come sangue, brillante come rubino. Un controsenso, ma cosí è il vino del vecchio ulivo contorto. – Lo faccio io –. Si versa un altro bicchiere e chiede: – Allora che ne pensi?

– Non l'ho assaggiato.

– Non del vino! Cosa ne pensi della faccenda per cui ti hanno mandato qui?

– Comincia a dirmi cosa ne pensi tu.

Il vecchio sorride: – Bravo, è cosí che ci si comporta. Prima sentire che ne pensano gli altri. Bene, io penso che ci sono troppi soldi e troppi interessi in gioco. Ecco il male del calcio –. Posa il fiasco a terra e tiene in mano il bicchiere riempito. Si china verso Sarti Antonio: – Soldi del comune, soldi della provincia, soldi della regione... una montagna di soldi che si prendono i furbi. Ai miei tempi i giocatori si pagavano il biglietto del treno per andare in trasferta...

– Preistoria.

– Sí, ma c'era piú pulizia. I soldi... Mi dici da dove vengono i soldi che girano anche fra i dilettanti che non dovrebbero essere pagati? Devi sapere che chi sale in C2 avrà contributi dal comune, dalla provincia, dalla regione... La C2 finisce sui giornali di tutt'Italia, caro mio!

– Una curiosità: a te che importa?

Prima di rispondere, il vecchio vuota il bicchiere e lo riempie di nuovo. Poi pianta gli occhi in quelli di Sarti Antonio e mormora: – Io tengo alla vita di mio nipote, signor agente segreto della Federazione.

La cosa comincia a farsi interessante e anche Sarti Antonio mormora: – Perché non mi racconti dal principio, vecchio? Posso chiamarti vecchio o ti offendi come se ti chiamo nonno? Fra l'altro, se hai un nipote, sei nonno.

– Non è detto. Comunque non sono tuo nonno.

– Va bene, Ziraffè, racconta dal principio, fa' come se non sapessi niente di niente.

Il vecchio scuote il capo e dice: – Prima vieni a vederlo giocare e poi ti racconto. Domenica pomeriggio.

– E da qui a domenica, che faccio? – Il vecchio si stringe nelle spalle e si alza dalla sedia. Raccoglie il fiasco ed entra in casa chiudendo la porta. – Che faccio fino a domenica? – grida ancora Sarti Antonio. Da fuori.

La porta si apre. – Domenica è domani. Passerò a prenderti da Tano, alle tre, – richiude e non si fa piú né vedere né sentire.

Con un tipo simile, non c'è modo di riprendere il dialogo.

15.
Che razza di mondo...

Per l'occasione si è vestito a festa, ma continua a somigliare al tronco contorto e secolare di un ulivo. – Allora, che ne dici? Come gioca mio nipote?

– Prima dovresti dirmi chi è tuo nipote dei ventidue in campo.

– Se non l'hai capito da solo... È quello che quando gli passano la palla fa i miracoli.

– D'accordo, diciamo che tuo nipote è il 7 dei rossi.

Il vecchio sorride e annuisce scoprendo i denti. Li ha ancora tutti. Un vero miracolo.

– Si chiama Salvatore, Salvo per parenti e amici.

Il 7 dei rossi, Salvatore o Salvo, avrà sí e no diciassette anni. Di sicuro ha il calcio nel sangue e per questo non sempre i compagni di squadra lo capiscono. E quando lo capiscono, è troppo tardi per lo sviluppo del gioco.

Gli ricorda un altro giovanotto di belle speranze: Cinno che giocava a calcio sul Crescentone di piazza Maggiore, a Bologna.

Non lo dice. Si limita a commentare: – È sciupato in questa squadra.

– Lo hanno chiesto al Nord, una grande di serie A, ma il cavaliere non lo lascia andare, non ancora. Dice che non è maturo, ma la verità è che ci vuole fare su una barca di soldi.

Da metà campo, il 7 rosso, il giovane di cui si sta parlando, lascia partire un traversone e, una volta tanto, il 9 lo ha capito in anticipo e si presenta all'appuntamento con il pallone, nell'unico spazio dell'area di rigore dove non ci sono difensori avversari.

Palla in rete.

I tifosi gridano come per un gol di serie A e siamo uno a zero per la squadra del vecchio e del cavalier Bastiani Roberto, che siede al centro della piccola tribuna, circondato da altra bella gente del posto.

– Il cavaliere ha ragione, – dice Sarti Antonio. – Con tuo nipote la squadra sale in C2.

– Anche in B se il cavaliere non lo vende prima.

Uno a zero e fine del primo tempo.

– Il mese scorso il cavaliere ha portato mio nipote su al Nord, a Bologna. Hanno incontrato il responsabile di una grande di serie A, mio nipote non sa quale, non glielo hanno detto.

A Bologna il mese scorso!

A Bologna il mese scorso, un signore grosso e alto e calvo e con l'auto targata Catanzaro ha picchiato a sangue Settepaltò.

Le cose cominciano a tornare.

– Se era una grande della A, non poteva essere il Bologna.

– Non era il Bologna.

Sarti Antonio, sergente, va dritto al sodo: – Voglio parlare con Salvatore, tuo nipote.

– Sei venuto per questo, no? Dopo la partita.

Sarti Antonio non parla con Salvatore.

Nel secondo tempo Salvatore non entra in campo.

Al suo posto c'è un innocuo numero 13.

Neppure il cavalier Bastiani Roberto rientra in tribuna.

Arriva invece il suono della sirena di un'ambulanza che si avvicina al campo e si ferma dinanzi agli spogliatoi.

Il vecchio ulivo stringe i denti e dice:

– Se me lo hanno ammazzato... – Si alza e corre verso l'uscita.

Lo segue il questurino venuto dal Nord. A fatica, che Ziraffè adesso corre verso gli spogliatoi, corre, corre come un ragazzino.

Arrivano mentre caricano Salvatore sull'ambulanza. Il giovane ha un asciugamano insanguinato premuto sul viso.

Ziraffè blocca la barella prima che salga.

– Salvo! Che ti hanno fatto, Salvo?

Il giovane sposta l'asciugamano: – Non lo vedi, Ziraffè? Me l'avevano promesso: se segni o fai segnare... – e agita lentamente la destra messa di taglio.

– Chi è stato?

– Non lo so, Ziraffè. Mi hanno chiamato al telefono, sono uscito nel corridoio, le luci erano spente e non so chi mi ha... – e ancora agita la destra per mimare un colpo calato con forza.

– Fa' un po' vedere, Salvo, – e Ziraffè sposta l'asciugamano che copre il viso del ragazzo.

Il taglio sulla parte destra del capo, appena sopra l'orecchio, si riempie velocemente di sangue che s'impasta con i capelli, scende sull'occhio e arriva ai lati della bocca.

Non è il dolore per la ferita a riempire di lacrime gli occhi di Salvatore, è l'espressione che vede sul volto di Ziraffè.

– Ti fa male, Salvo? – e la voce del vecchio è tenera, affettuosa.

Rimette l'asciugamano sulla ferita e accarezza, delicato, il poco di viso scoperto. – Non piangere, Salvo, non dargli questa soddisfazione. Sorridi, sorridi anche se senti dolore.

– Non piango, Ziraffè, e non mi fa male. Sono incazzato. Ma che razza di mondo è questo, Ziraffè, se non posso neppure divertirmi a giocare a calcio?

Sarti Antonio, sergente, si chiede se la stessa domanda se la siano fatta Cinno e Poldo. Prima di crepare nell'appartamento di un ignoto Gianluca Stefanetti, individuo ambiguo di professione regista teatrale.

– Vengo con te, – dice il vecchio. Fa segno ai barellieri di caricare il ferito e sale anche lui. Prima che chiudano le due portiere, dice a Sarti Antonio: – Questo lo devi scrivere sul rapporto.

L'ambulanza si allontana a tutta sirena.

– Cose che capitano sui campi di calcio, – commenta il cavalier Bastiani Roberto, arrivato alle spalle di Sarti Antonio.

– Campi di calcio? Accadono negli spogliatoi, accidenti a tutti voi! – Si dà una calmata. – Non è il caso di illuminarli questi corridoi pericolosi? E non è il caso di sporgere denuncia per aggressione e tentato omicidio?

Il cavaliere posa una mano sulle spalle del questurino e lo forza a seguirlo.

Profuma di lavanda, il cavaliere.

Lavanda mista al tanfo di sigaro, pensa il mio questurino.

Lavanda mista al buon odore di sigaro, immagino pensi il cavaliere.

– I problemi miei, li risolvo personalmente.

– Avete uno strano modo di risolvere i problemi, da queste parti, – e, costretto, continua a seguire il cavaliere che si dirige verso la sua auto da ricco targata cizeta. – Ho saputo che il mese scorso siete stati, lei e Salvatore, a Bologna. Immagino che l'incontro con l'emissario dell'importante squadra di serie A sia avvenuto nella sua villa Rosantico.

Sono quasi arrivati all'auto della quale un autista ha già provveduto ad aprire la portiera posteriore. Il cavaliere si ferma e toglie la mano dalla spalla del mio questurino. Chiede:

– E con ciò?

– Con ciò... Mi chiedo se sia possibile che Settepaltò abbia ascoltato discorsi che non doveva e che per questo... Se è cosí, era inutile pestarlo: quel poveraccio è un ingenuo e non avrebbe parlato...

Sospende perché il cavalier Bastiani Roberto ha aperto bocca come se avesse finalmente deciso di raccontare qualcosa d'importante. Sorride anche. Poi ci ripensa e scuote il capo. Si sistema sul sedile dell'auto e dice:

– Ricordati che sei qui in veste privata. Se avrò bisogno dell'intervento della polizia, so dove trovarti.

La partita finisce uno a uno e la promozione in C2 resta un affare privato da decidere fra il cavaliere e i mitragliatori di bottiglie di acqua minerale.

Fra il cavaliere e i picchiatori di Salvo.

Forse anche di Settepaltò.

Un affare, comunque, che ha già fatto troppi danni.

A Settepaltò, un vecchio che vive con dignità la sua miseria e il suo altruismo.

A Salvo, un ragazzo di diciassette anni che si diverte a tirare calci al pallone.

Uno strano modo di fare sport.

Prima di sparire con l'ambulanza, Salvo ha detto una cosa sacrosanta, una cosa che ha fatto riflettere Sarti Antonio sulla stupidità degli uomini.

Salvo ha detto: «Ma che razza di mondo è questo, Ziraffè, se non posso neppure divertirmi a giocare a calcio?»

Anche Cinno e Poldo volevano solo giocare a calcio.

– Quanti anni hai?

– Quindici.

– Perché non torni a casa, dai tuoi?

– Meglio di no.

– Li conoscevi bene Cinno e Poldo?

– Li conoscevo.

Li conosceva e basta. Come succede fra i giovani. Ci si incontra, ci si piace, a volte si scopa e ognuno per la propria strada.

Poldo le aveva parlato di un ingaggio e lei pensava a una squadra di calcio, magari di serie B o anche C.

– A me piaceva Cinno, ma parlava poco. Sai cosa vuol dire Cinno? Ragazzino, come *el pibe* per Maradona.

Prima di pagare e lasciare la ragazzina là al tavolo del bar, il mio questurino le aveva chiesto: – Non mi vuoi proprio dire come ti chiami?

Non glielo aveva detto.

Si era alzata e aveva raccolto il suo fagotto.

16.
Sequestro di persona

L'auto da ricco si ferma dinanzi all'albergo di Tano.

Sarti Antonio, sergente, dorme della grossa, come gli accade da quando ha lasciato Bologna e i suoi guai.

Non la sente arrivare e neppure sente aprire la porta della camera.

Lo sveglia la mano che, sulla spalla, lo scuote senza garbo. Apre gli occhi e vede una cosa che conosce bene e che non ama.

Un modo tremendo di svegliarsi.

La canna della pistola gli sta a due dita dalla bocca e, dal suo punto di vista, sembra enorme. Non riesce a distogliere lo sguardo dall'arma per passarlo su chi sta dietro la canna.

Con il mestiere che fa, il mio questurino ha sempre avuto una certezza: non morirà in un letto.

Probabilmente in mezzo a una strada o scaraventato contro un muro da una raffica di mitra o, ancora, sotto le ruote di un autotreno.

Sono venuti per togliergli anche quella certezza: morirà in un letto. E neppure suo. Nel letto di uno squallido albergo calabrese. Ha fatto un sacco di chilometri, non sa neppure quanti, per trovarsi una pistola puntata alla bocca da un tipo che non ha voglia di scherzare. E che si china per sussurrargli all'orecchio: – Adesso ti alzi e non fai lo stronzo, poliziotto pezzo di merda.

La cadenza non di uno del Nord.

Immagino che per lui, per Sarti Antonio, sergente, non faccia differenza.

La pistola inchioda il «pezzo di merda» al letto.

Per un po' l'uomo dal linguaggio fine continua a tenere la canna sulla bocca del poliziotto, in modo che abbia il tempo per capire bene quello che gli ha detto, e poi la solleva lentamente e Sarti Antonio esegue l'ordine.

– Controlla se è armato.

Sarti Antonio si solleva lentamente, molto lentamente, e riesce a fare dello spirito: – Non vado in giro armato, non quando sono in gita turistica.

«Infilati i calzoni» ordina la canna della pistola con il solo movimento a indicare le brache posate sulla sedia accanto al letto.

Nonostante la paura dannata che gli dà i brividi allo stomaco, Sarti Antonio, sergente, la butta sull'ironico:

– Sí, ho sempre desiderato morire con i calzoni addosso, in ordine.

– Hai sentito? Il pezzo di merda fa lo spiritoso.

Ignorando l'offesa e con la delicatezza che il momento gli consente, il «pezzo di merda» chiede: – Dove andiamo di bello?

– A fare una passeggiata, pezzo di merda, – risponde l'altro, quello che non aveva ancora parlato, ed è evidente che nessuno dei due ha il piú pallido rispetto per le Forze dell'Ordine.

I morsi allo stomaco si trasferiscono piú in basso e la colite, che da qualche giorno non lo tormentava, torna la brutta bestia che Sarti Antonio è abituato a portarsi dietro. Da una vita.

Naturalmente l'atrio dell'albergo è deserto e buio.

Deserta e buia è la strada. Hanno fatto le cose perbene e Sarti Antonio, sergente, sparirà senza che nessuno sappia come e dove. Soprattutto perché: – Tutti amici vostri in paese, – dice fra i denti il questurino.

– No, ma in paese la gente pensa solo ai fatti suoi, come avresti dovuto fare tu. Monta.

Per un attimo la canna della pistola abbandona la nuca del mio questurino e indica la portiera posteriore dell'auto.

L'uomo e la pistola si sistemano accanto a lui.

È un'auto da ricchi, scura e di grossa cilindrata, targa cizeta, ma i due uomini non sono né grossi né calvi.

Esce da Cirò e prende la via della pianura.

– Adesso me lo dite dove si va?

– Fra poco lo vedrai e non ti piacerà.

A Sarti Antonio, sergente, non è piaciuto dal momento che lo hanno svegliato, ma non lo dice.

Da quando sono partiti, l'uomo al volante non ha fatto che controllare lo specchietto retrovisore e adesso dice: – Ci stanno dietro.

I due sul sedile posteriore, Sarti Antonio e il secondo uomo, si voltano a controllare. Il questurino vede il buio e la striscia grigia dell'asfalto che scorre via, illuminata dai fanalini rossi posteriori.

Il secondo rapitore dice: – Non vedo nessuno.

– Viaggia a fari spenti.

– Prendi la prima laterale e vediamo che fanno.

Non gli lasciano il tempo: un colpo di fucile e il contemporaneo scoppio di una gomma, mandano l'auto nel fosso, il muso infilato nella siepe di ligustro. La portiera posteriore si spalanca per l'urto e Sarti Antonio vola fuori, lontano, sull'erba.

Succede a non usare la cintura.

Altri due colpi di fucile, piú vicini, tengono Sarti Antonio, sergente, sull'erba e gli tolgono la voglia di sollevare il capo per vedere che gli sta succedendo attorno.

Succede che qualcuno lo solleva di peso, lo trascina
sulla strada, lo spinge dentro un'altra auto che riparte lasciando sull'asfalto un paio di centimetri di battistrada.
Riparte a fari spenti e in senso contrario a quello dell'auto precedente.

Sarti Antonio non rivedrà piú i suoi primi rapitori. Nella speranza che i secondi siano piú disponibili dei precedenti, tenta di iniziare un dialogo:

– Sono contento di tornare in albergo.

Nessuna risposta e allora cerca di scoprire i volti dei
nuovi compagni di viaggio, ma la luce di una torcia elet-
trica lo acceca e gli nega il privilegio.

La fabbrica delle acque minerali è illuminata a giorno,
tenuta d'occhio da gente con le armi e il cavalier Bastiani
Roberto è seduto nel suo ufficio e fuma il solito sigaro fetente. L'ufficio ne è invaso anche se la finestra è spalancata. Un fumo denso, che si stabilizza a mezz'aria come
se fosse solido. Colpa dell'afa che ristagna su una calda
notte di Calabria.

– La tua vacanza a Cirò e dintorni è terminata e adesso
te ne torni a Bologna.

– Quando sarà il momento, cavaliere.

Il cavaliere sbuffa: – Non ti è bastato? Se non interve-
nivo io... Ma come si fa a girare disarmati, me lo spieghi?

Sarti Antonio non spiega. Dice: – Se lei sa chi sono i
miei rapitori, ha il dovere...

– Non insegnarmi la buona creanza adesso! Io ho il dovere di difendere i miei interessi, – e per far capire meglio
il seguito, si toglie il sigaro di bocca. – E i miei interessi,
al momento, sono la squadra di calcio e lo stabilimento.
Tu sei un intruso che mette in pericolo l'una e l'altro, perciò torni a casa!

– Che volevano da me?

– Si è sparsa la voce che sei un agente della Federazione mandato qui per un'inchiesta e c'è chi non vede di buon occhio chi fruga nei suoi interessi di sport –. Rimette il sigaro fra i denti. – E ti dirò una cosa che non ti farà piacere: io sono d'accordo con loro.

– Allora perché i suoi uomini mi hanno...

Il cavaliere lo interrompe: – Primo perché non sei un agente della Federazione e secondo perché voglio molto bene a mia moglie Elena –. Evidentemente il viso di Sarti Antonio esprime la meraviglia per il secondo motivo, tanto che il cavaliere spiega: – Elena è di Bologna, tu sei di Bologna –. Tira alcune fetenti boccate e sorride. – Poi c'è anche il fatto che mi sei simpatico –. Lo fissa, si toglie ancora il sigaro di bocca e si sporge: – E tu non mi hai raccontato una favola, vero?

– Sono qui per sapere chi ha picchiato Settepaltò, i vostri problemi sportivi non mi riguardano e ve li lascio. Anzi, dopo quello che ho trovato qui, non andrò piú allo stadio.

– Se pensi che su, al Nord, le cose vadano diversamente, allora sei proprio un questurino di merda.

Ritenendo concluso l'incontro, Sarti Antonio si avvia alla porta sperando che gli sia consentito. Non lo fermano e si ferma per sua scelta: – Mi tolga una curiosità, cavaliere. Com'è andato l'incontro di Salvo a Bologna?

– Ha incontrato l'emissario di una grande squadra. Salvo vale una fortuna, lassú, al Nord, qualcuno se n'è accorto e io ho il suo cartellino.

– Ha intenzione di cederlo?

– Non ti riguarda.

– E che c'entra Settepaltò?

Il cavaliere si alza dall'enorme poltrona e si avvicina a Sarti Antonio, sulla porta dell'ufficio: – Una volta per tutte, la storia di Setteapltò non mi interessa, non ho ordinato che lo picchiassero e, che l'abbiano fatto, l'ho imparato da te. E adesso riprendi la strada per Bologna.

– Come dice lei, cavaliere, questi sono affari miei.

– Sei testardo come un mulo. Fa' come ti pare, ma io non ci sono piú, per te non ci sono piú. Ce l'hai una pistola? – Sarti Antonio nega con il capo. – Allora sei fottuto, giovanotto, fottuto –. Fa segno a uno dei suoi uomini che gli si avvicina e gli porge una pesante rivoltella. Il cavaliere la prende e la porge, a sua volta, al mio questurino. – Tieni, potrebbe tornarti utile. Qui c'è gente permalosa assai.

– No, grazie.

La rivoltella resta lí, in offerta. – Prendila, potrebbe esserti utile.

– No, grazie, – ripete monotono.

– Fa' un po' come cazzo vuoi, – e l'arma torna da dov'era uscita.

Sarti Antonio attraversa il cortile chiedendosi come accidenti tornerà in albergo, a Cirò, di notte e ad almeno una decina di chilometri. Ma il cavaliere ha pensato a lui. Per l'ultima volta, come ha precisato: uno dei suoi apre la portiera dell'auto che lo ha trasportato alla fabbrica e gli fa segno di salire.

– Ringrazia il cavaliere da parte mia.

– Dove ti porto?

– Da Tano, in albergo.

– Sei sicuro?

– Se il tuo padrone ti ha detto che sarei andato alla stazione, che avrei preso il primo treno per il Nord e sarei sparito, si è sbagliato di grosso. Non accetto le ventiquattro ore di tempo che si dànno agli stranieri per lasciare il paese. Al mio albergo, prego.

– Affari tuoi.

Durante il viaggio Sarti Antonio ha il tempo di pensare alla strana gente del Sud. Non li capisce. Si rassegna e li accetta come sono, convinto che neppure loro capiscano lui.

L'Italia è fatta cosí: gente che non si capisce, che parla lingue diverse e che pure vive assieme cercando di andare avanti.

La cosa strana, forse incredibile, è che ci riesce benissimo.

17

I monti della Sila

All'ospedale di Cirò gli dicono che Salvatore se n'è andato. È venuto a fargli visita lo zio e non lo hanno piú trovato nel suo letto.

È stato una sola volta a casa di Ziraffè e, prima, il vecchio lo aveva portato a spasso per il paese facendogli perdere l'orientamento. Ne chiede a Tano, in albergo. Tano solleva il capo come per assentire, emette un suono con la lingua contro il palato e risponde:

– Non lo conosco.

– Ma se lo hai fatto salire in camera mia, sabato mattina che ero ancora a letto.

– Non lo conosco, – e Tano rifà il suono con la lingua e il cenno con il capo.

Il questurino lascia perdere, tanto non serve a nulla insistere.

In piazza trova i soliti giovani seduti dinanzi alla sede del Movimento Sociale. C'è anche il Dottore.

– Hai detto che se avessi avuto bisogno… Adesso ho bisogno.

– Che ti serve?

– Portami da Ziraffè.

Il Dottore non risponde. Si alza, fa segno di aspettarlo, attraversa la piazza ed entra nel bar. Sarti Antonio lo vede al telefono e quando torna fa segno con il capo di andare con lui.

– Hai avuto l'autorizzazione? – gli chiede Sarti Antonio.
Nessuna risposta.

Da queste parti se si vuole una risposta, è inutile fare
domande.

La strada è ripida e sale di brutto. Il mio questurino
ansima e il Dottore non ha problemi, tira come una ca-
pra e di tanto in tanto si ferma per aspettare il compagno di viaggio.

– Non era cosí ripida l'altra volta. Sei sicuro che andiamo da Ziraffè?

Altra domanda inutile.

Si ferma e aspetta che si fermi anche il Dottore, poco
piú su, e si giri:

– Oh, Dottore, dove mi stai portando? – Ha il fiatone.

– Da Ziraffè. Non è da lui che vuoi andare?

Ha risposto!

– Non raccontar balle. Ci sono stato e non ci siamo al-
lontanati tanto da Cirò. E non cosí in alto. Chi ti paga?

– Ti porto dove mi hai chiesto. Non ti fidi? – e sorride,
un sorriso che non piace al questurino.

– Io torno in albergo –. Si gira per scendere, ma il Dottore gli è sopra e lo blocca per le spalle. Dice: – Non fare
lo stronzo, che ti porto da Ziraffè. Non abita piú a casa
sua perché lo cercano e si nasconde. Io so dove.

Può passare, ma Sarti Antonio vuole certezze: – Chi lo
cerca e perché?

– Non mi riguarda e cosí ha da essere per te.

– Chi lo cerca e perché, Dottore? O non faccio un altro passo.

– E a me che importa? Torniamo in paese, – e si avvia per scendere a Cirò. Arriva accanto al questurino,
si ferma e lo guarda in viso. Dice: – Hanno saputo che

le lettere anonime alla Federazione Calcio le ha spedite
Ziraffè e qualcuno se l'è avuta a male e gliela vuole far
pagare.

Credibile e Sarti Antonio fa segno di riprende la salita.

Suda sotto il sole di un pomeriggio calabrese e quando
si lascia cadere sull'erba perché il Dottore gli fa segno che
sono arrivati, non ne ha piú da spendere.

Il Dottore gli fa anche segno di non muoversi.

Nessuna intenzione di farlo.

Il Dottore sposta un groviglio di cespugli ai lati del sentiero e scopre l'ingresso a una grotta. Si volta di nuovo
per assicurarsi che il mio questurino non si muova ed entra nella grotta. Esce quasi subito:

– Non c'è, ci ha sentiti arrivare e si è nascosto. Aspettiamo che si faccia vivo lui.

– Se lo lasciano vivo, – borbotta il mio questurino.

Si fa vivo dopo un paio d'ore, forse dopo essersi accer-
tato che i due sono venuti soli. Dice al Dottore:

– Che l'hai portato a fare? È stato lui a raccontare in
giro delle mie lettere alla Federazione. L'ho guardato in faccia e mi ha dato fiducia, cosí gli ho parlato delle lettere. È
la prima volta che guardo in faccia uno e mi sbaglio. Che
l'hai portato a fare?

– Senti, Ziraffè, – dice Sarti Antonio, – non sarebbe ora
che mi raccontassi come stanno le cose? Continuando cosí
non ne verremo mai fuori e faremo il loro gioco.

Ziraffè ci pensa, guarda in faccia il questurino, va a spo-
stare alcuni cespugli e raccoglie una fiasca di vino. Siede
vicino a Sarti Antonio, sull'erba, e passa la fiasca ai due
che sono saliti da lui.

Bevono direttamente dalla fiasca.

Ci voleva.

Beve anche il buon vecchio. Un lungo sorso, si asciuga le labbra e posa la fiasca all'ombra. Dice:

– Voglio darti credito un'altra volta. Se mi sbaglio, ti caverò gli occhi con queste mani –. Prende fiato e comincia: – Salvatore, mio nipote, è stato a Bologna con il cavaliere, in una villa, e gli hanno proposto di stare al loro gioco...

– Quale gioco, Ziraffè?

– Scommesse clandestine. Se avesse accettato, c'era pronto per lui un bel contratto con una grossa squadra del Nord. Salvo ha detto che non era interessato e che voleva solo giocare a calcio e l'uomo del Nord gli ha riso in faccia, ha detto che una cosa non va senza l'altra e ha stracciato il contratto –. Ziraffè ci pensa su e poi: – Io sono pronto a testimoniare davanti a chi vuoi, ma non tirare in ballo Salvo, che ha sofferto abbastanza, – e gli occhi gli si riempiono di lacrime. Si passa l'indice della destra sul capo, a seguire le parole: – Uno sfregio che va da qui a qui, povero Salvo mio. Me lo diceva che era un momento difficile per lui e io a rassicurarlo che passerà, passerà, gli dico. Momenti difficili ci sono per tutti nella vita, gli dico –. Si asciuga le lacrime. – Ha giurato che non tornerà piú a giocare, mai piú!

Ecco cosa brucia al vecchio ulivo rinsecchito: che il nipote lasci il calcio.

– Fammi parlare con Salvo. Forse posso essergli d'aiuto e lui lo sarà a me.

Ziraffè scuote lento il capo: – No, no, hai fatto abbastanza guai.

– Io non ho parlato delle tue lettere alla Federazione!

– E come lo hanno saputo, allora?

– E tu come hai saputo di me? Come ti è venuto in mente che io fossi un inviato della Federazione?

In silenzio e con lo sguardo verso valle, Ziraffè pensa a lungo. Di lassú, dalla sua grotta nascosta dietro i cespugli, ci si può illudere di essere soli al mondo, in pace. E si può pensare.

I monti della Sila chiudono l'orizzonte di un verde che si perde nell'azzurro del cielo.

Il sole sta tramontando dietro la cima del Pettinascura e il vecchio è ancora in silenzio. Poi guarda il Dottore e dice:

– Accompagnalo a Camposecco, ci sta Salvo.

– Dove tenevano nascosto Consiglio? – Ziraffè annuisce. – Sei furbo, Zi', lí non lo trovano di sicuro.

– Se non lo dirai tu, – borbotta il vecchio.

Arrivano a Camposecco su un vecchio fuoristrada che il Dottore si è procurato chissà come. Prima ha fatto un largo giro alle pendici della Sila e si è deciso solo quando è stato certo di non essere seguito.

Nasconde il fuoristrada fra gli sterpi, fanno un paio di chilometri a piedi, lungo un sentiero appena tracciato, e arrivano a un ovile semidiroccato e coperto in parte dalla vitalba. Per trovarlo, quell'ovile, bisogna sapere che esiste.

Attorno, in passato, doveva esserci un pascolo perché la vegetazione è bassa e selvatica e ha da poco coperto il terreno.

Salvatore non c'è e il Dottore lo chiama, in giro: – Salvo, oh Salvo! Ci manda Ziraffè, Salvatore!

Si muovono i cespugli di una macchia e Salvatore mette fuori la testa fasciata da bende rosse di sangue.

– Che vuoi, Dottore? – chiede. Parla con difficoltà per via delle bende.

Con un cenno del capo, il Dottore indica Sarti Antonio. La gente di qui parla l'indispensabile e s'intende a cenni.

– Che vuoi? – ripete Salvatore, stavolta a Sarti Antonio, sergente.

– Fare qualcosa per te.

– Non serve, – e siede su un sasso, la schiena appoggiata ai resti dell'ovile. Gli occhi sono accesi dalla febbre.

– Torna in ospedale, Salvatore.

– Sí, perché possano finire quello che hanno cominciato nel corridoio dello spogliatoio?

– Ci sono anche ospedali sicuri...

– Chi lo dice? – poi guarda fisso il questurino e dice: – Sono affari miei e sono sicuro che non sei venuto per propormi un ospedale, non sei qui per la mia salute.

Sarti Antonio rinuncia a convincerlo.

È in Calabria da pochi giorni e sa che non bastano per capire la gente. Dice: – Sono qui per sapere cos'è successo esattamente a Bologna, in quella villa dove ti ha portato il cavaliere.

Il Dottore dice: – Ti aspetto all'auto, – e si avvia per scendere. – Fai con calma.

Non vuole sapere ciò che non gli spetta e anche questo fa parte del carattere della gente del posto.

– Chi era presente al colloquio di Bologna?

Dietro le bende che gli nascondono gran parte del viso, Salvatore tenta un sorriso sofferto: – Tu sei proprio matto. Sai cosa mi succede se te lo dico?

– Allora dimmi solo se c'è stata una discussione fra il cavalier Bastiani e sua moglie...

– Una donna molto bella, – lo interrompe Salvo.

Lo dici a me?

Pensa.

È da un po' che lo sa.

– Com'è andata? Hai sentito se parlavano di Settepaltò o di una soffitta...

– Qualcosa ho sentito... Eravamo nel salotto e il cavaliere e la bella signora discutevano nell'ingresso...

– Che ha detto il cavaliere alla moglie?

Salvatore non capisce che c'entri tutto questo con lui, ma risponde. – Le ha chiesto perché avesse deciso di far sgombrare non so cosa...

– La soffitta.

– Forse, sí. Ci ha lasciati per un po', ha salito le scale ed è tornato ancor piú arrabbiato. Ha chiesto alla signora dove avesse trovato quel pezzente. L'ha chiamato pezzente.

La bella Elena aveva riferito della scenata del marito, ma Rosas aveva chiuso il discorso.

Adesso le cose cominciano a quadrare, ma è inutile tornare dal cavalier Bastiani Roberto a chiedere la ragione del suo scontento. Non gliela direbbe.

Può solo supporlo: Settepaltò si è trovato dove non doveva, ha fatto qualcosa che non avrebbe dovuto e la soluzione non sta a Cirò né sui monti della Sila, fra quella gente.

Sarti Antonio, sergente, si è sbagliato.

Non è la prima volta.

Adesso però sa che la soluzione sta a Bologna e a portata di mano. Accade spesso che si sbagli ma, onestamente, l'onestà non manca al mio questurino, sa anche riconoscere l'errore.

Dorme poco e male.

Lascia la stanza che il sole non è ancora spuntato e chiede il conto a un Tano piú assonnato di lui.

– Te ne vai?

– Tu cosa dici? Se ti chiedo il conto...

– Già pagato.

– Già pagato? E da chi? – Tano si stringe nelle spalle. – Non ci sto, Tano. Voglio il conto e la ricevuta fiscale.

– Il cavaliere se la prenderà con me.

– Sinceramente non m'interessa.

Mentre esce, gli capita sott'occhio la pagina locale del giornale, aperto sul banco di Tano: «Grave sciagura della strada. Morti due noti esponenti del nostro sport».
L'articolo:

Mentre viaggiava sulla strada che da Cirò porta alla statale ionica, l'auto di grossa cilindrata di due noti esponenti del mondo del calcio minore

e dava nomi e cognomi,

è uscita di strada e i due sono morti sul colpo. L'incidente è stato probabilmente causato dalla forte velocità e i corpi dei due sono stati trovati da una pattuglia della Stradale, riversi accanto a quanto restava dell'auto. È un grave lutto per lo sport regionale. Infatti i due dirigenti avevano portato la squadra a combattere per il passaggio alla categoria superiore e domenica prossima si giocherà lo spareggio fra la loro squadra e la squadra di Bastiani cavalier Roberto. Entrambe affronteranno lo spareggio non al massimo delle loro possibilità. La prima a causa dell'incidente nel quale hanno perduto la vita i due dirigenti e la squadra del cavalier Bastiani dovrà fare a meno della sua pedina piú importante, quel Salvo che, come noto, ha avuto di recente un brutto incidente che lo costringerà a non partecipare alla gara piú importante della stagione...

18.
Tempo di attentati

Il Bastiani cavalier Roberto ha mantenuto la promessa che aveva fatto a se stesso. «I problemi miei, li risolvo personalmente» aveva detto al mio questurino mettendogli confidenzialmente una mano sulla spalla.

– L'ha fatto, li ha risolti personalmente, – ci ragiona Sarti Antonio nel viaggio di ritorno. Ma non riesce a dimenticare gli occhi da febbre di Salvatore né quelli di Ziraffè, pieni di lacrime.

Se non convincono il ragazzo a ricoverarsi, il calcio perderà un buon giocatore.

Adesso Sarti Antonio, sergente, ha fretta di tornare a Bologna. La sua partita in trasferta l'ha già giocata e l'ha perduta. Gli resta la partita di ritorno e quella, se Dio vuole, la giocherà in casa.

Non subito, che a Bologna lo aspetta qualcosa che gli farà rimpiangere la Sila, Ziraffè e Salvo.

Lui non lo sa. Io sí.

Arriva a Bologna che è già sera.

Arriva assieme al tempo delle esplosioni.

Perché?

Non chiederlo a me.

Non lo so. È importante? Evidentemente no, se per molte ancora non ci hanno dato i nomi dei mandanti.

Ce ne sono state tante attorno a noi che neppure quelli che schiacciano il pulsante sanno perché lo fanno.

Come è accaduto a Spazzola.

Io lo conoscevo.

È andata cosí.

Un caldo pomeriggio d'estate e il sole urlava e cuoceva le lamiere.

Il casino della città: letamaio di smog, traffico di auto e di droga, lamenti e tamburi, grida e lamiere, saltimbanchi e assaltabanche, rifiuti e rifiutati, valvole di scarico e valvole di carico, sirene d'ambulanze e sirene allettanti, straccioni con cravatta e straccioni con stracci. E ancora di piú…

Lui, Spazzola, ci si era abituato e ormai non ci badava. Tutto gli passava accanto. Spesso gli passava sopra e quando si rialzava e si scrollava di dosso la polvere, ricominciava come se fosse normale farsi investire dalla vita. Che è ben piú pesante di un Tir. Poi si limitava a borbottare:

– Cosa ci sono venuto a fare in questa città di merda?

Almeno avesse urlato, da farsi sentire da tutti, da far capire a tutti che la loro città era una città di merda. Che non era la sua città. Che ci stava perché non poteva fare altro, cazzo!

E invece no, un borbottio che a malapena arrivava alle sue orecchie. Figurarsi se arrivava alle orecchie degli altri.

Veniva dalle rive del Po, la vita l'aveva portato verso destini che non gli piacevano, ma che aveva accettato perché cosí deve essere.

Cercò in tasca le chiavi e si avvicinò all'auto. Ancora un paio di passi e la sua storia sarebbe arrivata alla fine e lui non avrebbe piú dovuto sopportare questa città di merda. Di nuovo la vita lo avrebbe investito. Definitivamente.

Ma io non ebbi cuore e gridai:

– Spazzola! Oh Spazzola!

Chissà da quanti anni non si sentiva chiamare Spazzola. Forse dal liceo. E cosí si fermò un paio di metri prima della portiera, si guardò attorno, tornò indietro di alcuni passi per vedere meglio sotto il portico in ombra...

Per cercare chi lo aveva chiamato Spazzola.

Era la fine di un caldo pomeriggio d'estate e il sole urlava e cuoceva le lamiere.

... si guardò attorno, tornò indietro di alcuni passi per vedere meglio sotto il portico in ombra, per cercare chi lo aveva chiamato Spazzola. L'esplosione lo scaraventò a terra, il suo corpo si confuse con i corpi di altri e il suo sangue si mescolò con il sangue di tre individui, forse un uomo e due donne, che passavano piú vicini di lui alla sua auto. O forse erano due uomini e una donna.

Lo avrebbe deciso l'autopsia.

L'esplosione lo scaraventò a terra e i lamenti e i tamburi diventarono di dolore, e le sirene, ambulanze.

Attorno, i morti erano morti e gli altri feriti avevano da tamponare il loro sangue e cosí nessuno si occupò di lui, seduto sull'asfalto cotto da un pomeriggio d'estate.

Solo quando la prima ambulanza si fermò accanto ai tre morti, lui si appoggiò al lampione e si alzò.

– Mio Dio, fanno sul serio. Mi vogliono morto.

Nessuno lo sentí, al solito.

Una portiera della sua auto era finita sul tetto di un'altra auto parcheggiata nel piazzale di porta Saragozza. Ci aveva messo due anni a pagarsi quella Fiat, che adesso non aveva niente della Fiat di qualche minuto prima.

Se n'era andata in un attimo. Erano rimaste le lamiere e i tamburi. E un fumo acre che sapeva di vita andata anch'essa in fumo.

Gli operatori delle ambulanze si chinarono sui tre, si accertarono che fossero morti, si guardarono e si rialzarono.

Spazzola si allontanò prima che qualcuno lo vedesse e corresse a soccorrerlo. Si lasciò dietro i morti e i feriti e i loro lamenti.

Si lasciò dietro i clacson di auto impazzite che non sapevano perché il traffico, di colpo, si fosse bloccato. Chiusi dentro le loro lamiere insonorizzate e con i vetri atermici, afonici, asettici.

Avevano sentito l'esplosione, ma era uno dei tanti rumori della città. E, dopo, bestemmiavano contro un mondo che non li capiva e non li lasciava andare per la loro strada. Tranquilli.

Si guardò riflesso nella vetrina di un negozio e, con il fazzoletto, si asciugò il sangue sul viso.

– Non è niente, non... non è niente di grave. Qualche scheggia di vetro...

Rimise in tasca il fazzoletto e sporcò di sangue anche i calzoni. Le gambe gli tremavano e la tensione si scaricava sui muscoli che non ce la facevano piú a reggerlo.

19.
Stragismo?

Nella tana del talpone, Santa Caterina 19, immersi nell'umidità che esce dai vecchi muri e trasuda dal pavimento posato direttamente sulla terra.

– Forse non te ne sei accorto, ma stiamo vivendo gli anni dello stragismo, – risponde Rosas.

La domanda di Sarti Antonio, sergente, non era stata una vera e propria domanda e non prevedeva neppure la risposta. Si era chiesto:

– Che accidenti ci sta succedendo attorno?

– Forse non te ne sei accorto, ma stiamo vivendo gli anni dello stragismo.

Sarti Antonio, sergente, è appena rientrato dal sopralluogo a porta Saragozza, luogo dell'esplosione poco distante da qui. Diciamo appena cinque, seicento metri.

Rosas ha sentito il botto.

Non c'è andato per lavoro. Lo ha spinto il desiderio di verità e di capire il motivo delle esplosioni che arrivano una dopo l'altra.

Verità e capire: due sentimenti insani.

– Cosa vuol dire?

Rosas piega con puntigliosa precisione il giornale e lo posa sul pavimento, accanto alla branda che gli fa da letto, una volta tanto occupata solo da lui. Sopra il giornale posa gli occhiali.

Quando deciderà di alzarsi, calpesterà giornale e occhiali.

– Bisogna sempre prenderti per mano. Possibile? Insani perché viviamo tempi oscuri dove verità e conoscenza ci sono proibiti, – e comincia a recitare: – Autostrada
A19, strage di Capaci, di via D'Amelio, di via Fauro, dei
Georgofili, di via Palestro, di piazza San Giovanni in La-
terano, autobomba al Velabro... Le bombe ci scoppiano
sotto i piedi e il giorno dopo... Diciamo un mese dopo la
maggior parte della gente se ne dimentica. Eppure fanno
un bel botto, oltre che tanti morti, troppi per una democrazia, non ti sembra? Ti meravigli per un'autobomba a
porta Saragozza. Forse non ti sei accorto anche di un'altra
cosa, – e la pianta lí come se fosse già chiaro il concetto.

Per un po' il mio questurino aspetta il seguito. Non arriva.

– Poi?

– Poi... cosa?

– Non mi sarei accorto di... Di cosa?

– Che Bologna non è piú l'isola felice sazia e disperata, come va pontificando il tuo cardinal Biffi, caro il mio
questurino. Per questo non vedi piú gente che sorride,
sotto i portici della città. Nessun motivo per un sorriso.
Le illusioni fatalmente sono destinate a cadere e, quando
succede, le rovine sono molte, troppe. Soprattutto sono
destinate a restare a lungo.

– Perché, accidenti!

Rosas si solleva a sedere sulla branda, schiena appoggiata al muro e occhi miopi al soffitto, come se lassú stesse scritta la risposta.

La trova e perciò riprende a recitare: – *Cui prodest scelus, is fecit*, caro mio. Da *Medea*, Seneca, atto III, ver-
si 500-501 –. Passa lo sguardo dal soffitto al questurino.
L'espressione che gli vede sul viso lo obbliga a prosegui-
re. – Tradotto alla lettera per gli ignoranti come te vuol
dire: «Colui al quale il delitto giova, lo compí».

– Sei sempre molto comprensivo con me, talpone bastardo!

– Te la prendi per un innocuo «ignorante» per niente offensivo. Significa semplicemente «chi non sa», «chi ignora».

– Grazie, cosí va meglio.

– Se poi amiamo la verità... Non c'è democrazia senza verità e questo è il tempo della verità: chi c'è dietro le autobombe? Se poi amiamo la verità e la democrazia, siamo costretti a cercare a chi giova. Poche le ipotesi: massoneria, mafia, politica. O tutti e tre assieme, legati da un patto scellerato per abbattere quel poco di democrazia, e quindi di verità, che ancora resta in questo disperato Paese.

Se le cose stanno cosí, e credo stiano cosí perché il talpone avrà tutti i difetti del mondo ma quando ragiona non lo fa un tanto al chilo, se stanno cosí...

– Se le cose stanno cosí, si capisce perché la gente che incontro non sorride ma porta in giro un grugno da far paura.

Spazzola si portò a casa il suo grugno e le ferite da schegge di vetro.

Rimase sdraiato sul letto per tutto il pomeriggio e solo verso sera telefonò:

– Non ci vedremo, non esco.

– Che c'è? Stai male?

– No, è che non ho voglia. Scusami.

– Mi dispiace. Avevo preparato... Vuoi che venga io da te?

La voce della ragazza era calda, tranquilla. Alterata dall'apprensione. Ma proprio solo un po'. Della sua tranquillità Spazzola aveva bisogno. E aveva ragione lei, come sempre. Allora disse:

– Va bene, adesso mi preparo e arrivo. Ci metterò un po' perché non ho l'auto.

– Come mai?
– Ti racconterò.

Gli aprí la porta e spalancò gli occhi, le mani sulle guance e la bocca socchiusa: – Cos'è... cos'è successo?
– Un incidente d'auto...
– Sei stato al pronto soccorso? – Lui fece segno di no con il capo. – Perché?
– Perché avrei dovuto spiegare. E non ne ho voglia.
– Non hai voglia di spiegarlo neppure a me?
Spiegò.

Dopo riposò sul suo corpo nudo.
– Non ti preoccupare, – le disse quando lei gli passò, in silenzio, le dita sul viso, sulle piccole numerose ferite. – Non ti preoccupare. Sistemerò le cose, farò come vogliono e mi lasceranno in pace –. Non ne era sicuro. Eppure aggiunse: – Quando tornerò sarà come se non fosse successo.
– E quando tornerai?
– Appena potrò. Spero solo che, per colpa mia, non vengano a rompere l'anima anche a te.
– Hai detto a qualcuno che venivi da me? Che adesso sei qui?
Era ancora sdraiato su di lei e negò con lenti gesti del capo perché gli piaceva che la sua guancia in fiamme sfiorasse la pelle fresca del suo seno.
– Ne sei sicuro? Non l'hai detto neppure a un amico?
Negò ancora con il capo: – Ne ho di amici?
– E se qualcuno ti avesse seguito?
– Non saprei chi e non saprei perché avrebbero dovuto seguirmi.
Nel breve silenzio gli sussurrò all'orecchio: – Fammi alzare che ti preparo il caffè.

Le tolse di dosso il suo peso, ma aveva voglia di sentire ancora, sotto la guancia, la pelle del seno. Anche lui le
sussurrò all'orecchio: – Fai presto.

Lei fece sí con il capo. Non accese la luce e andò alla
finestra.

La casa colonica, abbandonata da anni prima che lei la
sistemasse, aveva attorno una grande aia. Deserta. Andò
a controllare anche dietro. Dalle finestre aperte entrava
la tranquillità della collina e il chiaro della luna arrivava fin
sul letto. Dove lui aveva chiuso gli occhi.

Un silenzio di tomba.

Il casino della città: letamaio di smog, traffico di auto e
di droga, lamenti e tamburi, grida e lamiere, saltimbanchi
e assaltabanche, rifiuti e rifiutati, valvole di scarico e valvole di carico, sirene d'ambulanze e sirene allettanti, straccioni con cravatta e straccioni con stracci. E ancora di piú…

Tutto era rimasto dove qualcuno lo aspettava per pro-
varci di nuovo.

A occhi sempre chiusi perché gli faceva bene, mormorò:
– Chissà chi ha urlato il mio soprannome? – Gli doveva la
vita. – Spazzola. Da quanto non lo sentivo… – Pensò: «Chi
ha urlato Spazzola adesso può anche essere morto, stracciato dall'esplosione della Fiat». – Domani, prima di partire, andrò a controllare. Per ringraziarlo: gli devo la vita.

Non mi troveresti, Spazzola. Soprattutto non mi devi
niente: ho solo contribuito a rimandare la tua morte.

La sentí entrare in camera. Con lei, non il profumo del
caffè, come accadeva ogni volta che glielo preparava e
glielo portava a letto. Continuò a tenere gli occhi chiusi.
Stava bene cosí. Chiese:

– Come l'hai avuta?

– Cosa?

– Questa casa. Si sta bene.

Non gli rispose e Spazzola aprí gli occhi. Fu per vedere la canna di una pistola a due dita dalla sua fronte.

Se avessi ancora urlato: «Spazzola! Oh Spazzola!» non sarebbe servito.

Dopo...

Dopo tornò la calma di una notte d'estate, in collina.

A scuola, al liceo, lo chiamavamo tutti Spazzola per come i suoi gli avevano imposto il taglio dei capelli. I suoi erano gente perbene.

A Spazzola non piaceva né come i suoi gli imponevano il taglio né il soprannome che noi compagni gli avevamo attaccato, ma non aveva mai protestato.

Me lo confessò un giorno e io gli chiesi:

– Perché non t'incazzi quando ti chiamiamo Spazzola?

Si era stretto nelle spalle.

Era sempre stato un tipo tranquillo. Mai alzato la voce, mai arrabbiato. Neppure con gli insegnanti, figuratevi!

Accadeva in una città tranquilla, un'isola felice, da qualche parte del mondo.

20.

Elena sorride.
Anche Settepaltò

«... la gente che incontro non sorride» ha detto il talpone.

Elena sorride.

Ha detto anche: «*Cui prodest scelus, is fecit*». Sarti Antonio, sergente, ha buona memoria, per cui...

– Per cui, dove andiamo?

– Saliamo a villa Rosantico e chiediamo a Elena perché sorride e a chi, secondo lei, possano aver giovato le botte al misero Settepaltò.

Prima che Sarti Antonio scenda per premere il campanello, Felice Cantoni, agente, dice: – Ti aspetto in auto. Non voglio vederti sbavare davanti a quella –. Spegne il motore, apre il «Corriere dello sport - Stadio» e cerca l'articolo sul Bologna sceso in C_1.

Un paio d'anni e potrebbe incontrare la squadra del Bastiani cav. Roberto.

È uno strano destino quello del Bologna FC 1909. Assomiglia sempre piú al destino della città.

È solo un'ipotesi.

Il questurino lascia il collega ai rimpianti del risultato della partita che ha condannato il Bologna alla C_1 e si avvia a piedi lungo il vialetto.

Sotto il porticato dell'ingresso lo aspetta Guido, l'Armadio maggiordomo.

– La signora l'attende nel salotto.

Non va proprio come aveva programmato il questurino. Davanti al sorriso di Elena, Sarti Antonio, sergente,
la prende alla lontana.

– Mi dispiace disturbarla...

Tutto qui?

– Lei non disturba mai, Antonio. Le offro un caffè?

– No, grazie. Solo un paio di domande.

Elena gli indica la poltrona davanti alla quale lei, seduta, lo aspettava.

– Sono a sua disposizione.

È una proposta?

Nell'attesa di chiarire, Sarti Antonio, sergente, fa il suo
mestiere. – Vorrei che mi parlasse di Settepaltò –. Lei lo
guarda e aspetta. – Per esempio: lo conosceva già, sapeva
dove trovarlo, come mai si è rivolta a lui...

Elena accentua il sorriso di benvenuto e mormora: – Non
dirmi che sono fra i sospettati.

Non so se sia per il sorriso o per il «tu», ma prima di
rispondere il mio questurino ci pensa su. Decide:

– Vorrei solo che tu mi aiutassi a capire *Cui prodest
scelus, is fecit*...

Niente, doveva solo stabilire se usare il «lei» o il «tu».

– Perché pensi che io possa sapere a chi giovi il delitto?

Vediamo come va a finire.

– Diciamo cosí: raccontami com'è andata esattamente
quando tuo marito, il cavalier Bastiani, si è accorto che
Settepaltò e Quintale stavano sgombrando il solaio della
villa...

– Veramente, Antonio, io non ero presente. Te lo può
raccontare... – e chiama: – Guido!

– Signora?

Il racconto di Guido l'Armadio.

Aveva appena servito da bere ai signori ospiti del cavaliere...

– Chi erano esattamente?

– Due responsabili di una squadra di calcio del Nord e un giovane di diciassette, diciotto anni.

Aveva appena servito da bere ai signori ospiti che il cavaliere vide passare lungo il corridoio Settepaltò e Quintale con delle cianfrusaglie prese dal solaio.

«Chi sono e che stanno facendo?»

«Incaricati dalla signora per sgomberare il solaio...»

Il cavaliere chiese scusa e lasciò gli ospiti per fermare i due e ordinare loro di sospendere immediatamente lo sgombero. Poi corse in solaio, seguito dall'Armadio.

Un veloce giro di ispezione e ordinò all'Armadio Guido di far riportare su tutto quanto era stato rimosso. E ribadí il comando con un «Tutto!» dal tono di chi è abituato a farsi ubbidire:

«Tutto, anche la polvere!»

– Mi precipitai giú, ma i due erano già partiti sul motocarro e non feci in tempo a chiudere il cancello con il telecomando, per bloccarli.

– Non spiegò il motivo della sua decisione?

Sul viso dell'Armadio al servizio della famiglia Bastiani si stampa un sorriso di compatimento per una domanda che, secondo lui, non ha senso. Via il sorriso, arriva la spiegazione.

– Il cavaliere non è tenuto a motivare al sottoscritto le sue decisioni, signor Sarti. Io eseguo gli ordini. Sono pagato per questo, come lei per fare il suo dovere di poliziotto –. Una breve pausa. – E bene, possibilmente, signor Sarti. Chiaro?

– Chiaro, signor Guido. Grazie per la precisione. È
tutto?

L'Armadio non ha bisogno di pensarci: – No. Il cavaliere mi pregò di rintracciare l'indirizzo dei due... –
Cerca la parola giusta per definire Settepaltò e Quintale. Non ne trova una adeguata e ripiega cosí: – ... i
due facchini.

– E lo hai fatto, Guido? Sei andato a cercare Settepaltò
e lo hai ritracciato in via del Falcone.

Aspettiamo la risposta. Una svolta nelle indagini?

– Non è stato necessario, signor Sarti. Avevo letto sulla
fiancata del motofurgone «Traslochi e Sgombri di Giornata. Da Quintale via Stradelli Guelfi 75b». Indirizzo che
ho riferito al cavaliere.

– Il quale vi si sarà subito recato...

– Signor Sarti, non sono tenuto a sapere e, nel caso, riferire le intenzioni del cavalier Bastiani, – e con ciò l'Armadio ha concluso. Un cenno del capo alla signora Elena,
come a chiedere il permesso, ed esce di scena.

Non passa da casa, va direttamente all'ospedale e il portiere lo blocca: – Non è piú orario di visite.

Sarti Antonio non mostra volentieri la patente di questurino; solo se è indispensabile, come adesso. La lunga
permanenza in polizia gli ha dato la convinzione di essere
riconoscibile alla prima occhiata. A volte succede, come
a Cirò. Dunque, non mostra volentieri la patente di questurino, ma quando lo fa, le porte si aprono.

– Guardi che il professore è in visita al reparto. Veda
di non dare nell'occhio.

Come si fa a non dare nell'occhio?

Sarti Antonio si comporta normalmente e le prime persone che incontra in reparto sono il professore e la corte

degli assistenti. Il professore lo punta, gli si mette davanti e il traffico dei carrelli nel corridoio si blocca.

– Lei è il parente di Settepaltò, – stabilisce senza esitazioni e l'indice accusatore è diretto al petto del mio questurino. – Veda di far ragionare quel matto.

– Non è matto, professore.

– No? Come lo chiama lei uno che sta a letto in ospedale e tiene un casco da cantiere in testa? Uno che non si fida della medicina ufficiale e sputa in faccia alle infermiere le pillole che passa la Usl? La chiama persona normale, lei? – Fa per riprendere la passeggiata lungo le *cavedagne* del suo podere, ma si ferma subito e a Sarti Antonio, rimasto solo in mezzo al corridoio, dice: – Io non posso fare nulla per quel pazzo. Se lo porti via, a casa, e lo curi lei!

Trova Settepaltò seduto sul letto, la schiena appoggiata ai cuscini, contro la spalliera, e il casco in testa.

– Antonio, dove sei stato? È tanto che non mi vieni a trovare!

– Lavoro, sono stato fuori città. Vedo che stai meglio.

– Sí, ma delle volte mi prendono le radiazioni e non capisco piú niente e mi sento male. Per esempio, adesso sto bene, ma fra poco non capisco piú niente. La testa se ne va per conto suo, la stanza comincia a ballare e non capisco piú niente.

– Vedrai che passerà. Adesso però mi devi dire una cosa: ricordi villa Rosantico?

– Se me la ricordo, Antonio? C'era una signora con un bellissimo sorriso e gentile… Dovresti vederla, Antonio.

Antonio l'ha vista, l'ha vista e non se l'è scordata piú. – Cos'hai preso da quella villa che non dovevi?

Settepaltò smette il sorriso triste del semplice e guarda il mio questurino. Dice: – Rubato, vuoi dire che ho rubato? Io non rubo, Antonio, e tu lo sai.

– Lo so, lo so bene, ma puoi aver preso qualcosa senza volerlo. Forse la signora ti ha detto «questo no» e te ne sei dimenticato.

Il vecchio ci pensa e, per farlo meglio, chiude gli occhi. Li riapre e dice: – No, la bella signora mi ha fatto vedere il solaio e ha detto: «Porta via tutto quello che c'è qui». Proprio cosí mi ha detto –. Sarti Antonio annuisce e sul viso di Settepaltò torna il sorriso. – Sono contento che mi credi, – dice. Richiude gli occhi, stanco.

– Hai portato tutto a casa tua?

Lo sforzo ha stroncato il vecchietto che adesso ha il viso piú pallido. Cerca di parlare, ma non ce la fa e si limita a negare con un cenno del capo. Sarti Antonio si china sul letto e chiede:

– Cosa non hai portato a casa?

Il buon vecchio proprio non ce la fa. Sta perdendo l'uso della mente. Con un grande sforzo solleva la destra e la porta alla fronte, a toccare il casco.

– Vuoi che te lo tolga? – ma Settepaltò non lo segue piú e la destra ricade sul cuscino.

21

Invito a cena con inghippo

Squilla il telefono e: – Come stai, Antonio? – chiede
Elena la dolce.

È in viva voce e il talpone ghigna un «Siamo al "tu"».
Tranquillo, Questura, ce l'hai in pugno.

Il tono e la cadenza e il ricordo di un precedente incontro confluiscono insieme nello stomaco di Sarti Antonio e
gli dànno un fitta. Gradevole.

– Non lo so, – risponde. – E lei? E il cavaliere?

– Per questo ti telefono. Roberto desidera parlarti. Questa sera a cena da noi.

Non è un invito, è un ordine, magari sussurrato a fior
di labbra, e la fitta allo stomaco si trasferisce in basso e
non è piú gradevole, tanto che il mio questurino ha l'im-
pulso di rispondere che se il cavaliere delle acque minerali
ha qualcosa da comunicargli, lui, Sarti Antonio, sergente, lo riceverà volentieri nel suo ufficio presso la questura.
Ma risponde:

– D'accordo, da lei.

– Non ti va proprio di parlarmi con il tu, Antonio. Devo usare il lei anch'io?

– No... Cioè... Ci vediamo stasera.

Ha bisogno di un caffè, subito.

– L'hai già portata a letto?

Il caffè può aspettare qualche secondo. C'è da chiarire
il fatto con il talpone.

– Sappi, caro il mio grillo parlante... Sappi, cara la mia talpa parlante, che il sottoscritto non mischia mai il sesso con il lavoro.

Bugiardo. Ricordo...

A che serve ricordare?

– Fai male. Dovresti, – e il mio ricordo se ne va.

Adesso Sarti Antonio, sergente, che non mischia il sesso con il lavoro, può preparare il caffè.

Dalla cucina s'illude che Rosas lo stia ascoltando: – È alto, è calvo, ha la macchina da ricco targata cizeta e adesso mi vuole parlare. Non ci sono dubbi, è lui che ha picchiato Settepaltò.

– Perché non glielo chiedi di nuovo, visto che è a villa Rosantico? Non sei in trasferta, giochi in casa.

– Lo farò, – ma prima di prendere il telefono e cominciare subito la resa dei conti con il cavaliere delle acque minerali e del calcio, finisce di sorseggiare il caffè.

Non si interrompe un'emozione.

– Sono Sarti e voglio parlare con il cavaliere.

– Temo che il signor cavaliere non sia in villa, – risponde il maggiordomo tuttofare.

– È in villa, è in villa, non fare il furbo con il sottoscritto!

Non aspetta molto e la voce scortese dell'industriale dell'acqua minerale gli aumenta la fitta da colite.

– Che c'è? Che vuoi?

– Ringraziarla per il cortese invito di questa sera, cavaliere. Ma prima di salire da lei, mi piacerebbe sapere cos'ha preso Settepaltò dalla villa che non avrebbe dovuto.

Il fatto di giocare in casa ha dato al mio questurino la spinta giusta. E Rosas si complimenta con un cenno del capo.

Sarti non ha ancora finito. – Oppure questa sera cenerà da solo, cavaliere.

– Non ceno mai da solo, – e segue un lungo silenzio, interrotto ogni tanto dallo sbuffo di fumo del sigaro, il cui puzzo sembra arrivare in casa Sarti, via cavi telefonici, assieme a un «Ne parliamo stasera!» che non ammette repliche.

In una situazione normale non ammetterebbe repliche, ma Sarti Antonio, sergente, è deciso come un pompiere.

– Ne parliamo adesso.

Un'altra pausa con sbuffi di fumo del sigaro e poi: – Va bene, – e Sarti Antonio fa un gesto di vittoria verso Rosas. I vantaggi di giocare in casa! – Quel pezzente... – Ci risiamo. – Quel pezzente mi ha rubato una cosa alla quale tengo.

– Non è un pezzente, cavaliere. E Settepaltò non è un ladro.

– La sostanza non cambia: mi ha portato via ciò che non doveva.

– E cioè?

– Un prezioso ricordo personale al quale tengo molto, ma non vedo come la cosa riguardi la Questura di Bologna dal momento che non ho sporto denuncia.

Il mio questurino cerca una frase intelligente da dire. La trova: – Visto che tiene tanto a quel ricordo personale avrà cercato in tutti i modi di riaverlo, no?

– Non dica sciocchezze! – È passato addirittura al «lei». – Non ho mai incontrato quel pezzente. Elena non sapeva neppure dove trovarlo e io non avevo e non ho alcuna intenzione di mettere la città sottosopra.

– Attualmente lo può trovare in ospedale, cavaliere, e, ripeto, non è un pezzente. È un semplice. Sarà pure a corto di cervello, ma non è un pezzente e lo hanno massacrato di botte.

Il cavaliere non tiene conto della precisazione, non gli interessa. Dice: – Mi faccia riavere ciò che mi appartiene e anche lei avrà ciò che merita.

Detta cosí, suona piú come una minaccia che una promessa.

– Cioè?

– Saprà chi ha picchiato il suo amico.

– Questa mi sembra una buona proposta, cavaliere. Ne
riparliamo questa sera, a cena da lei, – e Sarti Antonio
chiude la comunicazione. È felice, finalmente, e dice a
Rosas: – Festeggiamo con un altro caffè.

Va a prepararlo con calma, come si deve fare il caffè.

– Adesso sappiamo in che modo sono andate le cose:
Elena fa sgomberare la soffitta. Il marito si accorge che
è sparito il suo prezioso ricordo personale, va a caccia
di Settepaltò per recuperarlo e lo mena di brutto. Cosa
ne dici?

Rosas non ne dice niente. Ha cominciato la monotona
sinfonia per fischio solista che mette in onda quando non
desidera piú parlare. O quando non ha niente di interessante da dire.

Il cancello è aperto. In fondo al viale, dinanzi alla villa, il piazzale è pieno di automobili. Le finestre sono illuminate. Tutte, anche quelle delle camere al primo piano,
anche quelle dei cessi.

Non si bada a spese a villa Rosantico. Musica e anima-
zione disturbano la quiete delle colline.

Nel salone a piano terra c'è chi balla, chi sorseggia, chi
spilluzzica passando da una tavola imbandita all'altra, chi si
lecca le dita dopo aver finito la tartina al caviale. Ne prenderà un'altra, si accorgerà che non è quella che voleva e la
rimetterà sul tavolo. Per chi verrà dopo.

La bellezza delle cene in piedi è che puoi scegliere ciò
che ti piace.

Con le dita leccate.

Guido l'Armadio sorveglia che gli incaricati provvedano a mantenere riforniti tavoli e bicchieri degli ospiti.

Ha una parola gentile per tutti, Elena la dolce.

Al mio questurino riserva anche un sorriso.

C'è del tenero fra i due.

– Roberto ti aspetta nel suo studio. Ti accompagno.

Prima di arrivare a destinazione e nel corridoio in penombra, Elena avvicina la bocca all'orecchio di Sarti Antonio per sussurrare: – È il suo compleanno.

Il profumo è delicato e il respiro sfiora l'orecchio del questurino.

Un'altra frustata alla colite spastica di origine nervosa che lo tormenta da stamattina. Si augura, non sa con quante probabilità, di non dover chiedere dov'è il cesso.

Pardon, il bagno.

Bastiani cavalier Roberto, in piedi davanti alla vetrata che incornicia un pezzo della città, in basso, porge la schiena ai visitatori. Fuma.

– C'è Antonio, Roberto.

Il nominato Roberto non si gira ad accogliere l'ospite. Si limita a sollevare un braccio sopra la testa e a far segno ai due di avvicinarsi.

Elena alla sua sinistra. Sarti Antonio, sergente, a destra.

Il cav. si toglie il sigaro di bocca e con la mano che lo tiene indica il panorama. – Non mi stancherò mai di ammirarlo, – dice.

Diamo tutti un'occhiata in basso.

Ha ragione il cavaliere: Bologna dorme adagiata sotto le torri ben illuminate. Le poche scampate alle stragi di sindaci poco sensibili che sono riusciti a farne abbattere una quantità.

Un rumore sordo, attutito dalla lontananza, arriva fin lassú per ricordare che le città non dormono mai.

Per prima si scuote Elena: – Vi aspettiamo di là, – e al marito. – Ho un regalo per te.

Il cavaliere lascia a malincuore la vetrata. Depone il sigaro nel posacenere del tavolino basso e si sistema, comodo, in poltrona.

– Sei venuto da me a Cirò in forma privata e io ti parlerò in forma privata –. Ci mette qualche secondo per capire come l'ha presa il questurino. – D'accordo, allora. Conosci i due che hanno saccheggiato la mia soffitta, – e solleva la destra per fermare subito la protesta che stava per partire da Sarti Antonio. – Lo so, li ha chiamati Elena. Non doveva farlo senza avvertirmi. Ti do tre giorni per farmi riportare tutto, capisci? Tutto in soffitta –. Dà un'occhiata al sigaro, lo solleva dal posacenere, si accerta che sia spento e lo riposa. – Il sigaro è come una persona: se non gli si dà fiato, muore –. Il pollice, l'indice e il medio della destra segnano il tempo concesso. – Tre giorni e io ricompenserò adeguatamente te e i due pezzenti.

– Se no?

– Non esiste un se no! – e il tono non ammette commenti. Egli si alza. – Andiamo a vedere il regalo, – e si avvia.

In sala si continua a spilluzzicare, sorseggiare, cazzeggiare.

Una meraviglia.

Elena interrompe il consistente brusio con una scampanellata. – Amici, vorrei che insieme facessimo gli auguri a Roberto. Uno, due, tre, – e la piú stupida cantilena inventata da mente umana echeggia nel salone.

Tanti auguri a te.

Tanti auguri a te.

Tanti auguri, Roberto.

Tanti auguri a te.

Hanno cantato tutti tranne Sarti Antonio, sergente.

– Bene, ora il mio regalo, – continua Elena. Fa un cenno a Guido che la raggiunge e le porge un piccolo ma, immagino, prezioso pacchetto.

Lei lo passa al cavalier Roberto che mostra la sua falsa sorpresa.

Apre l'involucro, guarda il contenuto, bacia Elena e solleva il regalo: un prezioso accendino. D'oro, suppongo, con incastonato qualcosa che brilla.

– Cosí non dovrai piú mendicare a destra e a sinistra per farti accendere il sigaro. E questo, per favore, non lo perdere. Non sai cosa m'è costato.

Applausi.

22.

Il prezioso ricordo personale

Subito dopo la consegna del regalo, se n'è andato senza salutare. Ne aveva avuto abbastanza.

Aveva anche avuto un'idea. Da verificare.

Ha borbottato per tutto il viaggio di ritorno, sull'auto.

Lo fa ogni volta che cesrca di capirci il minimo. Che non è molto, ma si accontenta. Pensieri qua e là, apparentemente privi di senso, ma che nella sua testa ce lo devono avere per forza, un senso.

– Un prezioso ricordo personale 'sti due. Un prezioso ricordo personale non lo si sbatte in soffitta, fra la polvere del passato. In soffitta ci si mettono gli oggetti che non servono piú.

«Questa sera a cena da noi» era stata la proposta.

– Che razza di cena: in piedi, un bicchiere e un piattino fra le mani. Ceramica, che se mi cade mi costa la liquidazione.

«E questo, per favore, non lo perdere...»

– Tranquilla, Elena, non l'ha perso, ci scommetto. Lo verificherò domattina. Domattina, per prima cosa...

Appena a casa fa il numero di Felice Cantoni, agente. Prima anche di prepararsi il caffè della buonanotte.

– Stai dormendo?

La risposta è impastata di sonno. – Anto', se stessi dormendo non ti parlerei...

– Meno male. Temevo di svegliarti...

– Mi hai svegliato, sí, accidenti a te! – e la voce non è piú impastata di sonno.

– È il modo di rivolgersi a un superiore?

– Che accidenti vuoi, Anto'?

– Domattina alle sei passa a prendermi.

– Alle sei? – Segue una pausa che Felice Cantoni, agente, utilizza per controllare l'ora. Infatti: – Fra quattro ore, cazzarola! – e sbatte giú il telefono.

– ... e quando ti faccio segno, prendi fuori il pacchetto delle sigarette, cerca i fiammiferi per accendere...

– Vuoi che accenda una sigaretta?

– Ho detto di cercare i fiammiferi. Non li trovi e chiedi a lui di farti accendere. Anzi, offrigli tu una sigaretta cosí sarà costretto lui. Capito bene?

– Per niente, Anto'. Per niente. Capirei se sapessi dove andrà a parare 'sta melina, – borbotta Felice Cantoni, agente.

– Tu non ti preoccupare. Fa' come ho detto.

Fa come ha ordinato il superiore: con la 28 imbocca strada Maggiore, che poi diventa porta Maggiore e poi via Mazzini e poi via Emilia. Dove via Emilia diventa via Dozza Giuseppe, il sindaco piú amato dai bolognesi, ma solo quei pochi che lo ricordano, la 28 gira a sinistra per via Due Madonne.

Mai saputo che le Madonne fossero due.

Non è mai troppo tardi per istruirsi.

Tutto a velocità sostenuta, grazie al traffico che alle sei del mattino è ancora accettabile.

Passa sotto il ponte dell'A14 e siamo alla Croce del Biacco dove la 28 prende gli Stradelli Guelfi.

– Adesso puoi rallentare. Ti fermi poco prima della sterrata che va da Quintale e appena il motofurgone esce gli lasci prendere tre-quattrocento metri, attacchi la sirena e lo insegui.

– Inseguo una Guzzi del '38? Mi sembra una gran stronzata, Anto'.

– Non ti preoccupare. La sirena della polizia fa sempre il suo effetto.

Aspettano una decina di minuti.

Il rumore del motofurgone anno 1938 lo si sente appena Quintale lo avvia, sull'aia dell'ex casa colonica, greto del Savena.

Felice Cantoni, agente, avvia la sua 28.

Va tutto come programmato: sirena, inseguimento per cento metri e Quintale accosta a destra, aspetta che la 28 si fermi davanti al suo furgone, scende e scuote il capo mentre Sarti Antonio, sergente, gli si avvicina.

– Bella scena, Questura, – ghigna Quintale. – E adesso?

– Patente e libretto di circolazione.

– Non ci conosciamo piú?

– Patente e...

– ... libretto di circolazione, capito.

Sarti Antonio, sergente, controlla i documenti e fa un cenno a Felice Cantoni, agente, che ha raggiunto i due. Tre con il motofurgone.

Sigaretta per Felice.

Sigaretta offerta a Quintale.

Ricerca di fuoco.

Spunta l'accendino d'oro che passa nelle mani di Cantoni. Subito dopo in quelle di Sarti Antonio, sergente.

– Questo lo tengo io.

– Cos'è 'sta novità, Questura? – chiede Quintale.

– Refurtiva, signor Quintale.

– Signor Quintale. Da anni nessuno mi chiama piú signore.

– Lo so: da quando hai lasciato l'insegnamento, immagino, – e ci fa una pausa strategica. – O da quando si è
suicidata la tua allieva?

Quintale ci rimane piuttosto male. Fruga in tasca, prende fuori un accendino di plastica colorato, accende per sé
e per Felice Cantoni, che non ha proferito parola e assiste
all'interrogatorio ai bordi degli Stradelli Guelfi.

Un paio di tiri in silenzio.

Il sole è sopra l'orizzonte da un po'.

Il Savena, lí accanto, porta le sue acque luride verso
quelle altrettanto luride del Reno.

– Complimenti, Questura, ne sai quasi piú di me. Che
c'entra quella brutta storia con l'accendino?

– Magari me lo puoi spiegare tu.

– Direi che non c'entra niente. Una brutta storia archiviata.

– Sí. Allora potresti spiegarmi cos'è venuto a fare da te
il Bastiani cavalier Roberto.

– Te l'ha detto lui? – Sarti Antonio, sergente, gli passa sotto il naso l'accendino. – Che gran figlio di puttana.

– Me lo dici tu o ti porto in questura per ragionarci
sopra?

Quintale ci pensa su e poi annuisce. – Facciamo cosí: ve-
nite a casa mia, ci beviamo un caffè, che è l'ora adatta, e vi
racconto una storia. E lasciamo in pace la povera Loretta –.
Schiaccia la sigaretta sull'asfalto. – Si chiamava Loretta.

Il caffè «non è male» e se per Sarti Antonio, sergente, uno che di caffè se ne intende, «non è male» vuol dire
che è buono.

Felice Cantoni, agente, non ricorda l'ultima volta che
ha bevuto un caffè e non si pronuncia. Si è sentito in dovere di accettarlo perché «qui non ho altro da offrirti».
Gli sembrava una scortesia.

Dopo il caffè e sistemati su vecchi sedili d'auto di chissà quanti secoli fa, Quintale parte cosí:

– Si è presentato verso sera con la sua macchina da milionario, in frenata ha sollevato un polverone della madonna. Sono scesi in tre e quello che comandava la spedizione mi ha subito preso di petto...

«Tu e l'altro pezzente del tuo amico! Vi do tempo fino a domattina per riportare nel mio solaio tutto il materiale che avete rubato».

Aveva fatto un cenno ai due accompagnatori che erano entrati nel capannone e avevano cominciato a metterlo sottosopra.

Lui, da capobanda che controlla l'opera dei suoi, si era acceso un sigaro...

Era stato in quel momento che Quintale aveva visto l'accendino.

... si era acceso un sigaro, aveva messo l'accendino nella tasca esterna della giacca, assieme alla scatola di sigari. Si era poi tolto la giacca, si era appoggiato alla spalletta del portone e aveva aspettato gli esiti dell'operazione «recupero».

Nel frattempo Quintale aveva cercato di spiegargli che se gli avesse detto cosa stavano cercando, ci avrebbe pensato lui a trovarlo e consegnarglielo.

«Un prezioso ricordo personale al quale tengo molto», aveva detto il cavaliere con il sigaro fra i denti.

Per un po' il padrone di casa aveva resistito, poi si era messo in mezzo.

– Ho scaraventato uno dei sicari nella posta delle vacche e stavo per farlo anche con l'altro, ma ho rinunciato per via della pistola...

– In che senso? – chiede il mio questurino.

– Nell'unico senso possibile se c'è di mezzo una pistola: me l'ha messa sotto il naso e li ho lasciati fare. Ti ho fatto vedere come hanno ridotto il magazzino della ditta, no?

Non lo avevano trovato, il famoso ricordo personale e i due erano tornati dal padrone scuotendo il capo.

«Le armi?» aveva chiesto il cavaliere a Quintale.

«Vendute, ma se ci tieni tanto, le posso recuperare...»

«Devi recuperare tutto, non solo le armi. Tutto! Riporti tutto nel mio solaio. Dove abita il tuo amico?»

– Ho dovuto dirglielo, – si rammarica Quintale. – C'è poco da scherzare con certa gente.

Ha finito il racconto e si alza. Apre il cassetto di un mobile che non si capisce cosa sia e a cosa sia servito in passato e serva tuttora. Tira fuori una scatola di sigari.

– Cosí mi sono preso il rimborso spese, – ghigna soddisfatto. – Sigari di primordine. Ne fumo uno ogni sera alla sua faccia da culo, – e cerca in tasca l'accendino di plastica.

Il fuoco glielo offre Sarti Antonio, sergente. Dal prezioso accendino sequestrato.

– Grazie, – dice Quintale. – Bell'accendino, Questura. Mi piacerebbe un accendino cosí...

– È tuo. Per ricordo di un faccia da culo che non ha rispetto di niente e nessuno, – ma ancora non lo consegna. – È tuo a tutti gli effetti di legge, sociali, ordinati e subordinati se mi dici come sei riuscito a rubarlo a un ladro.

– Come si ruba di solito: con destrezza. Se ne tornava alla sua macchina da straricco, la giacca appoggiata sulla spalla, i due sicari davanti e io dietro. Un piccolo strappo all'orlo della giacca e questa svolazza a terra. Gliela raccolgo, gliela spolvero... Hai visto l'aia, no? Terra battuta e polvere. Gliela porgo e se ne vanno. Poi mi sono accorto che i sigari e l'accendino erano finiti nella mia saccona. Quando si dice il caso.

23.
Un ricordo che ci riguarda

Di nuovo seduti sulla 28 e diretti alla tana del talpone Rosas, un Felice Cantoni, agente, al volante, esterna il suo scontento:

– Gliel'hai restituito. Perché?

– Non dovevo?

– Lo ha rubato: la refurtiva va sequestrata.

– Chi ruba ai ladri ripristina una legalità...

– Questa è nuova. Chi l'ha stabilito?

– Io, in questo momento. Intendo dire che il prezioso accendino, in un certo senso, il cavaliere lo aveva rubato ai clienti. Ha fatto bene, – e Sarti Antonio, sergente, si sente in pace.

– Ha fatto bene il cavaliere a rubare ai clienti?

– Ha fatto bene Quintale a fregarlo al cavaliere del lavoro –. Una pausa. – Di che lavoro, poi?

Felice Cantoni, agente, ci pensa su un poco. – Certe volte non ti capisco, Anto'.

– Meglio cosí.

Quando il mio questurino gli piomba in casa, per Rosas è un problema grosso toglierselo di torno e non gli resta che ascoltarlo. E sopportarlo cercando di dargli una mano.

– Cosí, dopo il magazzino di Quintale, hanno perquisito anche la baracca di Settepaltò. Neppure là hanno trovato il ricordo personale al quale Bastiani cavalier Roberto tiene moltissimo. Ragion per cui ha massacrato di botte

il povero vecchio per farsi dire dov'è finito... – S'incazza con se stesso, Sarti Antonio, sergente. – Per farsi dire
dov'è finito cosa? Cazzo!

– Qual è il problema? Appena il vecchio starà meglio e
ricorderà, ti dirà cosa sta cercando il tuo cavaliere del lavoro
e avrai risolto il caso che ti sta tanto a cuore, – dice Rosas.

– Dovrò mettermi accanto al suo letto e aspettare che
si riprenda. Non è detto che si riprenda. Il professore dice
che non vuole le medicine e le sputa in faccia alle infermiere –. Ha buona memoria, la sola facoltà decente che anni e
anni di mestiere gli hanno regalato. Prima o poi gli serve,
assieme a un minimo di fortuna. Rifà il percorso dall'inizio: – Dunque, ho incontrato Settepaltò che era appena
sceso dalla villa e ho veduto, piú o meno, cos'aveva caricato sulla bicicletta. Ha scaricato tutto sotto il portico per
cercare e regalarmi... Oh, Cristo!

Ecco, c'è arrivato!

C'è arrivato anche Rosas. Si rilassa sul lettino e sospira:

– Benissimo, adesso che sai, posso sperare che mi lasci
vivere in pace un pezzetto della mia già scarsa vita?

– Togli il tuo culone da quel divano letto e vieni con me!

Rosas non ci pensa proprio. Ha fatto la sua parte e per
far capire meglio la decisione, si gira su un fianco e riprende a leggere.

Sarti Antonio lo solleva di peso e di peso se lo trascina
fin sotto il portico di Santa Caterina 19.

Già nell'ingresso lo colpisce un profumo inconsueto.
Annusa, si guarda attorno e bestemmia.

– Dove accidenti è finito? – dice. – L'elmetto, accidenti, l'elmetto che mi ha dato Settepaltò. L'elmetto, accidenti!
Come ho fatto a non pensarci prima? Quando, all'ospedale, ho chiesto a Settepaltò cosa non aveva portato a ca-

sa, si è toccato il casco! Voleva dirmi l'elmetto, l'elmetto
che mi ha regalato. Povero Settepaltò, lo ha preso per me!
   – Io direi che le ha prese per te.
   – L'avevo messo qui, sulla mensola dell'ingresso...
   Immobile sulla soglia del tinello, Rosas ghigna soddi-
sfatto e indica, con un cenno del capo, il televisore. Sopra
ci sta l'elmetto trasformato in vaso portafiori.
   – Oh, Cristo! È stata la Grassona, la maledetta è entrata qui e...
   Esce di casa e rientra poco dopo trascinandosi dietro la
Grassona vicina di casa. Grida:
   – È stata lei? – e la sbatte con il muso contro l'elmet-
to portafiori.
   La Grassona è spaventata perché, nei lunghi anni di
buon vicinato, non ha mai veduto il questurino tanto arrabbiato. Balbetta:
   – Sí, sono stata io. Pensavo che trasformare un elmetto in un vaso da fiori... Come la canzone dei Giganti, se
la ricorda? – Cerca addirittura di canticchiare. – «Met-
tete dei fiori nei vostri cannoni...» – Adesso piagnucola.
   – Credevo che i fiori le piacessero, signor Sarti.
   – No, non mi piacciono, – grida il mio questurino. – E
non mi piace neppure che la gente mi entri in casa quando
io non ci sono! – Lascia la poveretta, cava i fiori dall'elmetto e li scaraventa dalla finestra aperta. – Si può sapere
com'è entrata? Si può sapere?
   – Ma, signor Sarti, proprio lei mi ha dato la chiave, non
ricorda? Doveva venire il fontaniere e lei non poteva esserci e allora...
   – Il fontaniere? Ma è stato piú di un anno fa, accidenti!
   La Grassona tenta un modestissimo sospiro: – Sí, ma
non me l'ha piú chiesta indietro e cosí io ho pensato... Ho
pensato che lei... che io...

Di peso Sarti Antonio riporta la Grassona in casa sua e torna all'elmetto.

È arrabbiato fuori misura e Rosas continua col ghigno da iena felix. Ammesso che le iene qualche volta riescano a essere felix.

– Ecco spiegata la puzza che ho sentito entrando. Mi pareva di stare al cimitero, – borbotta il questurino.

Si rigira fra le mani l'elmetto, lo guarda fuori, dentro, di lato.

Si ferma alle due *S* verniciate a destra e a sinistra.

– Ha protetto il cranio di uno di quelli buoni, – commenta.

– Fa' vedere.

Lo passa al talpone.

L'esame dura a lungo e poi arriva la lezione di storia. Non so quanto interessi al mio questurino. Che vorrebbe sapere subito altro. Per esempio: perché un cavaliere del lavoro se la prenda con Settepaltò per un elmetto delle SS.

– Elmetto modello M42, che vuol dire fabbricato nel 1942, in dotazione alle Waffen-SS. Quelli buoni, come hai detto tu. Waffen-SS vuol dire «Combattenti SS». Dei pazzi fanatici. Hanno partecipato a quasi tutte le battaglie della Seconda guerra mondiale. Si sono distinti particolarmente negli eccidi di civili e nella repressione contro i partigiani. Al processo di Norimberga sono stati condannati come organizzazioni criminali responsabili di crimini contro l'umanità...

– Perché questo elmetto interessa tanto al Bastiani cavalier Roberto?

– L'elmetto no, ma questo sí, – e Rosas mostra l'interno. – Il rivestimento dell'elmetto... Il *liner*, si chiama cosí. Il *liner* è fatto con strisce di pelle di maiale...

– Pelle di maiale su pelle di maiale.

– ... e fra una e l'altra vedi della carta bianca. Alcune strisce, qui, sul bordo destro dove sono ancorate al cerchione di zinco, sono staccate dal metallo.

Le solleva e, con il pollice e l'indice, prende delicatamente il foglio di carta e lo estrae dalla cupola dell'elmetto.

– Non gli interessa l'elmetto, ma quello che nasconde, – continua il talpone. E, dall'interesse che dimostra, sono certo che il commento è per se stesso.

Con la stessa cura e attenzione della precedente operazione e con mani che tremano appena, distende il foglio sul tavolo e cerca di togliere le piccole pieghe che il tempo ha creato. Si direbbe che lo accarezza.

Si tratta di due pagine staccate dal centro di un quaderno a righe di terza elementare. Quindi, quattro facciate unite.

Il binario, cosí si chiamavano le due righe piú strette dentro le quali l'allievo doveva restare, è occupato da una scrittura a penna, ma la calligrafia non è di un ragazzo di terza. È di qualcuno abituato a usare penna, inchiostro e calamaio.

Legge e, accanto a lui, legge Sarti Antonio, sergente. Entrambi chini e attenti.

Al termine, nessun commento.

Rosas riprende in mano il foglio, lo guarda controluce, rilegge e lo posa sul tavolo.

– Che si fa adesso?

Il talpone non risponde. I suoi pensieri continuano ad andare per una strada che Sarti Antonio, sergente, non conosce.

– Se risulterà autentico, – dice dopo un po', – e non credo ci siano dubbi, dovremo riscrivere un pezzo di storia della Resistenza. Almeno quella che riguarda la battaglia di Casteldebole –. Guarda il questurino. – Non sai di cosa parlo. Non ti preoccupare, non sei l'unico. È storia recente, ma per i nostri connazionali, te compreso, potrebbero essere le guerre puniche. Avete memoria corta da queste parti.

– «Avete... da queste parti...» Tu non c'entri mai. Sempre gli altri, il prossimo. E tu? Tu chi sei? Da dove vieni?

– Me lo chiedo anch'io –. Una pausa. – Non ho ancora trovato risposte, – e cambia discorso. – Immagino che tu non abbia un'enciclopedia –. Leggero movimento del capo dell'interpellato. – E neppure una storia della Resistenza –. Idem.

Sotto lo sguardo curioso di Sarti Antonio, Rosas ricontrolla il foglio di quaderno e lo piega come lo era all'origine della sua scoperta. Lo tiene a mezz'aria, fra indice e pollice della destra, come temesse di fargli del male: – Una busta, per favore.

– E secondo te, io dovrei avere una busta qui, in casa?

– Dovresti. Può sempre essere utile. Come ora per conservare questo prezioso reperto che non è un ricordo personale di Bastiani cavalier Roberto ma riguarda noi, la nostra storia e il nostro passato, – e, messo cautamente il foglio del quaderno nella tasca della giacca, infila il braccio destro nel sottogola dell'elmo e si avvia per uscire.

– Dove credi di andare con il mio elmetto?

– Non è tuo, comunque... Vado a casa mia dove troverò dei libri da consultare. Per farti capire di cosa si tratta, coglione. Ho idea che non abbia capito bene cosa sia stata la battaglia di Casteldebole e chi sia stato, in vita, il maggiore Walter Reder.

Senza altro aggiungere, lascia l'appartamento e scende le scale.

Il bellico copricapo gli ballonzola davanti, sul fianco e sulla pancia e il metallo batte contro quello della cintura.

Lo segue un Sarti Antonio, sergente, in evidente difficoltà: il talpone non ha torto a ritenerlo un ignorante.

Lo sa e non gli fa piacere.

Lo sa e non può farci niente.

Se non seguirlo nella speranza di arrivare a capire l'indispensabile per chiudere un caso mai aperto ufficialmente.

24.
Nella tana del falsario

Nel tragitto da casa Sarti a via Santa Caterina 19, venti minuti di buon passo. Prendendo i giusti vicoli del centro.

Rosas la fa piú lunga.

Sarti Antonio non protesta.

La prima sosta la fa in via Altabella, nel negozio di mesticheria fornito di materiali che non si trovano altrove. Come una certa miscela di olio e altre sostanze, studiata e realizzata dal padre dell'attuale proprietaria, che, passata con un panno di lana su legno antico, restituisce al mobile il primitivo colore e lucidità senza pregiudicarne l'autenticità.

La mesticheria si trova, a qualcuno potrebbe interessare, dopo il negozio ideato e fatto realizzare dal grande Dino Gavina...

Chi non sa chi è, si informi.

... e che, quando lo inaugurarono, tempi storici per Bologna, suscitò cori di meraviglia e consenso da parte dei bolognesi illuminati e improperi dei conservatori per la profanazione di un'antica via del centro storico.

Ordina piccole quantità di terre colorate che gli vengono consegnate dalla gentile titolare in bustine di plastica trasparente. C'è nero carbone, terra di Siena, bianco gesso...

A richiesta gli viene consegnata una bottiglietta di liquido grigiastro, già preparata e senza etichetta.

Ringrazia ed esce.

Paga Sarti Antonio, sergente.

Importo sensibile per lo stipendio di un questurino.

Seconda sosta in via Farini, sotto il portico riccamente affrescato dell'ex Banca Nazionale, ora Banca d'Italia, c'è la piú antica cartoleria di Bologna: *Al Balanzone*, fondata nel 1867.

– Un quaderno a righe per la terza elementare, una busta a sacchetto rinforzata, una cannetta con pennino, una bottiglietta di inchiostro nero, due carte assorbenti, – ordina Rosas.

Servito, lascia la cartoleria. E lascia dentro Sarti Antonio a pagare.

Lo fa volentieri, questa volta, trattandosi di cifra non eccessiva, alla portata del mensile di un questurino.

Con la speranza di arrivare, prima o poi, a capirci qualcosa nel misterioso comportamento del talpone.

Non lo ha mai deluso.

La tana della iena è al pian terreno. Una stanza abbastanza grande per fare da cucina, studio e camera da letto. La finestra dà sotto il portico ed è protetta da una vecchissima inferriata che i secoli non sono riusciti a deteriorare perché la sporcizia, la polvere, l'umidità, il grasso di cottura e, recentemente, lo smog, la preservano meglio di una vernice antiruggine. Nessuno dei chissà quanti proprietari ha mai neppure pensato di pulirla. E nemmeno gli affittuari che nel corso dei secoli si sono succeduti nella conduzione dell'appartamento.

Ammesso che lo si possa chiamare appartamento.

Direi di sí dal momento che c'è pure un bagno con i servizi igienici.

Nessuno sa dove scarichino la vasca da bagno, il vaso, il bidet e il lavandino.

Chi transita sotto il portico non può vedere all'interno per una tenda che ha, occhio e croce, gli anni della via.

Non sono mai riuscito a capire se il talpone paghi l'affitto e, nel caso, quanto e a chi.

Nella tana di cui sopra non manca niente che possa servire a Rosas. Ci sono libri, dischi, alcune macchine fotografiche, una macchina per scrivere, una fotocopiatrice, un ciclostile, ricordo di tempi migliori...

Adesso ci sono anche, ben allineati sul tavolo spolverato per l'occasione, il foglio recuperato dall'elmetto, un quaderno a righe per la terza elementare, una busta a sacchetto rinforzata, una cannetta con pennino, una bottiglietta di inchiostro nero, due carte assorbenti. Articoli, questi ultimi, che credevo scomparsi da secoli.

C'è anche un elmetto della Waffen-SS che credevo, anch'esso, scomparso da tempo.

Eccolo di nuovo fra noi.

Rosas si china sul tavolo e passa in rassegna gli oggetti. E finalmente siede.

La sequenza delle operazioni che comincia in questo momento, dovrebbe essere interessante. Né Sarti Antonio, sergente, né il sottoscritto, nullatenente, immaginano a cosa serva e dove ci porterà.

Apre il quaderno alla prima pagina, svita il tappo della boccetta di inchiostro, impugna la cannetta, mette in bocca il pennino e lo bagna bene con la saliva, lo intinge nell'inchiostro, fa in modo che non ne resti troppo sul pennino e comincia.

Parole a caso, scelte qua e là dal foglio già scritto che gli sta accanto: «Fra Diavolo, Panzer della Waffen-SS, 63ª Brigata Garibaldi, Bolero, monco boia assassino, fatta giustizia quando questa guerra...»

Se non è soddisfatto di come ha scritto uno di questi vocaboli, lo riscrive.

Lo riscrive.
Lo riscrive.
Lo riscrive.
Ci mette un paio d'ore durante le quali Sarti Antonio, sergente, gli somministra tre caffè.
Altrettanti per lui.
– Può andare, – dice il talpone prima di rilassarsi contro lo schienale della sedia lasciando al questurino la visione completa degli ultimi vocaboli scritti.
Controllo e cenno di assenso.
A Rosas non serviva. Aveva già deciso: il suo «Può andare» non era una domanda.

Impiega altre due ore e alla fine è soddisfatto del risultato che è la copia quasi perfetta del foglio trovato sotto il *liner* dell'elmetto.
Quasi perfetta nel senso che la grafia è molto simile e ci vorrà un esperto grafologo, di quelli che non ce ne sono piú tanti in circolazione, per stabilire che si tratta di un falso. Nel senso che tutto torna: gli *a capo* sono al posto giusto; le maiuscole, il numero delle righe.
L'anticato che Rosas ha ottenuto grazie agli ingredienti acquistati in mesticheria dà l'impressione che si tratti di un foglio arrivato nella tana del falsario direttamente dal 1944.
Non ha ancora finito: fotografa l'originale.
Fotografa il falso.
Con la solita delicatezza, il falso prende il posto dell'originale nell'elmetto Waffen-SS.
L'originale finisce fra le pagine di un volume, sullo scaffale accanto alla porta del cesso.
– Non ci siamo capiti, – dice il questurino. – È corpo di reato e come tale lo conserverò personalmente in attesa…

Un deciso: – Te lo scordi! – fa capire a Sarti Antonio, sergente, che non c'è da insistere.

La giustificazione viene subito: – È rimasto sconosciuto dal 1944, lo sarebbe ancora se Settepaltò non lo avesse tolto dall'oblio. Non voglio correre il rischio che sparisca di nuovo. Come hai visto, c'è gente disposta a tutto.

– Non puoi. È illegale.

– Illegale è stato non renderlo pubblico.

– Che ne vuoi fare?

– Verificare la veridicità dei fatti riportati nella dichiarazione.

– Poi?

– Lo utilizzerò secondo giustizia e memoria storica.

Dopo la lapidaria dichiarazione, si toglie gli occhiali e li posa sul tavolo accanto all'elmetto.

Solleva l'elmetto per il sottogola e lo porge al questurino: – Questo ti spetta di diritto. Fanne ciò che vuoi.

Sarti Antonio, sergente, non sa come cavarsela.

Dà un'occhiata alla vecchia sveglia con carica a molla, posata su una cassetta da frutta accanto alla branda e annuncia: – Non te lo meriteresti, ma ti offro una cena dal lurido.

– Mi raccomando, non sprecarti. Pensavo al Diana. Mi adatterò.

Si alza, si sgranchisce le ossa scricchiolanti e si avvia al bagno. Senza i culi di bicchiere sugli occhi, scommetto che andrà a sbattere contro uno spigolo o una porta socchiusa o una sedia che si troverà fra i piedi.

– Toglimi una curiosità: chi ti ha insegnato a fare il falsario?

– La vita, caro amico, la vita, – e si chiude in bagno.

Avrei perduto la scommessa.

Mai fidarsi del talpone.

25.
Di chi è l'elmetto Waffen-SS?

– Il cavaliere l'aspetta dopo cena, – aveva risposto l'Armadio alla richiesta del questurino di salire a villa Rosantico.

Dopo cena è indicazione vaga.

Arrivano davanti al cancello attorno alle dieci.

Il parco silente di villa Rosantico è illuminato solo dalla luna. Per stasera niente inquinamento luminoso. In basso la città è uno sfavillio tremulo di elettricità. È tremulo anche il brusio che arriva fin qui.

Non smette mai. Notte e giorno.

– Ti aspetto alle nove, – aveva sussurrato nel microfono la dolce Elena alla quale l'Armadio aveva passato il microfono per i saluti di rito.

Alle nove l'auto 28 svolta a destra e si avvicina al cancello.

– Se Felice Cantoni, agente, saprà che l'ho portata quassú io, la prenderà male. Molto, – aveva detto il mio questurino infilando la chiavetta nel cruscotto.

– Chi vuoi che glielo vada a raccontare? – gli avevo chiesto.

– C'è sempre qualche spia in questura.

Per tutto il viaggio il talpone Rosas, sdraiato sul sedile posteriore, ha fischiettato in sordina la sua *malintesa*. L'ha ammucchiata appena il cancello, miracolo della tecnologia, si è socchiuso.

Scricchiolano gli pneumatici sul ghiaietto del viale.

Prima di scendere il questurino si gira verso Rosas e gli fa cenno col capo. Il talpone gli passa il borsone di plastica targato Coop dal quale Sarti Antonio, sergente, estrae l'elmo Waffen-SS. Controlla che sotto la pelle di suino garantito germanico s'intravveda il bianco del foglio di quaderno.

Mette l'elmo sulla testa: – Che dici? Mi presento cosí? – Si guarda nello specchietto sotto il parasole. – No, non è per me, – e lo rimette nel borsone Coop.

Sotto il porticato dalla morbida illuminazione, li aspetta l'Armadio dalla folta chioma. Statua immobile appena sfiorata dalla luce tenue che esce dal corridoio alle sue spalle.

Un suo cenno della destra e i due gli passano dinanzi ed entrano.

Entra anche l'Armadio, chiude la porta e, immobile, aspetta disposizioni.

Nel salotto a piano terra li aspetta il Bastiani cavalier Roberto, rilassato in poltrona, bicchiere nella sinistra, sigaro acceso nella destra.

Un tiro lento, controllato, e un sorso.

La mano col sigaro indica le poltrone davanti a lui.

Siedono.

Il borsone sul pavimento accanto al questurino.

Il cavaliere fa un cenno all'Armadio, che prende vita: si avvicina agli ospiti per chiedere:

– Cosa posso servire, signori?

Sarti Antonio, sergente, scuote il capo.

– Per me lo stesso del cavaliere, – ordina il talpone.

– Un altro anche a me, Guido, – e, in attesa di quanto richiesto, prende dal tavolino una scatola di legno pregiato, solleva il coperchio e il suono delicato di un carillon è l'unico rumore che si diffonde nell'atmosfera rilassata del salotto.

No, grazie, fa con il capo Sarti Antonio, sergente.

Sí, grazie, dice il silenzio di Rosas, il talpone. E prende un sigaro.

Rientra l'Armadio e posa i bicchieri a portata di mano dei richiedenti.

Prima di sorseggiare il cavalier Bastiani accende personalmente il sigaro a Rosas. Con il prezioso accendino regalatogli dalla dolce Elena. Il che ricorda al questurino...

– La signora... – e Sarti Antonio si accorge di aver parlato con voce troppo alta, nel silenzio della collina. Abbassa il tono. – La signora non c'è?

– Un impegno improvviso.

Peccato. Tanto vale sbrigarsi subito.

Riappare l'elmetto.

Sarti Antonio, sergente, lo tiene per il sottogola e lo dondola a mezz'aria. – Ecco qua, cavaliere, il prezioso ricordo personale al quale teneva molto.

Il cavaliere non fa una grinza. Con calma tira una boccata, manda fuori il fumo e aspetta che si stemperi nell'aria. Posa il sigaro e finalmente allunga le mani verso l'oggetto tanto agognato da massacrare Settepaltò per tornarne in possesso.

Sarti Antonio, sergente, lo ritira. – I patti sono...

– Lo so: me lo consegni e saprà chi ha picchiato il suo amico.

– La frase esatta era: «Mi faccia riavere ciò che mi appartiene e anche lei avrà ciò che merita» –. Memoria al titanio, quella del questurino. – Siamo sicuri che questo elmetto le appartenga?

Il cavaliere non ha fretta. Fa un cenno all'Armadio che annuisce e toglie il disturbo. Prende il bicchiere, sorseggia, lo posa, tira nel sigaro...

Un tiro leggero, tanto per ridare ossigeno alla brace, e un altro piú lungo per confermarla.

Come la pipa, i sigari sono permalosi: vanno fumati in silenzio e se non tiri con lenta regolarità, si spengono.

Tira anche il talpone e l'aria sta diventando pesante.

– Se sei venuto per discutere, possiamo farlo. Ho tempo fino a domattina, ma ti avverto: l'elmetto non uscirà da villa Rosantico né con te né con altri, – e fanno la loro comparsa in salotto due personaggi che non lasciano dubbi.

Li ha introdotti l'Armadio.

– Tutto quello che c'è a villa Rosantico... – e il semicerchio che traccia la mano del cavaliere a indicare attorno comprende anche l'Armadio e i due appena entrati, – ... è di mia proprietà –. Sorride. – Tranne gli ospiti, si intende. Non c'è dubbio, quindi, che l'elmetto sia mio.

Il guardaspalle con la ghigna piú cattiva...

Anche se è difficile stabilire chi dei due l'abbia piú cattiva, una piccola differenza la si nota. Un occhio esperto, naturalmente, come quello di Sarti Antonio, sergente.

Il guardaspalle con la ghigna piú cattiva si avvicina al questurino e allunga la destra verso l'elmetto.

Sarti Antonio, sergente, non glielo consegna e dà un'occhiata a Rosas che, impassibile, lo sta guardando. Lui sperava in un segnale che lo consigliasse.

Arriva, impercettibile, ma arriva. È una stretta di spalle che significa: vuoi fare la fine di Settepaltò?

– Aveva ragione, cavaliere, a dirmi che Settepaltò non le premeva.

– L'ho detto?

– Ho buona memoria. Sul momento ho pensato a una battuta, accidenti.

– Non faccio mai battute.

– Adesso lo so –. Si tiene ben stretto l'elmetto. Non lo consegnerà a un sicario. – Ecco quello che le sta a cuore, tanto da far massacrare un poveraccio, – e il famigerato

Waffen-SS passa dalle mani del questurino a quelle del faccia da culo.

Nel silenzio della sala c'è un altro passaggio di mano: da quelle del faccia da culo a quelle dell'Armadio.

Una controllata all'interno dell'elmetto, il tempo per sollevare una striscia di pelle di maiale e un cenno di assenso.

Sarti Antonio, sergente, ha uno scatto di dignità. Si avvicina troppo alla poltrona del cavaliere.

Si avvicinano anche i due guardaspalle, ma li ferma un cenno del padrone di casa.

– Le ho consegnato ciò che voleva. Adesso voglio il nome di chi ha picchiato Settepaltò!

– Ci tieni tanto a quel pezzente?

– Non è un pezzente, cavaliere. E lei mantenga la parola. Voglio il nome e il motivo per cui 'sto maledetto elmo le sta tanto a cuore.

– Non essere troppo esigente. Posso darti solo il nome, – e si rivolge all'Armadio. – Vuoi essere tanto cortese da raccontare al mio amico, qui, Antonio, come sono andate le cose?

Anche se può passare per una gentile richiesta, vi assicuro che non lo è stata.

– Certo, signore, con piacere.

26.

... e l'Armadio racconta

– Accompagna il geometra in soffitta, Guido, – disse la signora Elena. – È venuto per un primo sopralluogo.

Salirono. Guido l'Armadio non era mai andato lassú, non se n'era ancora presentata la necessità.

Si entrava a fatica. Scatoloni, pile di vecchi giornali e libri, cassettoni ammucchiati fino al soffitto, mobili tarlati che reggevano a stento i secoli... Insomma, il geometra non entrò neppure. Disse:

– Faccia sgomberare tutto. Il maestro... L'architetto ha bisogno di vivere lo spazio per poterlo gestire al meglio... Voglio dire che appena lo spazio sarà completamente libero io tornerò per alcuni rilievi e foto. Verrà poi il maestro per, appunto, prendere possesso degli spazi, dei pieni e dei vuoti... Insomma, per progettare soluzioni abitative e gestionali in sito, – e se ne andò.

Dopo aver riferito alla signora, Guido tornò su per valutare meglio la necessità. Fece un rapido calcolo e pensò che ci sarebbero voluti molti viaggi con un camion per rendere il sito secondo i desideri del maestro.

Mentre usciva vide in un angolo un baule che stonava in quel luogo: era meno squinternato delle altre cianfrusaglie. Lo aprí. Era pieno di panni e coperte. Ne sollevò alcune e vide tre *Maschinenpistole* 1940. L'MP 40, per intenderci, in dotazione all'esercito tedesco durante la Seconda guerra mondiale. Sul fondo del baule trovò anche alcuni caricatori e l'elmetto Waffen-SS.

Non ne fece parola con la signora, ma le chiese il permesso di assentarsi due giorni. Voleva raggiungere il cavaliere per avvertirlo del ritrovamento e chiedere come comportarsi.

Per motivi puramente precauzionali non ritenne di farlo telefonicamente. La detenzione illegale di armi è reato e se qualcuno avesse avuto modo di ascoltare la telefonata, avrebbe tratto conclusioni sbagliate.

Rimise il tutto nel baule, che poi chiuse con un lucchetto, e il giorno seguente partí, dopo aver avvertito il cavaliere che lo avrebbe raggiunto nello stabilimento delle acque per comunicargli cose importanti.

Allo stabilimento delle acque il cavaliere, saputo delle armi, gli ordinò di non far sgomberare la soffitta che avrebbe provveduto lui stesso a risolvere la questione con chi di competenza.

Quando l'Armadio tornò a villa Rosantico, purtroppo la signora Elena aveva già assoldato quel Settepaltò e il suo sodale.

Incrociò gli ultimi viaggi di sgombro. Corse immediatamente in soffitta e constatò che il baule era già stato asportato.

Ritelefonò al cavaliere che gli ordinò di recuperare con ogni mezzo il baule e il suo contenuto. La signora gli disse dove aveva incontrato Settepaltò, vi si recò ed ebbe la fortuna di trovarlo in via...

– ... in via del Falcone, lo so, – lo interrompe Sarti Antonio, sergente. Si alza in piedi. L'Armadio lo sovrasta di una testa.

Ci vuole un bel coraggio a mettersi con un Armadio.

– Sei tu quello che lo ha picchiato, figlio di puttana!

Il guardaspalle dalla ghigna piú cattiva si mette in mez-
zo e indica al questurino la poltrona dalla quale si è alzato.
   – L'ho appena sfiorato, signor Sarti, – dice l'Armadio.
– Non è colpa mia se è un tipo fragile. D'altra parte, per-
ché non mi ha detto dove avrei potuto trovare l'elmetto?
   Sarti Antonio, sergente, si è seduto di nuovo. Volente
o nolente. – Immagino perché non voleva che tu me lo ri-
prendessi. Mi vuole un bene dell'anima quel poveraccio.
   C'è silenzio nel salotto. E anche fuori.
   Ci si guarda in attesa di qualcosa che dovrebbe accadere.
Non si sa bene cosa.
   La reazione del padrone di casa, credo.
   Arriva: – Lo aveva dato a te, – ma la tensione resta. – Hai
avuto ciò che volevi. Ho avuto ciò che era mio. Possiamo
salutarci da buoni amici oppure no –. Aspetta la mossa
del questurino.
   Non arriva. Anche perché Sarti Antonio, sergente, non
sa cosa fare.
   Glielo leggo sulla faccia.
   Glielo legge anche il cavalier Bastiani.
   – Te lo dico io cosa fare, Antonio: niente. Non farai
niente perché non c'è niente che tu possa fare. Io posso
fare qualcosa. Per esempio denunciare chi mi ha rubato il
baule. Ma essendo tornato in possesso di ciò che mi appar-
teneva, sarò tanto magnanimo da rinunciare alla denuncia.
   Sarti Antonio, sergente, ritrova la parola: – Posso ac-
cusare quel tuo scimmione di aver massacrato di botte
Settepaltò.
   – Hai prove?
   – Una signora ha assistito al pestaggio e riconoscerà lo
scimmione...
   – Come tu avevi riconosciuto me? Lascia perdere, Antonio. Risarcirò il tuo protetto e tutto sarà tornato a posto.

Il talpone ha partecipato marginalmente all'incontro. Ha tirato nel suo sigaro, ha bevuto ogni volta che l'Armadio, attento alle necessità degli ospiti, gli ha riempito il bicchiere e adesso alza l'indice della destra: ha qualcosa da dire anche lui.

– Ha ragione lei, cavalier Bastiani: meglio dimenticare una brutta storia. Ma non c'è solo Settepaltò da risarcire.

– Convengo, – ammette il padrone di casa. – Sei Rosas, vero? – Sí, è Rosas. – Risarcirò anche l'amico Antonio che ha avuto spese di viaggio, ha perduto tempo, dovrà rinunciare all'elmetto che gli aveva regalato Settepaltò... È giusto che anche lui sia risarcito. Avrà mie notizie.

È un po' troppo. Per un tipo come Sarti Antonio, sergente, le ultime battute sono un po' troppo.

Si alza in piedi e si avvicina al cavaliere. Che, seduto, posa il sigaro spento e prende il bicchiere. Tranquillo, tanto ci sono i guardaspalle.

Non servono.

Lui, il questurino, si china verso il padrone di casa e gli punta l'indice contro: – Sai dove te lo devi ficcare il tuo risarcimento?

– Lo immagino, Antonio. Ho preso informazioni su di te e lo immagino, ma non me lo dire.

Non glielo dice e si avvia all'uscita.

Lo precede l'Armadio.

Lo segue Rosas che, piú educato del questurino, lascia i suoi omaggi da trasferire alla padrona di casa: – Ossequi alla signora, cavalier Bastiani. Alla gentile Elena Valenti.

Prima di chiudere, forse per sempre, la porta di villa Rosantico alle spalle degli occasionali visitatori, anche l'Armadio ha dei saluti da trasmettere: – I miei saluti alla signora di via del Falcone, dottor Sarti, e mi dispiace se il mio comportamento ha danneggiato, diciamo cosí, la sua antica professione facendole perdere qualche cliente.

Il viaggio di ritorno è all'insegna del silenzio. I feroci pensieri che agitano il mio questurino gli tormentano la colite e il talpone neppure fa sentire la sinfonia per fischio solista.

Solo a porta San Mamolo, due passi dal Falcone, Sarti Antonio sembra uscire dal coma. Dice: – Ci hanno servito una bella favola.

– Credi? A me sembra plausibile.

L'auto 28 imbocca via Tagliapietre, Solferino, il Mirasole e si ferma nel Falcone, accanto all'ex antica bella di notte, ancora seduta sotto il porticato basso come se non si fosse mai mossa dalla sedia.

– Plausibile, dici? Senti cos'ha da dire la tua amica, – e scende. – 'Sera, Vetturina, come va?

– Sei ancora qui? Non avete niente da fare in questura?

E sono due che lo mandano a lavorare. Non ci fa piú caso.

– Mi ripeti quello che hai raccontato a Rosas su quel tale che ha picchiato Settepaltò?

– Poi dicono che i vecchi sono rimbambiti e perdono la memoria –. Si sistema meglio sulla sedia. – Ho veduto una macchina da ricco fermarsi accanto a Settepaltò. È sceso un signore elegante, alto e calvo...

– Ferma lí. Sei sicura che era calvo?

– Per dio! Stavo alla finestra e gli ho visto la pelata.

– Grazie, Vetturina, grazie. La prossima volta ti darò un bacio.

– Bacio di Giuda. Ne faccio volentieri a meno.

Rosas non è sceso. Si è affacciato al finestrino e ha seguito il dialogo.

– Sentito? – gli dice Sarti. – Calvo. Ti sembra calvo l'Armadio? – e si rimette al volante.

Il talpone aspetta che l'auto si muova per dire: – Ha ragione Vetturina: siamo messi male a polizia.

– Cosa vuol dire?

– Vuol dire che anche un orbo si sarebbe accorto che l'Armadio porta una parrucca, cazzo!

Questa, per il mio questurino, è dura da mandar giú. Gli ci vuole un po'.

– Non è un caso che si chiami Gladrò.

– Questa non l'ho capita.

– Non solo questa. Gladrò deriva dall'indeuropeo *ghladhro*, liscio, glabro, senza peli, insomma.

Altra pausa di riflessione. Per il questurino.

– Torno su e gliela strappo, la parrucca.

– Lascia perdere e fidati. Andiamo a casa tua: ho bisogno di un buon caffè.

– Anch'io.

Il caffè se lo sono bevuto, mezzanotte è passata e nessuno dei due ha intenzione di andare a dormire.

La storia sembra finita dov'è arrivata stanotte, anche se Sarti Antonio, sergente, non ha nessuna intenzione di considerarla finita. Non se la sente di lasciar passare un'azione delittuosa come quella che ha testimoniato l'ex bella di notte del Falcone, Vetturina.

– Non ci puoi fare niente, – dice Rosas. Come se gli leggesse nel pensiero.

– Vedrò, vedrò… Come hai detto che fa di cognome Elena?

– Fa Valenti, Elena Valenti, di anni trentasei, nata a Casteldebole nel 1957…

– Gliene davo meno di trentasei.

– Non sei tu che gliene devi dare. Li ha, sono suoi e se li tiene. Stop.

– Valenti... Valenti... – borbotta fra sé il questurino. – L'ho già sentito –. Non ci pensa piú di dieci secondi e poi grida: – Cazzo, la spia!

Non è una novità che Sarti Antonio, sergente, abbia una memoria da registratore. Ascolta, controlla e tutto finisce nel nastro magnetico che ha in testa. Il piú delle volte non se ne fa nulla, il materiale resta lí in attesa di una sollecitazione. Spesso gli viene dal talpone, come stavolta.

– Dov'è la dichiarazione dell'elmetto?

– A casa mia, lo sai. E ci resterà fino a quando...

– Lo so: fino a quando non la utilizzerai secondo giustizia e memoria storica. Ma io devo controllarla adesso! Andiamo nella tua tana.

27

Le tante parti della verità

È ancora dove l'aveva messa: fra le pagine di un libro, nella scaffalatura della parete verso il cesso.

Rosas scorre il dito sulle coste, si ferma a *Delitto e castigo*, lo toglie dal ripiano e lo posa davanti al questurino.

Sfoglia con cura le pagine, trova il foglio di quaderno e se lo apre davanti, sul tavolo.

C'è sempre poca luce nella tana di via Santa Caterina.

– Va bene che tu sei come una talpa, ma io vorrei vederci un po' di piú.

Detto fatto: un faretto illumina il tavolo.

– Grazie, – e legge.

Il mio nome da partigiano è Fra Diavolo e faccio parte della 63ª Brigata Garibaldi comandata da Bolero. Scrivo la presente testimonianza perché nel caso che io non sopravviva, vorrei che fosse fatta giustizia quando questa guerra sarà finita.

C'è stato uno scontro a fuoco verso l'una del pomeriggio del 30 ottobre di quest'anno 1944 fra i partigiani della 63ª e le SS del monco boia assassino maggiore Reder in località Casteldebole e ho sentito dire che tutti i miei compagni sono stati uccisi. Io sono vivo perché nella notte fra il 29 e 30 ottobre ho chiesto al comandante Bolero di passare la notte da mia madre che abita nella zona. Non la vedevo da molti mesi e volevo rassicurarla.

Come d'accordo con il comandante Bolero, sarei tornato al capanno Beriani il giorno dopo. Da mia madre ho saputo che la notte prima il veterinario ci aveva visti arrivare sul Reno. Tornava in macchina da una visita notturna in una stalla dove una vacca doveva fare il vitellino.

Il 30 non ho potuto raggiungere i compagni perché sono arrivati in paese i Panzer della Waffen-SS seguiti da molti soldati. Verso l'una è cominciata la battaglia. Ho tentato di andare in aiuto della brigata ma era circondata e ho potuto fare poco...

Il questurino non ha finito la lettura. Si ferma per attirare l'attenzione di Rosas. Non può: si è buttato sul letto e si è addormentato.

Non importa. Finisce la lettura a voce alta perché è la parte che piú lo interessa.

Prima di cercare una via di scampo mi sono avvicinato il piú possibile al punto di comando e ho visto il monco boia assassino Walter Reder ridere e scherzare con un borghese che ho subito riconosciuto per il dottor Brunello Valenti veterinario del paese e di provata fede fascista prima e repubblichina poi, lo stesso del quale mi aveva parlato mia madre. Sono certo che il dottor Valenti sia la spia che ha avvertito le SS dell'arrivo della 63ª Brigata al guado del Reno.

Nella speranza di essere io stesso a consegnare questa mia testimonianza a chi di dovere perché sia fatta giustizia, giuro di aver scritto la verità e mi firmo

Fra Diavolo

Il tono della lettura, piuttosto alto, deve aver svegliato il talpone.

Sarti Antonio, sergente, gli dice: – Adesso le cose cominciano a tornare.

– Mi compiaccio.

– Come hai saputo che Elena faceva Valenti di cognome?

– Mi sono informato. Quando non so, mi informo. In questo caso, il tuo collega Poli Ugo, detto lo Zoppo, mi è stato molto utile. Direi anche che è stato gentile...

– Che figlio di puttana!

– Chi? Lo Zoppo o il sottoscritto?

– Entrambi. Perché ti sei informato?

– Nella vita meglio sapere che ignorare.

– Sai che ne faccio delle tue massime da grillo parlante?

– Me lo immagino. E tu sai perché la bella Elena non era presente all'allegra riunione a villa Rosantico?

– Adesso sí, lo so: il marito, Bastiani cavalier Roberto, non voleva che sapesse di suo padre, il veterinario Brunello Valenti, la spia.

– Soprattutto non voleva sapesse che suo padre è stato in amicizia con uno dei piú feroci criminali che la storia ricordi: Walter Reder.

Fa uno sforzo e si toglie dalla branda. Sfoglia ritagli di giornali, appunti, fotografie...

– Ecco, leggi un brano della requisitoria del maggiore Stellacci, pubblico ministero al processo contro Reder per la strage di Marzabotto.

Legge ancora.

«Reder è un esemplare inconfondibile di quella sottospecie umana, prodotta in serie dal nazismo hitleriano: freddo, insensibile, fanatico, pieno di ottusa alterigia, educato al cinismo e all'odio di razza. Eppure quest'uomo, che, considerandosi esponente di una razza eletta anzi, come SS, un eletto tra gli eletti, ha sempre guardato con tanto disprezzo i piccoli cenciosi italiani passati avanti a lui, quest'uomo che ha sempre mostrato tanto disprezzo per la vita degli altri, quando sente che qualcosa può soffocare la sua vita, si agita, si dimena, mette avanti altre persone, inventando centinaia di bugie... Il soldato si distingue dagli assassini perché ha il senso limite della propria azione. La verità è questa: Reder, come altri suoi simili, appartiene a una casta militare senza scrupoli e senza morale... Questa infatti non è guerra, forse nemmeno assassinio, è qualcosa di piú che non ha un nome!»

Piú avanti e sempre nella stessa requisitoria:

«Reder è anche un traditore, avendo abbandonato l'Austria per mettersi al servizio di Hitler prima ancora che la Germania annettesse la sua patria; è uno stupratore, per aver violato a Cerpiano delle donne, tra cui una religiosa, è un grassatore per aver saccheggiato l'osteria di S. Terenzio; è un bugiardo per aver men-

tito spudoratamente al Tribunale; infine è un SS e non un soldato. Reder, prima ancora di offendere il nostro Paese con i suoi crimini, ha offeso e infangato il suo Paese. Non si pensi che noi oggi
chiediamo la condanna del Reder perché il suo Paese ha perduto
la guerra. Noi lo giudichiamo perché l'ha condotta in un certo modo. Il fatto che il nazismo abbia perduto la guerra è semplicemente
l'occasione che ci permette di giudicare Reder e che ci si offre per
punirlo. E sarà condannato non perché è un vinto ma perché è un
delinquente, perché egli ha condotto la guerra con metodi e con
spirito da delinquente, con la certezza di non dover mai rendere
conto a nessuno delle sue colpe»[1].

– Il resto lo ha fatto a Casteldebole, – commenta il talpone. – Casteldebole, nucleo abitativo sul Reno, là dove
il fiume curva verso levante, fra Casalecchio e la periferia
ovest di Bologna.

– So dov'è, non ti sforzare.

– Sai dov'è, ma scommetto che neppure tu sai esattamente cos'è successo il 30 ottobre del '44. E come te, altri, molti altri. Per ciò ci troviamo nella merda e facciamo
di tutto per restare a galla. Come se fosse piacevole gal-
leggiare sulla merda.

– Ti do un dispiacere: so cos'è successo a Casteldebole
il 30 ottobre del '44. C'è un monumento a ricordo e c'era
l'ipotesi di una spia. Con la dichiarazione di Fra Diavolo,
sappiamo finalmente la verità...

Lo interrompe il talpone: – Sappiamo finalmente la verità! Bello, riempie la bocca, – e si dispone per una delle
sue tirate che portano da nessuna parte. – La verità completa è una definizione astratta. Non la conosceremo mai,
è nascosta e non esistono indizi o testimonianze o ricostru-
zioni che ce la possano restituire. Esiste invece una verità
ipotetica, che io chiamo verità amletica...

[1] Da «resistenzaitaliana.it», *Dossier: La strage di Marzabotto. I responsabili della
strage* di Renato Giorgi.

– Sarebbe? – e il questurino precisa: – Sai, per i poveri di spirito come me.

– La verità dell'essere o non essere.

– Cosí sí che è chiaro. Grazie.

– Spiego meglio: è o non è... la verità? Come sai, la verità è in continuo mutamento e cambia assieme all'esistenza e in questo mutamento continuano a esistere quattro verità possibili. Noi siamo destinati, a causa della nostra miopia, a conoscere la verità che emerge. Una parte di verità, piccola o grande che sia, resta a noi sconosciuta. La terza verità è composta dalla prima e dalla seconda. Cioè dalla verità emergente e dalla verità non rivelata. Ma poiché la verità emergente e la verità sconosciuta non si incontreranno mai in quanto la verità non rivelata non è a disposizione degli indagatori, la verità non sarà mai completa. Mancherà sempre quella parte di verità sommersa –. Fa una pausa e ha un ghigno da iena miope allo sconforto apparso sul viso del questurino. – Fatti animo, che prima o poi ci arriverai anche tu. Ci vuole costanza. Vado avanti?

– Se non è per molto...

– Poche frasi: c'è una quarta verità ed è quella inventata da un romanziere, da un poeta, da un pittore, da un musicista... In poche parole dall'arte. La verità inventata dall'arte va a sovrapporsi alle due verità, quella nota e quella sconosciuta, e definisce, produce, un'ipotesi di verità completa. Faccio un caffè, me lo merito.

– Non disturbarti, lo faccio io.

Lo sorseggiano.

– Se non ho capito male, secondo te ognuno di noi si può costruire la sua verità.

– Non tutti. Io ho detto l'arte. La verità amletica viene solo dall'arte. Buono 'sto caffè. Qualcosa sai fare anche tu, questurino.

– Grazie. E la tua?

– Cioè?

– Mi prendi per il culo? Cioè: che è successo a Fra Diavolo, com'è finito il suo biglietto sotto la fodera dell'elmetto, com'è finito l'elmetto nel baule della soffitta di villa Rosantico, dov'è la signora Elena?

– Posso darti la mia verità amletica.

– Mi basta.

28.
La verità amletica di Rosas: una lunga marcia verso il massacro

Un ottobre piovoso, freddo, quello del '44. Preannunciava l'inverno che sarebbe arrivato. Uno dei piú rigidi a memoria d'uomo, come s'usava dire.

La memoria dell'uomo è molto suscettibile e volubile.

A fine settembre, dentro una nebbia spessa e una pioggia leggera e continua, i macellai di Reder, guidati dagli apprendisti repubblichini di Salò, avevano fatto scorrere sangue innocente lungo le pendici di Monte Sole.

La Stella Rossa era stata respinta verso la linea del fronte alleato e Lupo, il suo comandante, era stato ucciso.

La 63ª Brigata Garibaldi, comandata da Bolero, aveva tenuto duro sui monti alla sinistra del Reno e s'era sganciata dalle SS, ma a Rasiglio, nei pressi di Sasso Marconi, aveva perduto molti uomini in uno scontro.

A metà mese arrivò l'ordine alla 63ª di raggiungere Bologna per aiutare i Gap, Gruppi di azione patriottica che operavano nella guerriglia urbana, in quella che si riteneva l'imminente liberazione della città.

Con Bolero erano rimasti una ventina di uomini, sistemati nel fienile di una casa contadina per proteggersi dalla pioggia.

Bolero passò la giornata appoggiato a un pilastro del fienile, sopra la stalla. Guardava la pioggia. Ogni tanto diminuiva e il cielo sembrava schiarirsi. Per poco, che riprendeva e le nubi tornavano di piombo.

– Stanotte si parte, – annunciò ai suoi, rientrando nel fienile. – Il Lavino è in piena e dovremo viaggiare sulla provinciale. Occhi aperti, mi raccomando.

C'era poco da tenere gli occhi aperti: fra la pioggia e la notte si vedeva a malapena il sentiero che avrebbe portati a fondo valle.

– Bene cosí, – disse Karaton il russo. – Se noi non vede loro, loro non vede noi, – e ci fece su una risata. Poi lasciò andare una pacca sulla spalla di Fra Diavolo, il giovanotto che gli stava sempre accanto, e gli mormorò una frase in russo.

– Cosa dici?

– Io dici noi caviamo ancora.

– Parlasse un angelo, – disse Fra Diavolo. Aveva usato una frase sentita mille volte dalla madre.

– Con angelo o senza angelo io devi tornare in mia Russia.

– E io all'università.

Aveva diciassette anni, Fra Diavolo, e prima dell'università avrebbe dovuto finire il liceo. Sempre che la guerra non se lo fosse preso.

Ci contava.

Anche Karaton contava di tornare «in mia Russia».

Nessuno ha mai saputo il suo vero nome. I compagni avevano cominciato a chiamarlo Caratòn, alla montanara, e Caratòn era rimasto. Si era presentato come ufficiale sovietico fatto prigioniero in Urss dai tedeschi e portato in Italia. Era riuscito a fuggire mentre lavorava con altri prigionieri alla riparazione della Porrettana bombardata dagli Alleati. Sulla Porrettana, nella valle del Reno.

Con l'aiuto di alcuni abitanti della zona era riuscito a contattare la Brigata Stella Rossa di Mario Musolesi, Lupo, e vi si era aggregato.

Durante la strage di Marzabotto aveva comandato una pattuglia che aveva contrastato la salita delle SS tedesche a Monte Caprara. Caratòn e i suoi si erano attestati poi sul Monte Sole da dove avevano cercato ancora di arrestare il massacro.

Le eroiche SS avevano rinunciato a raggiungerli. Troppo rischioso. Meglio massacrare gente inerme: donne, vecchi, bambini nati e ancora nel ventre della madre.

Nei giorni successivi alla strage, Caratòn era passato nelle fila della 63ª Brigata Garibaldi e con questa stava cercando di entrare a Bologna.

Di lui è rimasta una via Caraton, in città. Pochi si chiedono chi sia costui.

Albeggiava quando la 63ª arrivò in valle, sulla provinciale che costeggiava il Lavino. La pioggia stava lentamente diminuendo.

Bolero ordinò una sosta e il gruppo si riparò sotto la tettoia di una vecchia osteria. Chiusa. Lui fece un cenno al vice e assieme scesero verso il fiume.

Le acque ribollivano contro le sponde e si erano mangiate gran parte della strada alzaia, usata dai *birocciai* per fare ghiaia e sabbia da costruzione.

– Niente da fare, – borbottò. – Proseguiremo sulla provinciale, – e, tornato sotto la tettoia, dispose tre uomini come staffetta a precedere il gruppo: Enrico, Karaton e Fra Diavolo.

– Fate molta attenzione e a un qualsiasi inconveniente tornate ad avvertirci. Mi raccomando: occhio avanti.

«Occhio avanti» era la frase che Bolero usava ogni volta che c'era un pericolo da affrontare.

Il pericolo, un posto di blocco, si presentò sul ponte di Rivabella, l'unico in tutta la valle del Lavino, che li avrebbe portati sulla riva destra del fiume, dalla parte di Bologna.

Per la verità ne avrebbero dovuto incontrare un altro, sul Reno questo, a Casalecchio, ma il piano di avvicinamento alla città prevedeva che non lo attraversassero. Troppo importante e protetto.

Piú a valle, in località Casteldebole, li aspettava una barca che li avrebbe traghettati sulla sponda verso Bologna.

– Quanti sono? – chiese il comandante.

– Quattro, ma protetti da sacchi di sabbia e con una MG 42 puntata sull'imbocco del ponte, verso Calderino, – spiegò Enrico.

MG 42, meglio conosciuta come la sega di Hitler o anche lo squartatore di Hitler. La piú alta cadenza di tiro: dai 1200 ai 1500 colpi al minuto. Il solo crepitare dei suoi colpi dava i brividi: un ringhio continuo.

– Li prenderemo di fianco e gli daremo il tempo di girarla per puntarla contro di noi. Appena lo avranno fatto, intervenite voi, – e spiegò ai suoi la strategia. – Capito bene?

Annuirono.

– Allora andiamo e occhio avanti, mi raccomando.

Quattro seguirono Bolero sulla riva del Lavino.

Nell'acqua fino alla cintura e tenendosi ai giunchi lungo la sponda, arrivarono a poca distanza dal ponte. Si buttarono sulla melma della riva e aprirono il fuoco sul posto di blocco sorprendendolo dal lato indifeso.

I quattro tedeschi tentarono di dirigere la MG 42 verso l'attacco che veniva dalla loro sinistra.

Non riuscirono neppure a far partire una raffica.

I compagni arrivati dalla strada non gliene lasciarono il tempo e la sega di Hitler finí nelle acque turbolente e torbide del Lavino.

Non incontrarono altri *togni* e passarono alcune ore in un casale diroccato. Si rimisero in strada alle due di notte. Avevano appuntamento a Casteldebole.

Nell'ultimo tratto, percorso di nuovo sotto l'acqua e nella nebbia della piana, la pattuglia aveva incrociato una Balilla con i fari oscurati. Era spuntata dalla nebbia all'improvviso e non tutti gli uomini erano riusciti a buttarsi nella *scolina* in tempo.

Non si era fermata e forse il guidatore non li aveva nemmeno visti. O ne aveva visti un paio e li aveva presi per *sbadilanti* che scendevano sul greto per far sabbia e ghiaia. Un lavoraccio, il loro. Alzarsi col buio e tornare a casa la sera. Pioggia, vento o neve, bisognava dar di badile.

Arrivarono all'appuntamento con il barcaiolo prima dell'alba del 30 ottobre.

Guston *al barcarôl* si chiamava il barcaiolo. Guston, da Augusto e dalla sua struttura di gigante.

– Tenere i piedi a bagno nel Reno fa bene ai muscoli, – sosteneva. E forse aveva ragione.

Era scuro di pelle, cotta dal sole, e di capelli e di barba, lunghi e folti che lasciavano liberi solo gli occhi e la bocca. Imponente, ritto sul barcone, mentre spingeva con la pertica piantata fra i sassi del fondale, pareva il capitano Achab sulla prua della *Pequod*, mentre scrutava l'orizzonte sperando di incontrare il bianco della sua balena.

Viveva, Guston, la sua vita sulle due rive del fiume, d'inverno e in estate. Il suo barcone era vecchio di secoli e tenuto assieme da cordame e tavole di legno tarlate e rappezzate. L'aveva ereditato da suo padre che l'aveva avuto da suo padre che gliel'aveva lasciato suo padre...

Quattro generazioni di barcaioli si erano guadagnate la pagnotta traghettando vacche e sacchi di frumento e patate e frumentone e biciclette e donne e ragazzi e uomini e vecchi che andavano e tornavano da Bologna. Specie il venerdí, quando quelli dalle *capparelle*, per dire i contadini, invadevano il centro storico, la Borsa e il mercato di piazza VIII Agosto.

Piú comodo il barcone di Guston che i due ponti che scavalcavano il Reno. Troppo distanti l'uno dall'altro. A Casalecchio e a Borgo Panigale.

Al barcarôl li aspettava al capanno Beriani, una baracca coperta di lamiera arrugginita che serviva per gli operai *cavatori* e *vallatori* per ripararsi quando la pioggia era troppa o la neve ricopriva sabbia e ghiaia.

Non proferí parola. Li fece entrare, accese una lanterna a petrolio e la piazzò a terra in modo che, aprendo la porta, non uscisse la luce. Fece poi segno a Bolero di seguirlo e lo precedette fuori, verso il fiume. Si fermò a pochi passi dalle acque in piena.

Ribolliva, il Reno, giallo di sabbia e detriti. La violenza della corrente trascinava ogni sorta di materiali: tronchi d'albero, sterpaglia, sedie, cani affogati...

Bolero scorse una mucca a pochi passi da riva. Galleggiava, gonfia d'acqua, e sbatteva contro i massi che ancora emergevano, con il tonfo sordo di otre pieno.

– Fra poco sarà peggio. Aspetto la piena grande. Non me la sento di portarvi di là. Per voi, che se fosse per me... L'ho passato che era ben peggio. Ci conosciamo, io e il Reno.

– Possiamo rischiare. Abbiamo messo a tacere la sega di Hitler e abbiamo paura del Reno?

Guston *al barcarôl* scosse il capo. – Il Reno può essere piú cattivo. *Mé al cgnóss báin*, – disse. Indicò la sponda opposta. – Di là mi hanno detto di non rischiare. Siete troppo utili, di là, e vi vogliono vivi.

Non li avranno.

29.

Sul greto del Reno si consumò il delitto

– Giovani, non si va. Il Reno è una carogna che non ci lascia passare. Sistematevi qui dentro come potete e provate a chiudere gli occhi, – disse Bolero ai suoi, appena rientrato nel capanno.

– Un bel guaio, – mormorò il vice. Nome di battaglia, Enrico, commissario politico della 63ª Garibaldi. – Non siamo in un bel posto. Se sale la nebbia, domani, quando traghettiamo, ci vedono fin da porta San Felice.

– Speriamo che non salga. Oppure aspetteremo la notte qui. Almeno siamo al coperto.

Ci fu malumore nel gruppo. Gli inconvenienti portano guai.

Si sistemarono alla meglio.

Qualcuno si arrotolò una sigaretta con un po' di cicche conservate con cura nella scatola per il tabacco.

Altri cercarono uno spazio poco umido per sdraiarsi.

Fra Diavolo sorrideva a Karaton.

– Non capisce perché tu ride.

– Io sí. Abito qui, a due chilometri c'è la mia casa, mia madre…

– E allora tu vai e trovi. C'è tempo per domani…

– Ci provo?

Karaton annuí velocemente. – Tu chiedi a Bolero.

Bolero non disse né sí né no. – Ce la fai senza farti vedere da nessuno?

– Se ce la faccio? A costo di nuotare sott'acqua.

– E domattina qui?

– A che ora?

Bolero ci pensò. – Ti voglio qui appena fa scuro. Aspetteremo il buio per passare, – e gli diede una manata sulle spalle.

– Grazie, Bolero, – e Fra Diavolo si mise a tracolla il mitra, lo coprí con la giacca e il cappotto, indossò anche lo zaino con i caricatori e alcune bombe a mano, fece un cenno di saluto e si avviò.

– Ci vediamo domani sera, – disse.

Non si sarebbero piú rivisti.

– Fra Diavolo, – chiamò Bolero prima che uscisse. – Salutami tua madre.

Il giovane annuí.

– Chi è? – chiese da dentro la voce tenue di Elvira. E nel tono c'era la paura di una risposta che l'avrebbe potuta uccidere.

Le brutte notizie le portavano sempre di notte.

– *A son mé, mâma*, – e il giovane sentí il lamento felice, oltre la porta. O lo immaginò.

Lo abbracciò, lo baciò, gli bagnò le gote con le sue lacrime, se lo godette con gli occhi, con le mani...

– *A cardeva d'an't vadder pió, pasarèn*.

Con le mani tremanti gli tolse cappotto e giacca...

Si fermò al mitra.

– *Chèvet c'al brótt bagâi* –. Per lei, l'arma era un *bagâi*, un oggetto da poco, disprezzabile, quindi.

– C'è la sicura, mamma.

– Sicura o no, toglilo tu.

Lo spogliò e lo asciugò dalla pioggia di una settimana.

E Fra Diavolo mangiò una minestra calda. Dopo quanto tempo?

Dormí su un letto, fra due lenzuola e sotto una coperta imbottita di lana.

Non ricordava piú come e cosa fosse un sonno profondo.

Fu poco prima di mezzogiorno.

Di lontano arrivò il ronzio.

Non ci si può sbagliare.

Cingolati.

Passarono per le stradine del borgo, minacciosi come mostri venuti per uccidere.

Dalla fessura degli scuri, Fra Diavolo si accorse che il borgo stava per essere occupato dalle SS ed ebbe un brivido. La sua brigata si era già scontrata con le truppe di Reder e sapeva di cos'erano capaci.

La madre lo prese per le spalle e lo strappò dalla finestra. Lo costrinse a voltarsi e lo guardò negli occhi:

– *Va in canténna!* – lo supplicò.

In cantina.

Una delle cinque cantine era stata murata e vi si entrava dalla camera di Fra Diavolo attraverso un foro nel pavimento, chiuso con una botola coperta da una distesa di patate su un sacco di iuta. Il tutto, sotto un armadio appoggiato al muro.

I vicoli occupati dalle SS e i carri armati diretti al fiume...

Non c'era molto da fare.

Le mani di Elvira tremavano mentre risistemava le patate, che s'erano disperse sul pavimento.

Si appoggiò all'armadio e respirò, sollevata. Non lo avrebbero trovato il suo Sandro.

Non passò molto. Il tempo necessario perché nelle strade del borgo cessassero i passi duri delle SS.

Elvira se lo ritrovò davanti:

– *Dóvv vet adès?*

Non rispose.

Lo guardò indossare giacca e cappotto e imbracciare il mitra.

– *Par l'amòur d' Dio! Brísa andèr!*

Nascosto fra le canne della riva, nell'acqua fino alle ginocchia, vide le SS preparasi all'attacco.

Vide i carri armati prendere posizione.

Vide il veterinario…

Accanto al veterinario vide il monco, l'assassino, il boia che si era lasciato dietro un fiume di sangue.

Parlavano, i due, e ridevano.

La battaglia cominciò all'una del pomeriggio.

I cannoncini dei carri armati, due MG42, le *maledette seghe di Hitler* e tanti mitra.

Quanti?

Troppi per venti uomini che venivano dalla montagna per dare una mano alla liberazione di Bologna.

Per loro, una battaglia senza speranza.

Nascosto fra le canne, Fra Diavolo tentò di raggiungere i compagni.

Lanciò l'ultima bomba a mano.

Conservò due caricatori.

Risalí il sentiero e si trovò dinanzi due SS.

Poco dopo, un loro ufficiale.

Sempre tenendo la riva del fiume, risalí fino al borgo.

Si era lasciato dietro i corpi di due SS e di un loro ufficiale.

Gli passò accanto e lo guardò in viso. Era giovane quasi quanto lui e lo fissava con occhi spenti.

Allontanandosi, inciampò nel suo elmetto. Waffen-SS Reichsführer.

Lo raccolse e se lo portò dietro, assieme alle bombe a mano e a due mitra Sturmgewehr 44 con tutti i caricatori che aveva trovato addosso ai tre.

Aveva smesso di piovere e anche il Reno andava calmandosi.

Avevano smesso di sparare, quelli della 63ª Brigata Garibaldi: Gino Adani, Monaldo Calari detto Enrico, Pasquale d'Errico, Renzo Fanti, Enrico Franceschini, Karaton e Grigori partigiani sovietici, Corrado Masetti detto Bolero, Arvedo Masetti, Aldo Murotti, Giuseppe Magagnoli, Mario Marchioni, Marino Migliori, Attilio Pedrini, Ubaldo Poli, Luigi Antonio Rondina, Volfango Seghi, Secondo Spisni, Franco Venturoli, Costantino Testoni.

Fra Diavolo, gli scarponi piantati nella fanghiglia, aspettò la notte nascosto fra la bassa vegetazione, sul greto del Reno.

Poi...

– Chi è? – chiese da dentro la voce tenue di Elvira. E nel tono c'era la paura di una risposta che l'avrebbe uccisa.

Le brutte notizie le portavano sempre di notte.

– *A son mé, mâma, Sandro*, – e il giovane sentí il lamento, oltre la porta. Poi un pianto che non si poteva trattenere.

30.

Fra Diavolo, 17 anni

Aveva diciassette anni.

A Casteldebole piangevano i morti.

Quindici civili.

Venti partigiani.

... e Fra Diavolo passò tre giorni nascosto in cantina.

Il secondo giorno chiese alla madre di portare giú il quaderno a righe di quando faceva le elementari, la penna e il calamaio.

Cominciò a scrivere: «Il mio nome da partigiano è Fra Diavolo e faccio parte della 63ª Brigata Garibaldi comandata da Bolero...»

Il terzo giorno, la sera, disse alla madre...

Gli aveva portato quattro patate, un pezzetto di formaggio e una rosetta di pane per cena.

Disse alla madre: – Se mi dovesse succedere qualcosa, vorrei che tu consegnassi questo biglietto a un responsabile della Resistenza.

– *Ti al dàre tè*, Sandro, – disse la madre.

– *A sper prôpri.*

– *Csa vut c'at capita mai que dàinter?*

Il giovane raccolse l'elmetto tedesco, sollevò la fodera interna, ci mise sotto il foglietto che aveva scritto e risistemò la pelle.

– Se dovrò andarmene… – Vide l'espressione preoccupata di Elvira. – Ho detto se, mamma. Se dovrò andarmene dovrai nascondere bene quella roba, – e indicò l'elmetto e i mitra. – Che non vada in mani sbagliate.

– *Mé ch'i usvéi lè a ni tocc gnanch. I'm fan schîv.*

– Ti faranno schifo queste armi che tu chiami *usvéi*, ma se sono ancora vivo è per quelli. Farai come ti ho chiesto?

Non rispose. Prese il piatto vuoto e si avviò alla scaletta a pioli che portava nella stanza di sopra.

– *At vuoi bàin, mâma,* – e l'abbracciò. – Non stare in pensiero per me.

Elvira lo guardò preoccupata. – *C'sa volel dîr?*

Non ebbe risposta e tornò su.

La stessa notte anche Fra Diavolo salí la scaletta, in silenzio, attento a non svegliare Elvira.

Sotto il cappotto aveva lo Sturmgewehr 44 preso all'ufficiale tedesco.

L'elmetto era rimasto nella cantina accanto a due mitra: il suo e quello preso a uno dei soldati feriti. Nello zaino aveva le bombe a mano, anch'esse bottino di guerra.

Buttò un'occhiata nella stanza della madre. Nella penombra che entrava dai vetri della finestra…

Elvira dormiva sempre con la finestra chiusa dai soli vetri, anche d'inverno.

– *A starò al bûr quand in mitrén int'la câsa,* – diceva.

Starò al buio quando mi metteranno nella cassa.

… la vide addormentata e le mandò un sorriso.

In strada, un'occhiata attorno.

Chiuse piano la porta e di corsa verso il fiume.

Il Reno si era dato una calmata.

Troppo tardi per la 63ª Brigata Garibaldi.

Il sangue tingeva ancora di lutto i sassi del greto e i ciottoli delle viuzze del paese.

Guston *al barcarôl* passava la notte nel capanno Beriani anche se l'odore del massacro era sempre nell'aria. Che altro fare? Non poteva abbandonare i disgraziati che dovevano andare di là dall'acqua.

Alle due di notte Fra Diavolo gli entrò nel capanno e lo trovò sveglio. Leggeva, a lume di candela, *I miserabili*. Pagine ingiallite e sgualcite, tavole in bianco e nero di Carlo Chiostri.

Carlo Chiostri ne disegnò a migliaia e visse da poveraccio senza lamentarsi. Poveraccio era anche Guston. Non si lamentava.

All'aprirsi della porta sgangherata Guston alzò gli occhi dal volume, saltò in piedi e andò contro il giovane:

– *It mât?* – gli gridò senza alzare la voce. – Devi essere matto a metter fuori il naso!

– Portami di là. Subito!

Al barcarôl lo guardò negli occhi, capí che non gli avrebbe fatto cambiare idea e tornò al tavolino. Fece una piega nella pagina che stava leggendo, o rileggendo per chissà quale volta, spense la fiammella della candela fra indice e pollice della destra, si gettò sulle spalle un gabbano e uscí.

Buio era il cielo e buio lo scorrere del Reno.

In silenzio lo traghettò di là dall'acqua.

Sull'altra riva lo abbracciò e gli chiese: – Sai da chi andare? – Fra Diavolo annuí. – *Bóna furtónna, fangén.*

L'aveva chiamato *fangén*, bambino.

Fra Diavolo aveva diciassette anni e il viso ancora da ragazzo.

Gli ci vollero tre giorni per incontrare il contatto. Se la cavò bene: conosceva la città. Aveva scorrazzato per i vicoli del centro fin dalla nascita e sapeva dove nascondersi sopra e sotto. Se n'era andato nel '43 quando la madre aveva deciso di trasferirsi a Casteldebole per i troppi bombardamenti che si susseguivano su Bologna. Non doveva neppure salire a villa Rosantico: se n'erano andati, i suoi padroni. Svizzera, Paese senza guerre e senza odio.

Non per tutti.

Si uní alla Brigata Matteotti Città e si diede da fare. Ancora se la cavò.

31.
Elvira, una madre

Fra Diavolo aveva chiuso piano la porta di casa.

Elvira, il viso affogato nel cuscino, piangeva la morte del figlio.

Lo sapeva.

Non le avrebbe piú bussato.

Il quinto giorno dall'eccidio di Casteldebole, Elvira prese fuori la bicicletta dal sottoscala.

Non l'aveva piú usata dall'8 settembre dell'anno prima, il 1943, quando i padroni avevano lasciato villa Rosantico, dove lei faceva la serva.

Non le piaceva la parola.

Serva!

Non le piaceva e la ripeteva spesso.

– Dove lavori?

– Faccio la serva in una villa di Bologna, – rispondeva.

Serva!

Un tempo le chiamavano schiave.

Ci andava il lunedí mattina e tornava a casa, a Casteldebole, il sabato mattina. Aveva due giorni per godersi il figlio e poi via, di nuovo a fare la serva.

Poteva vivere solo cosí.

Poteva dare la scuola a Sandro solo cosí.

Prima di lasciare villa Rosantico i padroni le avevano detto: – Elvira, ci fidiamo di te. Noi siamo costretti ad andare. Queste sono le chiavi della villa. Ogni tanto fai un giro da queste parti per controllare se tutto è in ordine. Quando torneremo, ti ricompenseremo per bene.

Aveva annuito e a loro, ai padroni, era bastato.

– Sei una brava donna, – le aveva detto la signora prima di salire sull'auto.

Li aveva accolti la Svizzera.

La Svizzera è sempre stata accogliente con chi poteva permettersela, la sua accoglienza.

Elvira non era piú tornata a villa Rosantico.

Ci tornò il mattino del 4 novembre del 1944, cinque giorni dopo l'eccidio.

Cinque giorni dopo l'eccidio, nessuna notizia di Sandro.

Aspettava ogni notte che qualcuno bussasse alla porta di casa.

Il vento da ponente correva gelido lungo la valle, accompagnando verso est fiume.

Un annuncio di come sarebbe stato l'inverno fra il '44 e il '45: rigido e pericoloso.

Elvira si coprí bene, si passò la sciarpa attorno al collo, fin sopra le orecchie, e prese fuori la bicicletta dal sottoscala. L'appoggiò al muro, la spolverò, gonfiò le gomme, con giri di corda fissò un cesto al manubrio. Un altro lo assicurò al parafango posteriore.

Scese nel nascondiglio di Sandro, con riluttanza prese dal pavimento i due mitra e li fasciò, separatamente, con un foglio di giornale.

Tornata alla bicicletta ne posò uno sul cesto anteriore e l'altro sul cesto posteriore che poi riempí di patate. Coprí i cesti con due sacchi di tela iuta piegati in quattro e montò sulla bicicletta.

Non prese la Porrettana. In quei giorni la percorrevano colonne di autocarri militari diretti verso la linea gotica.

Scese lo stradello che portava al capanno Beriani dove avrebbe trovato la barca di Guston *al barcarôl ed Castedebel.*

Guston la vide arrivare e le andò incontro. Diede appena un'occhiata all'Elvira e subito sollevò la iuta dal cesto davanti.

– *It sicura, Elvira?* – chiese preoccupato. E ricoprí ben bene il cesto.

Elvira annuí: – Sono sicura, sí.

Guston le prese la bicicletta e assieme scesero al traghetto. Caricò la bici sulla barca, l'assicurò al bordo e impugnò la pertica.

– *Alåura me a vag.*

Non era stata una domanda. «Allora io vado» era stato il suo tentativo per dissuadere l'Elvira ad andare.

Lei rispose: – *A vag anc a mé.*

Con quattro, cinque sperticate vigorose Guston portò la barca sull'altra riva. Il Reno era torbido ma tranquillo.

Scese, fissò la barca al palo, scaricò la bicicletta e la tenne per il sellino fino a quando l'Elvira non mise le mani sul manubrio.

– *Guèrda dóvv t'mett i pi*, Elvira, – si raccomandò.

Elvira annuí: avrebbe guardato bene dove metteva i piedi.

Guston restò immobile. La vide, bicicletta a mano, salire la sponda. Poi via della Barca se la prese.

Sedette su un masso e aspettò un cliente da traghettare a Casteldebole.

Incontrò alcuni posti di blocco, ma nessuno si occupò di lei, una serva in bicicletta.

A porta Saragozza, come alle altre porte d'accesso a Bologna, avevano chiuso il passaggio con muro e robuste tavole di legno. Chi entrava veniva perquisito e identificato. Molti arrestati per accertamenti. Lei non doveva entrare in città. Prese i viali verso porta Castiglione e di là, in salita fino alla villa.

Le andò bene.

Il parco era trasandato. Erba fino al ginocchio dove, in tempi meno violenti, si stendeva il verde liscio come un tappeto.

Il vento correva anche sulla collina e *sballottava* le foglie qua e là. Le ammucchiava sotto le siepi e contro le recinzioni. Ne trovò un cumulo sotto il porticato, dove il vento andava a sbattere.

Per passare le calpestò. Appoggiò la bicicletta contro il muro, aprí la porta, spostando una quantità di foglie appassite. Un soffio di vento ne spinse alcune fin dentro il corridoio.

Fece un rapido controllo in tutti i locali della villa. Salí anche in soffitta, dove aprí un baule pieno di teli e coperte. Uscendo, lo lasciò con il coperchio appoggiato al muro.

Tornò alla bicicletta, tolse il sacco dalla cassetta, posò molte patate sul pavimento del porticato e scoprí il fagotto di giornale. Lo sollevò tenendolo il piú possibile lontano da sé e salí in soffitta. Vuotò il baule dei teli e dei panni, scartò i due mitra e li depose sul fondo: Li ricoprí con tutto quanto aveva tolto e lo richiuse.

Scese le scale: – *E 'i usvéi ien sistemé*.

Aveva sistemato quelli che lei chiamava con tono spregiativo *usvéi*, arnesi.

Le restava un viaggio.

Le restava da nascondere lassú l'elmetto.

Nessuno avrebbe mai pensato di perquisire villa Rosantico, proprietà di una ricca famiglia bolognese di dichiarate simpatie fasciste. E non solo simpatie.

Per il viaggio di ritorno non scese al traghetto. Scelse la Porrettana, aveva tempo ed era piú tranquilla: se l'avessero fermata avrebbero trovato solo patate.

Non la turbò neppure l'allarme aereo che la sorprese poco prima di Casalecchio. Si fermò alla grande fontana nella discesa prima del ponte sul Reno.

La coprivano i grandi alberi del parco di villa Bregoli.

L'allarme durò poco piú d'una mezz'ora. Il tempo, per le superfortezze volanti alleate, di passare sul cielo di Casalecchio e portare verso nord il loro ronfare che gelava il sangue.

E un carico di bombe da squarciare la terra.

La bicicletta le serví per un altro viaggio, tre giorni dopo.

Di nuovo Guston la vide scendere al traghetto. Di nuovo controllò il cesto e di nuovo si raccomandò di guardare dove metteva i piedi.

– Ne hai ancora molte di 'ste patate da portare in giro? – le chiese prima di scaricarla di là dall'acqua.

– *Sta trancuéll, Guston, quasst l'è l'ultum viâz*, – lo rassicurò lei.

L'ultimo viaggio.

E anche l'elmetto tedesco finí nella soffitta di villa Rosantico. Nel baule.

Chiuse la porta di villa Rosantico e promise a se stessa che non sarebbe mai piú tornata lí.

A guerra finita avrebbe detto a Sandro dove recuperare l'elmetto.

Sapeva di mentire a se stessa.

Sarebbe toccato a lei consegnarlo «a un responsabile della Resistenza».

32.
Due omicidi dimenticati

Nel novembre del '44, la battaglia di porta Lame. Fra Diavolo avrebbe voluto correre in aiuto dei compagni intrappolati fra le macerie dell'ospedal Maggiore, in Riva Reno.

Lo aveva fatto a Casteldebole.

Come a Casteldebole, sarebbe stato inutile.

Il 23 marzo del '45 compí i diciotto. Li festeggiò da solo e scrisse un biglietto alla madre per farle sapere che il prossimo compleanno, quello dei diciannove, l'avrebbe festeggiato con lei. Fece in modo che il biglietto arrivasse a Guston *al barcarôl*.

Chissà se gli arrivò.

Lo arrestarono otto repubblichini sbucati dal buio di un androne in Santa Caterina.

Non ebbe il tempo di sparare.

Erano passati appena tre giorni dal compleanno. Era il 28 marzo del '45.

Lo fucilarono il 18 aprile del '45, fra le macerie dell'ospedal Maggiore.

Era la sua destinazione quando, con la 63ª, aveva lasciato l'Appennino.

Il macellaio Reder l'aveva fermata a Casteldebole, la 63ª.

Ci arrivò.

Da morto ammazzato.

La sera del 18 aprile del '45 fu la piú brutta per Elvira.
La notizia gliela portò una vicina.

Meglio: gliela urlò da fuori, in strada, picchiando i pugni
contro la porta che Elvira aveva già sprangato per la notte.

– *Chi purz it l'ân amazà*, Elvira! Quei porci te l'hanno
ammazzato, il tuo Sandro! – e continuò a battere i pugni
contro una porta che non si apriva.

Se ne andò quando le arrivarono altri pugni, battuti da
dentro, questi.

Seppe che Elvira, chiusa in casa, stava piangendo il figlio che le avevano ucciso.

Non piangeva, la fronte appoggiata alla porta.

Lo aveva pianto per morto la notte che se n'era andato.

Lo aveva pianto ogni sera che si sdraiava sul letto per
cercare un po' di pace nel sonno.

Il 21 aprile del '45 gli Alleati entrarono a Bologna, in
parte già liberata dai partigiani.

Con loro Fra Diavolo non c'era. Né c'era a festeggiare
in piazza Maggiore.

Tre giorni di troppo, per lui. E per Elvira.

Fra Diavolo aveva diciotto anni.
A Casteldebole piangevano i morti.
Quindici civili.
Venti partigiani.
Un processo non fu mai fatto.

Elvira, anni quarantacinque.
Aveva pianto la morte del figlio quand'era vivo.
Non lo pianse quando glielo riportarono morto.
Il 22 aprile del 1945, Bologna era già stata liberata, un

aereo della Luftwaffe, probabilmente l'ultimo ad alzarsi in volo, si diresse a sud per una ricognizione sulla ritirata di quello che era stato il piú potente e agguerrito esercito della storia. Alla periferia di Bologna il pilota vide la lunga fila di automezzi militari in viaggio verso la città. Controllò l'armamento: aveva ancora alcuni nastri per la mitragliera. Picchiò e lasciò partire le ultime raffiche della sua guerra personale.

Pochi i danni: un autocarro bloccato e una donna in bicicletta colpita alla schiena e finita nella *scolina* assieme alla sua bicicletta.

I soldati dell'autocolonna appartenevano all'esercito brasiliano.

Si chiamava Feb, Força Expedicionária Brasileira.

Quelli che avevano sulla bandiera il cobra con la pipa in bocca.

Quelli che non avevano mai combattuto una guerra in tutta la storia del Brasile.

Quelli che si erano arruolati per sconfiggere le SS di Hitler.

Quelli che dovevano conquistare monte Belvedere, quota 1200, Appennino bolognese, ultima resistenza tedesca prima della disfatta.

Quelli che, se rimaneva qualcosa del rancio, chiamavano alla loro tavola gli abitanti di Gaggio Montano e Montese, che facevano la fame nel crudo inverno fra il '44 e il '45, e glielo offrivano.

A Monte Belvedere c'erano anche i soldati degli Stati Uniti d'America.

Quelli che, se rimaneva qualcosa del loro rancio, lo gettavano agli abitanti di Gaggio Montano e Montese.

E c'erano anche i soldati inglesi.

Quelli che, se rimaneva qualcosa del loro rancio, scavavano una buca e lo seppellivano.

Monte Belvedere, un ostacolo che, superato, avrebbe portato velocemente alla fine della guerra.

Monte Belvedere, un simbolo.

Ma per conquistare Monte Belvedere era necessario prima prendere Monte Castello, difeso da campi minati, casematte, postazioni di mitragliatrici, le maledette seghe di Hitler, e da molti, troppi mortai.

Il primo attacco che i brasiliani portarono a Monte Castello avvenne il 29 novembre 1944. Dopo ore e ore di combattimento, si ritirarono e lasciarono sulla neve di Monte Castello 190 loro compagni di sventura.

Il secondo attacco iniziò alle sei del mattino del 12 dicembre. Nebbia, pioggia e poi, più in alto, neve. Decine di cadaveri di fanti brasiliani rimasero insepolti sulla neve fino a febbraio dell'anno dopo.

I soldati dell'autocolonna appartenevano all'esercito brasiliano. Aspettarono che il caccia tedesco si allontanasse e raccolsero la poveretta. Era ancora viva e fissava il cielo. Sembrava sorridere.

Forse se l'autocolonna fosse stata di soldati d'altri Paesi, la povera donna sarebbe morta lí, nella *scolina*, come tanti altri, donne, uomini, ragazzi, lungo la Porrettana.

La caricarono sulla camionetta del capitano e la trasportarono in San Domenico, dove era stato allestito un ospedale d'emergenza. Durante tutto il viaggio, continuò a fissare il cielo. Sembrava sorridere.

Poco prima che gli infermieri la sollevassero dal sedile posteriore della jeep, dove l'avevano adagiata, non vide più il cielo. E non sorrideva più.

Si chiamava Elvira, abitava a Casteldebole ed era uscita di casa per mantenere una promessa: recuperare il biglietto di suo figlio Sandro e consegnarlo a un responsabile della Resistenza.

33.
Delitto senza castigo

IL CRIMINALE di guerra nazista Walter Reder, tristemente noto come il carnefice di Marzabotto per aver comandato uno dei piú feroci massacri nella storia della resistenza italiana durante la Seconda guerra mondiale, è morto ieri sera, da libero cittadino austriaco, a 75 anni in un ospedale viennese. La morte ha riportato per un'ultima volta agli onori della cronaca questo ufficiale hitleriano a poco piú di cinque anni dalla sua clamorosa, e discussa, scarcerazione anticipata. Condannato all'ergastolo per i suoi crimini di guerra contro le popolazioni civili, Reder trascorse infatti quarant'anni in carcere in Italia. Fu liberato nel 1985 dal governo Craxi che – con una decisione che scatenò polemiche, rancori e la rabbia dei familiari delle vittime delle stragi – fece trasportare in tutta fretta il detenuto in Austria, con un aereo militare. Al suo ritorno in patria Reder fu la causa di uno scandalo molto piú grave, e di portata internazionale: l'allora ministro della Difesa Friedhelm Frischenschagler lo accolse cordialmente in aeroporto scatenando l'indignazione di tutto il mondo. Nato il 4 febbraio 1915 a Freiwaldau, oggi in Cecoslovacchia, Reder era un nazista della prima ora, ed entrò giovanissimo come volontario nei reparti da combattimento delle Ss. Giunse nell'Italia occupata nel maggio 1944, con il grado di maggiore e a 29 anni comandava un battaglione delle Ss. Non fu inviato in prima linea: l'offensiva alleata verso il Nord era inesorabile e le sorti della guerra già segnate. L'alto comando di Kesserling gli affidò il compito speciale di proteggere la ritirata della Wehrmacht nella zona dell'Appennino, dove i partigiani incalzavano le forze tedesche in fuga. Cominciò cosí quella che sarebbe rimasta tristemente nota come la marcia della morte delle Ss di Reder: rappresaglie sistematiche, interi paesi distrutti. Cinquecentosessanta civili massacrati a Sant'Anna di Stazzena ad agosto, settanta a Bergiola, altre duecento fucilate sul greto del fiume Frigido. Dal 29 settembre al 3 ottobre poi, il massacro piú atroce, quello di Marzabotto: un paese intero messo per giorni a ferro e fuoco, tutti i civili – milleottocentotrenta – torturati e uccisi. Dopo aver compiuto i suoi crimini, il maggiore Reder riuscí a fuggire con l'esercito nazista in fuga e a nascondersi per anni in Austria, nascondendo la sua identità. Furono i servizi segreti militari britannici a scovarlo e a catturarlo, nel 1948, dopo tre anni di caccia, nella provincia austriaca della Stiria. Il criminale nazista fu consegnato alle autorità militari italiane e sottoposto a processo da un tribunale militare. Riconosciuto colpevole di crimini di guerra, fu condannato all'ergastolo e rinchiuso nella prigione militare di Gaeta. Qui avrebbe potuto finire la sua storia: la sentenza prevedeva chiaramente il carcere a vita, e come tutti gli ergastolani Reder avrebbe dovuto anche essere sepolto nel cimitero del carcere dopo la morte. Non fu cosí, invece: prima, nel 1980, un tribunale militare gli concesse la libertà condizionale, disponendo però la sua detenzione cautelativa per ragioni di sicurezza per altri cinque anni. Nel 1985 Reder avrebbe dovuto uscire dal carcere, restando comunque a disposizione della giustizia italiana. Ma le cose non andarono cosí: l'allora presidente austriaco, il socialdemocratico Bruno Kreisky, scrisse a Craxi – in quegli anni presidente del Consiglio – chiedendo clemenza, cioè la liberazione, per il cittadino austriaco Walter Reder. La richiesta, appoggiata in Italia da alcune delle piú autorevoli voci cattoliche, suscitò subito polemiche. In un referendum la cittadina di Marzabotto si espresse contro il perdono al criminale. Non solo i familiari delle vittime e le associazioni dei partigiani, ma importanti esponenti laici e di sinistra chiesero al governo Craxi di non accogliere l'appello di Kreisky. Invano: il 24 gennaio Reder fu rilasciato all'alba dal carcere di Gaeta, scortato in auto dai carabinieri fino a Ciampino e lí caricato su un aereo militare. Fu quasi una fuga in segreto con l'aiuto dello Stato, l'opinione pubblica si divise. Ma lo scandalo piú grande doveva ancora venire: all'aeroporto di Graz, il ministro della Difesa (il liberale di Destra Frischenschlager) lo accolse di persona, un onore da riservare a eroi di guerra e non certo a criminali. L'opinione pubblica internazionale insorse, Vienna dovette pronunciare scuse che non convinsero nessuno. Da bravo cittadino, Reder trovò anche un lavoro part-time per l'amministrazione comunale della cittadina di Strassburg. In un'intervista espresse pentimento per la strage, poi ritrattò tutto una settimana dopo: Ho eseguito gli ordini. Ora Reder è morto da cittadino tranquillo, nell'Austria che ha un presidente, Kurt Waldheim, condannato dalla giustizia Usa per crimini nazisti, nell'Austria la cui coscienza collettiva e ufficiale, a differenza di quella della Germania, chiude ancora gli occhi e rifiuta di fare i conti con il nazismo.

«la Repubblica», 3 maggio 1991[1].

ANDREA TARQUINI

---

[1] Articolo riprodotto per gentile concessione di «la Repubblica».

34.

Di cosa ci stupiamo oggi, se non ci siamo incazzati ieri?

Questo capitolo lo scrivano i lettori che abbiano qualche idea su come superare i delitti senza castigo.

35.
C'è chi ha lo stalliere mafioso.
C'è chi ha l'Armadio 'ndranghetista

– Ti basta la mia verità amletica come ricostruzione della strage di Casteldebole? – chiede il talpone. – Mi sono basato sulla verità conosciuta, cioè desunta dagli indizi, cioè sugli avvenimenti che conosciamo e dalla verità che ci è arrivata dalle testimonianze e dalle suggestioni della nostra cultura. Sarà andata diversamente? Possibile, non lo sapremo mai. Di sicuro, dal giorno che Elvira aveva chiuso il baule, nessuno lo aveva piú aperto. L'ha fatto quel bestione di Guido l'Armadio. Ha trovato le armi, l'elmetto e la dichiarazione di Fra Diavolo. Non è coglione come certi questurini che conosco...

– Se avessi saputo che Elena di cognome fa Valenti...

– Neppure io lo sapevo. Un mio principio è: Rosas, informati su ogni persona con la quale hai rapporti. Te lo regalo. Dovresti farlo anche tu.

Sarti Antonio, sergente, non replica.

Se lo conosco bene, e credo di sí, d'ora in avanti, e se ci sarà un «d'ora in avanti», si adeguerà al metodo Rosas.

Per il momento versa un altro caffè nella tazzina di Rosas e nella sua.

La notte è stata lunga.

Sorseggiano.

In strada, il primo *camione del rusco* ruggisce ingoiando la *merderia* della città.

– L'Armadio non è un coglione, intuisce che il veterinario Brunello Valenti potrebbe avere legami di parentela con la signora Elena, tanto piú che la signora è nata proprio a Casteldebole, rimette le cose in ordine, chiude il baule con un lucchetto e corre a riferire al padrone.

Il talpone ha tirato in ballo la bella Elena. Un brivido corre verso la colite del questurino. Un grumo di pensieri gli si attorciglia nel cervello.

Non la vedrà piú?

L'andrà a trovare e le racconterà di suo padre veterinario spia.

Avrà bisogno di consolazione.

Meglio non turbare il suo sorriso.

Il Bastiani cavalier Roberto passa gran parte del tempo a proteggere la sua acqua della longevità, in quel di Pallagorio, Cirò.

Elena si sente sola.

Lo ha invitato in camera sua.

Normale farci un pensierino.

– Secondo gli studiosi, la scoperta del colpevole ristabilisce l'ordine turbato dal delitto.

Rosas parla a chi non lo ascolta.

– Tu ci credi? Oh, Questura, sveglia!

– Che c'è?

– Ci credi?

– No.

– Perché?

Adesso cosa inventi, Sarti?

– Che ordine può essere ristabilito per Settepaltò? Se le è prese e se le tiene. E i due ragazzi dei Garganelli? Scommetto che si volevano bene. E Cinno e Poldo, due che volevano solo giocare a calcio...

– Non è proprio cosí...

– È cosí, cazzo! E Spazzola e i ragazzi di Casteldebole? Tutti delitti che resteranno impuniti. È un rosario senza fine, Rosas. Ogni volta che sei arrivato al «Per Cristo nostro Signore», sai che dovrai ricominciare da capo e quindi inutile aggiungere il sacrosanto «Amen». Non c'è Amen, non c'è alcun equilibrio da ristabilire e non può esserci soddisfazione in un caso risolto se ne lascia altri mille in sospeso.

Il talpone raccoglie con il cucchiaino il poco di zucchero sul fondo della tazzina e conviene: – Anche questo è vero, Questura.

Anche Sarti Antonio ha una sua sentenza: – Tu non imparerai mai –. Rosas non capisce e lo guarda. – Non imparerai mai a bere un caffè decente, – e mostra il fondo della propria tazzina: neppure un cristallo di zucchero. – Il caffè va bevuto caldo ma non troppo, zuccherato ma non troppo. Se resta zucchero sul fondo, vuol dire che ne hai messo troppo e non ti sei bevuto un caffè decente, – e con la storia del caffè si direbbe che le cose serie siano passate in secondo piano.

Mi sbaglio.

Il questurino porta sul lavello macchinetta e tazzine. Dice, dalla cucina e mentre risciacqua:

– Non possiamo lasciargliela passare. Avete un bel da sostenere che non ci sono gli estremi per mettere nei guai l'Armadio. Non può andare in giro a prendere a cazzotti il prossimo... Settepaltò, poi. Come si fa a picchiare uno come Settepaltò? Una lezione se la merita, quell'armadio di merda. Avrei pure un piano. Ci stai? – Ha finito e torna in salotto. – Ci stai o no?

Ha parlato al vento: Rosas si è addormentato, il capo all'indietro, appoggiato alla spalliera del divano, la bocca socchiusa e gli occhiali di traverso sul naso.

– Ecco là il genio, l'intellettuale, il grillo parlante, quello della verità amletica. Che me ne faccio di uno cosí?

Prima di andare a dormire, lo copre con un panno.

La 28 non aspetta sullo Stradello Guelfo l'uscita del motofurgone «Guzzi E.R. del 1938 con motore a due valvole in testa derivato dal tipo V, cambio a tre marce più retromarcia, tre freni a tamburo meccanici, portata 10 quintali» come da descrizione di Felice Cantoni, agente.

Imbocca direttamente la sterrata che porta sul greto del Savena e si ferma davanti al magazzino della ditta Traslochi e Sgombri di Giornata.

Quintale esce pulendosi il viso con uno straccio unto e bisunto che può solo sporcare dove passa.

– Ancora il rompicoglioni, – borbotta. E si avvicina alla 28. Si china per guardare in faccia il questurino, seduto dentro l'auto. – Cosa vuoi stavolta?

Il questurino gli fa segno di spostarsi, che deve scendere.

– Prego, si accomodi in casa mia, – e gli apre pure lo sportello. Ripete: – Cosa vuoi? Ho da fare...

– Te la senti di dare una lezione a quel coglione che ha ridotto male Settepaltò?

– Se sapessi chi è, lo farei volentieri.

– Lo so io.

– Arrestalo. Che bisogno hai del sottoscritto?

– Pare che non ci siano gli estremi e così la farà franca.

– Questo mi dispiacerebbe, sul serio.

– Anche a me. Una cosa pulita, tipo buttargli giù qualche dente, tanto per fargli un po' di paura.

Quintale finisce di pulirsi il viso con lo straccio e sta per mettere le mani sullo specchietto della 28 per piegarlo a sua altezza e controllare il risultato.

– Se lo tocchi con quelle manacce luride, ti spezzo le dita! – dice, cattivo, Felice Cantoni, agente.

Quintale lascia perdere. – Con chi ce l'ha il tuo collega? – chiede a Sarti Antonio.

– Ho capito bene: te la senti, – e risale sulla 28. – Ti
telefonerò quando sarà il momento –. Lo guarda da capo
a piedi. – Dovrai darti una pulita, che c'è un'etica anche
nella vendetta.

La 28 lascia la sede della ditta Traslochi e Sgombri di
Giornata.

– Tu sei fuori di testa, – fa Felice Cantoni, agente. – Fidarsi di uno cosí...

– Tu ci staresti a darmi una mano?

Sono a porta San Mamolo quando il collega risponde:
ci ha pensato per un paio di chilometri, prima di decidere
con un «Che discorsi: io ho famiglia».

– Appunto. Quintale no. Io neppure.

– Quando lo saprà Raimondi Cesare ci andrà a nozze.

– Glielo dirai tu?

– Cosa ti viene in mente?

– Ne siamo al corrente io, te e Quintale. Fa' i tuoi conti.

– C'è anche Rosas, non scordarlo.

– Il talpone non ne sa niente. Ci mancherebbe!

Lo Zoppo, Poli Ugo, è indisponente un giorno sí e
l'altro pure. Non dà confidenza a nessuno. Solo con
Raimondi Cesare, ispettore capo, azzarda una smorfia
che potrebbe passare per un tentativo di sorriso. Accade quando ha bisogno di una licenza straordinaria per i
suoi affari. Che sono: mettere il naso nelle pratiche ar-
chiviate insolute.

Non ci crede che non si possano risolvere. Forse ha ragione: c'è sempre qualcosa che sfugge e che potrebbe...

Ma per lui è facile. Gli passa davanti agli occhi tutto
quello che succede in città e può collegare fatti e accadi-
menti ignoti agli altri poliziotti.

Un vantaggio non da poco.

Come la storia di un tal Gladrò Guido nato a Cirò, segnalato dalla questura calabra come personaggio da tenere d'occhio e, a quanto noto, emigrato a Bologna, villa Rosantico a fare da maggiordomo a un altro soggetto, Bastiani cavalier Roberto, pure lui di Cirò e pure lui indicato come personaggio da tenere d'occhio.

Nessuno, a quanto sa lo Zoppo, li ha tenuti d'occhio.

Poi arriva Sarti Antonio, sergente, e chiede notizie di un tal Quintale, che ha venduto un paio di mitra rinvenuti, secondo la sua dichiarazione, nella soffitta di villa Rosantico, residenza a Bologna del suddetto Bastiani cavalier Roberto.

Per questo ha borbottato: – Vuoi vedere che stavolta ce la fa?

Infatti, eccolo di nuovo a bussar notizie.

– Gladrò Guido, – dice.

Lo Zoppo lo guarda e aspetta.

– Gladrò Guido, dipendente di Bastiani cavalier Roberto a villa Rosantico.

– Allora?

– C'è altro che dovrei sapere?

– Sí, sono stati segnalati dalla questura di Catanzaro come persone sospette e da controllare. Lo stai facendo, mi pare. Complimenti. Chi te l'ha ordinato?

– Nessuno. Affari personali. 'Ndrangheta?

– Cos'altro, se no?

– Pericolosi?

– Di solito le questure segnalano i soggetti pericolosi.

– Valenti Elena?

– Sposata in Bastiani, – risponde lo Zoppo.

– Lo so. Vorrei sapere se anche lei ha dei sospesi con la legge.

– Fammi pensare, – e si porta la destra sulla fronte, chiude gli occhi e ci ragiona.

Lo sta prendendo per il culo, ma che ci può fare?

Aspettare.

– No, direi di no. A carico di Valenti Elena a me non risulta nulla. E a te?

Sarti Antonio, sergente, vorrebbe sciacquarsi la bocca, ma può aver bisogno ancora dello Zoppo.

Ringrazia e se ne va.

Lo sapeva con chi aveva a che fare.

– Ah, Sarti –. Il questurino si ferma. – La cosa interessa anche il tuo amico Rosas. Stagli addosso, che quello è un talpone inaffidabile. Lavora sottacqua.

– Lo so, cazzo, lo so!

36.
Un sorriso incompiuto

– Vorrei parlare con la signora Elena.
– Chi devo dire, signor Sarti?
– Fai lo spiritoso anche al telefono, signor... A proposito: come fai di cognome?
– Non è importante, Sarti: io sono di passaggio a villa Rosantico. Resta in linea.
Passano trenta, quaranta secondi e poi la voce morbida della signora Rosantico. – Finalmente. Aspettavo una tua chiamata giorni fa, dopo l'incontro con Roberto...
– A proposito, è in villa?
– Vieni a trovarmi e te lo dico.
– E l'Armadio? Non è il cane da guardia di tuo marito? – Gli risponde una risata discreta. – Che c'è da ridere?
– L'armadio. Guido è un armadio discreto. Si apre solo se lo voglio io. Puoi venire tranquillo.
– Lo farò se manderai a spasso l'Armadio. Non mi fido.
– Io sí. Per tua tranquillità, alle undici di sera si ritira nella dépendance e ne esce alle sette del mattino dopo –. Elena fa una pausa. – A meno che... – e tace.
– A meno che?
– A meno che non scatti l'allarme, – e il piano del questurino va a puttane: c'è un allarme.
Tutto da ripensare.
– Preferirei che ci vedessimo in città.
– Per portarmi in un alberghetto?

Che rispondi, Sarti?

Risponde: – Salgo da te.

Alle nove di sera il taxi si ferma davanti al cancello di villa Rosantico. Gli costa un mezzo stipendio. Tariffa notturna. Non lo rimpiangerà.

È una serata tiepida di giugno. Il cielo, uno sfavillio di stelle che la tenue illuminazione dei ricchi parchi attorno non offusca.

Ha bisogno di schiarirsi le idee.

Per esempio: che dirà all'Armadio ad attenderlo, gigantesco e immobile, sotto il porticato, dinanzi all'ingresso?

«Sono qui per scoparmi la tua signora e padrona».

Fra gente *in su*, non usa cosí.

Per esempio: potrà chiedere alla gentile Elena come interrompere l'impianto d'allarme?

«Sai, mi servirebbe per dare una lezione all'Armadio».

Una passeggiata lungo la recinzione del parco è quello che ci vuole prima di…

Vedrà.

Il tramonto si è lasciato dietro una scia di luce morbida e calda.

Si gode il paesaggio.

Si gode le telecamere piazzate lungo la recinzione della villa.

– La signora ti sta aspettando, Sarti, – e il sorriso ironico dell'Armadio fa incazzare il questurino. – Attento a come la tratterai: il cavaliere non scherza.

– Che vuol dire?

– Quello che ho detto.

Comincia a pensare che forse rimpiangerà la spesa del taxi.

– Che sorpresa, Sarti. Ti aspettavo…

Un'eroina da romanzo rosa. Ha accolto l'eroe della storia, abbracciandolo, baciandolo, stordendolo con il profumo di femmina di lusso, prima di rifugiarsi assieme a lui nella sua stanza del peccato.

Una donna che non sa quel che dice: se lo aspettavi, che sorpresa potrà mai essere?

Sarti Antonio, una volta tanto senza il «sergente», non è qui per fare un'analisi ragionata delle frasi.

Siedono sulla terrazza belvedere. Sotto di loro, la città *busona* di Francesco, illuminata e addormentata.

Negli occhi di Elena, il questurino non scorge piú il velo di tristezza.

Lo vedeva solo lui.

I due si baceranno, com'è consuetudine, e poi...

Entra in scena...

Meglio: esce sul terrazzo l'Armadio:

– Signora, il cavalier Bastiani.

Depone fra le mani della padrona il telefono e si ritira educatamente.

Tutto in vacca.

Elena parla sottovoce con il marito.

Gli manda un bacio e lo rassicura: – Glielo dirò, caro. Certo. Ti aspetto.

– Be', io andrei, – riesce a sussurrare il questurino.

– Roberto mi ha chiesto di invitarti al rinfresco per la presentazione di una bevanda alcolica nuova e rivoluzionaria... – Viviamo tempi straordinari. Anche le bevande sono rivoluzionarie: – ... di nostra produzione, ricavata dal prezioso vino di Cirò miscelato con l'acqua della giovinezza. Insomma, un po' come un elisir di lunga vita. Gli enologi ci hanno lavorato per due anni e il risultato sembra straordinario. La tua presenza farebbe piacere a Roberto. Naturalmente anche a me –. Una veloce occhiata

attorno. – Roberto sarà molto impegnato con gli invitati
e noi avremo tempo per concludere... – Si prende il tempo per un altro sorriso incompiuto: – Insomma, ti aspetto.

Sarti Antonio indica il telefono, ancora sul grembo della signora.

– Mi chiami un taxi, per favore?

L'Armadio si rifà vivo, misteriosamente: – Se ritiene,
signora, posso accompagnare io il signor Sarti in città. È
venuto in taxi e a quest'ora dovrà aspettare parecchio prima di trovarne uno libero che venga fin quassú, pertanto...

Pertanto la bella Elena accompagna il questurino alla
porta, e gli regala un altro sorriso incompiuto. In attesa
che l'Armadio arrivi con l'auto.

Le idee migliori arrivano quando meno te le aspetti.

Sarti Antonio, sergente, non le aspetta mai.

Ogni tanto arrivano ugualmente.

– A che ora finirà il rinfresco?

– Un'ora al massimo. Poi Roberto ripartirà per Cirò, –
e qui ci sta un altro sorriso. Compiuto, questo. – Guido
lo accompagnerà.

Spuntano le corna del nominato diavolo. Sotto forma
dell'auto, silenziosa come sono le auto che si fanno dare del
lei. Si arresta ai piedi dei gradini.

Una stretta di mano, due accenni di sorriso e un ciao.

– Ah, ci sarà un poeta che leggerà un suo componimen-
to sull'elisir di giovinezza.

Nella mezz'oretta per il rientro in città, non una parola sull'auto da ricco, guidata da uno grande e grosso e con
una ricca chioma scura nonostante sia calvo.

– Vorrei sapere cosa t'è venuto in mente: turno di notte per sei giorni. Ci sono dei giovanotti che non vedono
l'ora... – e per una volta nella sua vita di pilota della 28,

mette dentro la prima, gratta e le gomme stridono sull'asfalto. Bestemmia sottovoce e so che, dentro di sé, chiede scusa all'auto.

– Dobbiamo controllare villa Rosantico.

– Non era una storia già finita?

– Finita, ma non conclusa.

– Non capisco la differenza, – borbotta Felice Cantoni, agente.

– Lo so io, non preoccuparti e pensa a guidare, – e la 28 sale i tornanti della collina per ricchi.

I fanali illuminano recinzioni protette da telecamere e precluse, da pannelli di materiali antiruggine, agli sguardi della plebe.

Un tempo bastava la cortina di un sempreverde.

– Al prossimo tornante c'è il cancello di villa Rosantico, – avverte Felice.

– Lo so. Passalo e fermati fuori dalla portata delle telecamere.

– Come faccio a sapere dove sono piazzate?

– Te lo dico io, – e gli fa segno di accostare sul bordo sinistro della strada.

– Sono contromano, Anto'.

– Anch'io. Spegni i fari –. Felice esegue. – Anche le luci di posizione.

– Non posso, Anto'. Finisce che mi investono.

Per farla corta, Felice Cantoni, agente, spegne anche le luci di posizione; Sarti Antonio, sergente, apre il cruscotto e prende un binocolo, scende, si arrampica sul bordo rialzato che costeggia la strada e dà un'occhiata al parco di villa Rosantico. Discretamente illuminato. Sembra soddisfatto:

– Che ore sono?

Felice Cantoni, agente, non è sceso. Un'occhiata al cruscotto: – Dieci alle undici.

Alle undici spaccate, l'Armadio esce dalla villa e, con passo tranquillo, prende il viottolo inghiaiato che lo porta alla dépendance.

Si chiude dentro.

Ci resterà fino alle sette del mattino.

Sarti Antonio, sergente, non resta a verificare se, per quanto riguarda il mattino, Elena gli ha detto la verità.

Si fida.

– Possiamo andare, – dice il questurino rimettendo il culo sul sedile e il binocolo nel cruscotto.

– Tutto qua?

– No, c'è dell'altro. Domani idem.

Idem per altre quattro notti.

37

Dove non arriva la Giustizia, arriva il motocarro Guzzi E.R. 1938

– Passa a prendermi stasera alle dieci. Andiamo con la tua Guzzi. Ti aspetto sotto casa. Abito...

– Lo so, non disturbarti. Sotto casa tua alle dieci, stasera.

Quintale ha il «senso del vigile». Nel senso che «sente» la presenza dei vigili a un chilometro. E li evita. Lui e il suo motocarro non hanno rispetto per niente. Non esistono isole pedonali, non esistono centri storici né divieti di transito.

Mancano pochi minuti alle dieci e il rombo della vecchia Guzzi s'infila lungo i vicoli del getto, disturba i piccioni sonnecchianti sui cornicioni, risveglia le numerose antiche immagini sacre, sonnecchianti da secoli e applicate su facciate di palazzi in vie che di sacro hanno tutto: via dell'Inferno, vicolo San Giobbe, via Canonica, via De' Giudei, piazzetta San Simone...

La prima cosa che viene in mente passeggiando per il ghetto è: che ci fanno tante madonne, croci, madonne con bambino, bambino con madonne, insomma tante immagini sacre, nel ghetto ebraico?

Vengono dal passato, uno si risponde.

– Salta su! – grida Quintale.

Il motocarro Guzzi E.R. del 1938 era stato costruito per portare un solo passeggero, il pilota. Cioè, aveva una

sola sella dietro la quale si attaccava il carro. Fra sella e
carro, circa venti, trenta centimetri.

Quintale ha allungato gli attacchi ottenendo uno spazio
utile di mezzo metro dove ha sistemato il sedile per un secondo passeggero.

– Salta su!

Non è operazione semplice passare la gamba sinistra fra
carro e Quintale.

Ce la fa e la Guzzi riprende a rombare, lascia i ciottoli dei vicoli per la «veneziana» del portico fra il ghetto e
piazza San Martino e fa slalom attorno ai dehors fino a
prendere via Marsala.

Da via Marsala ai viali di circonvallazione.

– Non ho capito perché non siamo andati con la tua auto, – grida Quintale.

– Non ce l'ho! – grida anche il questurino.

Va su liscia lungo i tornanti fino a quando Sarti Antonio, in versione vendicatore, batte sulla spalla di Quintale
e gli grida all'orecchio:

– Ferma qui!

Sono accanto alla recinzione di villa Rosantico, a pochi passi dal cancello ma fuori dall'ottica della prima te-
lecamera.

– Ce la fai a scavalcarla? – chiede il questurino.

– Pensa a farlo tu che al sottoscritto penso io.

Ha ragione Quintale: Sarti Antonio ci prova.

La rete taglia le mani.

Ci riprova.

Sarà salito di mezzo metro che le manone di Quintale
gli si piazzano sulle chiappe e lo spingono su di peso.

Così è più semplice.

Si lascia cadere dall'altra parte.

– Tu ce la fai?

Quintale non c'è piú.

– Dove sei? – grida sottovoce.

– Sto arrivando, – annuncia Quintale di ritorno dal motofurgone. E mostra un tronchese a manico lungo con leva.

Quattro colpi ai ferri della recinzione e dal varco può passare anche il gigante che è Quintale.

– Cazzo! Non potevi farlo prima?

– Sembrava che ci tenessi tanto a scavalcare la recinzione che ti ho lasciato fare.

– Fanculo, – borbotta Sarti Antonio avviandosi per il parco verso la villa.

C'è una quantità di gente all'interno di Rosantico.

La conferenza stampa, con rinfresco, per annunciare la creazione di una nuova bevanda a base di un vino discendente dalla preziosa vite greca che poi generava il Cremissa, opportunamente miscelato con l'acqua della giovinezza, avrà il successo di vendite che merita.

Soprattutto niente allarme, per l'occasione.

Niente cani, per l'occasione.

– Che ore sono, Quintale?

– Non porto orologio. A occhio e croce direi che manca poco alle undici. E sai perché non porto orologio?

– In questo momento non mi interessa. Magari in un'altra occasione...

– Giusto: in servizio ci vuole serietà e precisione.

– Non sono in servizio. La mia è una spedizione per ristabilire un ordine turbato.

– Mi piace, Questura. Ristabilire l'ordine turbato mi piace. Lo userò anch'io.

Arrivano alle finestre del salone che la comunicazione dell'evento è già stata data e distribuito il materiale illustrativo.

Dentro stanno brindando.

Sul lungo tavolo del rinfresco c'è ancora qualche resi-
duo: sfiziose specialità, apparenza, piú che altro. Quanto
a sapore...

Di svariati colori, dimensioni e fattezze.

Ci sono anche piatti e bicchieri sporchi. E bottiglie vuote che non contenevano la preziosa bevanda, ma del mo-
desto spumante. Se pure di marca qualificata. Il Bastiani
cav. Roberto non si fa rider dietro.

Già qualche invitato sta uscendo e si avvia all'auto.

Sotto il porticato dell'ingresso la padrona di casa saluta
gli ospiti con la grazia e lo stile consueti.

L'ultima carrozza senza cavalli lascia il parco.

Dietro di lei si chiude il cancello.

Si spengono le luci.

– Fra poco, – sussurra Sarti Antonio al complice.

Gli consegna un fagotto.

– Cos'è?

Il questurino ne mostra un altro. Lo apre e se l'infila
sul capo.

Mancava solo il cappuccio del Kkk.

– Mettilo. Non deve riconoscerci. Fra poco uscirà per
andare alla dépendance. Tu da una parte del sentiero e io
dall'altra, dietro la siepe. D'accordo?

Quintale non ha ancora indossato il cappuccio e se lo
rigira fra le mani.

– D'accordo?

L'altro mugugna qualcosa che potrebbe essere un assenso.

– Sta arrivando. Vai.

Quintale è già andato.

Sarti Antonio aspetta che l'Armadio gli passi davanti e
gli piomba alle spalle.

Lo colpisce al fianco con una botta da togliere il respiro.

L'Armadio crolla di schiena sul sentiero.

L'uomo incappucciato gli è sopra e si trova la canna di una pistola davanti alla bocca.

– Cazzo! – mormora. E allenta la presa.

– Proprio cosí: cazzo, – dice l'Armadio. – Adesso ti alzi e vediamo chi ti manda.

Si alzano entrambi.

Dov'è finito Quintale?

– Togli il cappuccio! – ordina l'Armadio.

Sarti Antonio non si muove. Aspetta che arrivino i nostri. Mai fidarsi di un professore che ha lasciato l'insegnamento.

– Lo fai tu o lo faccio io? – insiste l'Armadio.

Sarti Antonio continua a sperare.

Chi vive sperando...

– Solo che, se lo faccio io, vuol dire che ti ho già sparato –. Armadio aspetta qualche secondo. – Capito: lo faccio io, – e la canna della pistola prende la direzione della fronte di Sarti Antonio.

L'Armadio tira il grilletto.

Parte il colpo.

Un grido da animale ferito, l'Armadio crolla sul sentiero a faccia in giú.

La pallottola uscita dalla canna puntata è passata a pochi millimetri dall'orecchio del questurino ed è andata a conficcarsi nel tronco di una quercia secolare.

Il posto dell'Armadio è occupato da un altro armadio. Che impugna a due mani una mazza da baseball.

– Dov'eri sparito?

Quintale solleva la mazza: – Avevo dimenticato questa, per tua fortuna.

Il questurino si toglie il cappuccio e lo sventola davanti alla faccia del compagno di delinquenze. – Ti sei tolto il cappuccio!

– L'ho dimenticato sul furgone quando sono andato a prendere questa, – e agita la mazza. Che poi indica il corpo sul sentiero: – Non ha tempo per riconoscermi. È quello che ha massacrato il povero Settepaltò?

Sarti annuisce.

– Figlio di puttana, – e lascia partire un calcio che arriva sul fianco destro dell'Armadio e gli strappa un grugnito inconscio. – E tu? Non senti la voglia di menarlo?

Sí, la sente, e come! Non lo fa.

Scuote tristemente il capo e dà un'ultima occhiata a Guido il maggiordomo. Che ora, stravaccato a terra, fa piú armadio sfasciato che paura.

– È morto?

– No, sono sicuro di no. Sono andato delicato. Appena il necessario.

– Sei sicuro? – e per sua tranquillità, si china e sente che respira. – Adesso possiamo andare.

Fa appena due passi.

– Sicuro che basta cosí? – chiede Quintale prima di lasciare l'Armadio.

Sarti Antonio, sergente, annuisce.

Si allontanano l'uno accanto all'altro, nella notte rischiarata da una luna che proietta sull'erba le loro sagome. Enorme quella di Quintale, piú modesta quella del questurino.

Il motore della Guzzi E.R. 1938 torna a rombare nel silenzio dei colli.

– Salta su.

– Guarda che volevo solo fargli paura, – sembra giustificarsi il mio questurino.

– Gliel'abbiamo fatta, – e Quintale guarda in viso Sarti Antonio. – Lui no, – dice. – Lui non voleva farti paura e ti ha sparato sul serio. Salta su o me ne vado da solo.

Se ne vanno in due, come sono arrivati.

Nelle curve dei tornanti, il faro della moto va a frugare dentro la siepe del bordo strada.

In un breve rettilineo, Quintale si gira verso Sarti Antonio e grida, per farsi intendere: – Se hai qualche scrupolo, pensa che lui non ne ha avuti quando ha massacrato Settepaltò –. Torna a guardare la strada e conclude: – Sei uno strano questurino.

Non so se «lo strano questurino» lo abbia inteso.

Ha altro per la testa.

Pensa a quello che ha perso e glien'è rimasto il ricordo e il rimpianto di un sorriso incompiuto, il sorriso della bell'Elena, Elena la dolce.

38.
Tre indagini non autorizzate per lo Zoppo

– Antonio, son tre giorni che ti cerca.
– Lascia che mi cerchi.
– Ha promesso che se non lo vai a trovare entro sera, chiederà un'azione disciplinare nei tuoi confronti.
– Capirai che paura.
– Ti ho avvertito. Fa' un po' come ti pare, – e Felice Cantoni, agente, attualmente seduto al volante, torna al quotidiano sportivo in attesa di mettere in funzione gli HP dell'auto 28.

Sarti Antonio, sergente, fa come gli pare: va a trovare Poli Ugo, vice ispettore aggiunto. E ci va prima di sera.

Mette su la faccia piú scura che riesce a costruirsi ed entra in archivio senza bussare. Lo Zoppo gli dà appena un'occhiata e grida un «Avanti!» che lo sentono fino alle due torri.

L'ironia che non fa alcun effetto su Sarti Antonio, sergente. Tanto che neppure entra. Resta sulla soglia e anche lui grida:

– Si può sapere che cazzo di accidenti vuoi dal sottoscritto?

Lo Zoppo si appoggia al bordo della scrivania, per aiutare la gamba scassata a reggerlo, e si alza. Impugna il pesante bastone e raggiunge il collega, a brutto grugno.

– Che cosa voglio? Che tu faccia il lavoro per il quale sei pagato, – e, infilato il manico ricurvo del bastone fra la giacca e la camicia del visitatore, se lo trascina dietro

fino alla scrivania. Zoppicando vistosamente perché non
ha il sostegno della terza gamba.

A destinazione recupera il bastone, lo impugna per la
punta e sbatte forte il manico ricurvo sulle pratiche appoggiate sul piano.

– Le vedi? Di', su: le vedi? Sono quattro –. Torna alla
sedia, appende il bastone al bordo e siede di nuovo.

Spinge le quattro cartelle verso il collega ammutolito.
Le spinge talmente che se Sarti Antonio non le bloccasse
sul bordo finirebbero sul pavimento.

– Leggi, – dice, sottovoce, ma come un ordine. – E
quando un superiore in grado ti chiede gentilmente e poi
ti ordina di presentarti da lui, per dio, ti devi presentare.

È la prima volta che lo Zoppo gli parla di gerarchie. E
si conoscono da anni.

– Avevo da fare, – dice come se non avesse sentito la rabbia che c'è nella voce di Poli Ugo, vice ispettore aggiunto.

– Anch'io, – e indica, perentorio, le cartelle.

Sulla copertina della prima, piú spessa delle altre, c'è
scritto: «Aggressione in via Paglietta ai danni di Settepaltò». Sulla seconda: «Caso dei Garganelli – due giovani uccisi a colpi di pistola». Sulla terza: «Caso di via dei Mille:
due giovani uccisi a colpi di pistola – eccesso di difesa».
Sulla quarta: «Auto fatta esplodere a porta Saragozza –
probabile attentato mafioso».

Sarti Antonio, sergente, ha letto e adesso guarda lo
Zoppo. Aspetta spiegazioni.

– Noti niente di particolare? – chiede quello.

– Sono tutti casi ai quali ho collaborato. Per la verità
ho solo il torto di essere stato il primo ad arrivare sulle
scene del delitto. ...

– Sulle scene del delitto, – borbotta lo Zoppo. – Guardi troppi telefilm.

– Allora? – chiede impaziente il mio questurino.

– Secondo te, che ne dovrei fare?

– Il tuo mestiere: archiviarle, – e sperando di essersela cavata cosí, tenta di togliere il disturbo.

– Non ho finito. E archivierò al momento opportuno –. Avvicina a sé una dopo l'altra le quattro cartelle. – Ma andiamo per ordine –. Posa l'indice sulla prima cartella e l'apre. – Questa potrei anche archiviarla dal momento che non esistono denunce e Settepaltò è fuori pericolo. Senonché... – e solleva un foglio. Che scorre: – È il verbale del ricovero al pronto soccorso dell'istituto ortopedico Rizzoli di un certo Gladrò Guido. Ti dice niente?

Il mio questurino ha capito che la cosa andrà per le lunghe. Va a prendere una sedia, la trascina alla scrivania e siede. – Mi dice, mi dice e lo sai: l'Armadio di villa Rosantico. Cosa gli è capitato?

L'altro legge: – «Si sono riscontrate numerose escoriazioni sul viso, frattura all'avambraccio destro, vasta contusione al fianco destro e vasto ematoma alla schiena fra la terza e quarta vertebra lombare...» bla, bla, bla... «Dichiara di essere caduto accidentalmente nel giardino di villa Rosantico nella notte mentre rientrava nella dépendance dove ha il proprio appartamento...» Sospende e guarda Sarti Antonio.

– Mi dispiace per lui. Posso fare qualcosa?

– Direi proprio di sí. Per esempio spiegarmi come mai l'Armadio è caduto a faccia avanti eppure ha... numerose escoriazioni sul viso... una vasta contusione sul fianco destro e un altrettanto vasto ematoma alla schiena.

– Se lo ritieni importante per l'archiviazione del caso, lo vai a trovare al pronto soccorso e glielo chiedi.

– Lo chiedo a te.

Sarti Antonio, sergente, guarda l'interlocutore, in silenzio per un po'. – Non posso darti soddisfazione.

– Esatto: non puoi! – e ripete, calcando molto sul verbo, – non *puoi* darmi soddisfazione. Io, però, ho una mezza idea.

– E che ci fai se non hai l'altra metà.

– Sto cercando di trovarla. Per esempio, durante il mio sopralluogo…

Sarti Antonio si protende verso l'archivista zoppo: – Dimmi una cosa, Poli: chi te lo fa fare?

Anche lo Zoppo si spinge verso il collega e i due si trovano naso a naso: – Nessuno. O meglio: la soddisfazione di dimostrare a te e ai tuoi colleghi che nel nostro mestiere non servono due gambe buone. Serve un buon cervello. E pazienza. Molta.

– Finito?

Lo Zoppo nega con il capo e riprende la posizione rilassata sulla sedia. – Ho eseguito un sopralluogo e ho trovato un'apertura, praticata di recente con cesoia, nella recinzione metallica del parco di villa Rosantico. Una cesoia l'ho trovata sul motocarro di Quintale del quale tu, non molto tempo fa, mi hai chiesto notizie –. Fa una pausa. – Ah, dimenticavo: sul pianale del motocarro ho trovato anche una mazza da baseball e… – e apre un cassetto, tira fuori uno straccio nero. Lo distende per bene sul piano della scrivania e diventa un cappuccio con i fori per gli occhi. – Avrebbero dovuto essere due. Sai niente del secondo?

– Mi hai rotto i coglioni, Poli. Ti saluto –. Si alza e si avvia.

Lo Zoppo, Poli Ugo, vice ispettore aggiunto, lo lascia andare, ma prima che esca impugna un timbro. – Vogliono che io archivi e io archivio, – e giú una gran botta sulla copertina della prima cartella, quella intestata «Aggressione in via Paglietta ai danni di Settepaltò». Sarti Antonio, sergente, si gira e guarda l'archivista. Che ne approfitta per chiedere:

– Ti va bene cosí, Sarti?

Il nominato non risponde e lascia l'ufficio.

Seduto alla scrivania, Poli Ugo mi sembra piú rilassato. Tanto che perde un po' di tempo a sfogliare tranquillo le altre tre pratiche, a prendere appunti e a commentare sottovoce a ogni cambio di cartella:

– Due ragazzini ammazzati sotto il portico dei Garganelli... Si drogavano... Due soli colpi di pistola, precisi. Professionista. Cosa c'è qui? Sí, Cinno e Poldo: nessun precedente. Qualcuno gli mette fra le mani una pistola... da professionista e Gianluca Stefanetti, regista teatrale, li fa secchi. Gli bastano due colpi –. Si ferma a riflettere. – Eppure il signor regista, lo sanno tutti, è uno che apre la porta solo agli amici... Di solito quelli che hanno le sue stesse tendenze sessuali. Eppure, apre a due sconosciuti –. Mette da parte la cartella e si dedica all'ultima. – Frangiane Duilio, dagli amici chiamato Spazzola: tipo tranquillo e anche lui incensurato. Un candelotto sotto l'auto, si salva... Tre giorni dopo lo trovano morto fra i ruderi di una casa colonica, sui colli. Nudo e con la testa fracassata da un colpo di pistola. Anche per lui un'arma da professionista...

Adesso capisco anch'io: a molte domande avrebbe dovuto rispondere Sarti Antonio, sergente, prima di firmare i verbali di primo intervento. Eppure non è uno che se ne sbatte del proprio lavoro. Sempre rigoroso, anche troppo; sempre insoddisfatto quando non riesce ad andare avanti; sempre incarognito contro la malvagità nascosta sotto i portici e fra le macerie di quella che era un'isola felice ed è diventata... come le altre città. Tanto incarognito da procurarsi una colite spastica di origine nervosa. Lo tormenta nei momenti meno opportuni.

A sua discolpa potrei segnalare a Poli Ugo che, nei tre casi esaminati, il lavoro di Sarti Antonio, sergente, si è limitato a una prima veloce ricognizione in attesa della scientifica per gli approfondimenti.

Non lo faccio perché allo Zoppo non interessa: ha le sue idee e se le tiene, gelosamente custodite come se fossero quelle che gli fanno sopportare la vita di merda che lo costringono a fare.

Si alza, zoppicando va a prendere la borsa da ufficio di pelle scura che sempre lo accompagna, la depone sulla scrivania, ci mette dentro le tre pratiche appena esaminate, chiude a chiave i cassetti, indossa il soprabito, impugna il bastone, prende la borsa e va alla porta.

Un'occhiata di controllo.

Sí, tutto in ordine.

Il lungo corridoio del semisotterraneo dove lo hanno confinato a causa della menomazione, peraltro dovuta a cause di servizio, è in penombra. Sempre. Forse per adeguarlo al clima dell'archivio. I passi irregolari della camminata a tre gambe, risuonano sul marmo del pavimento. Soprattutto il colpo di bastone menato con forza. Che si senta: sta passando Poli Ugo, vice ispettore aggiunto.

Mi sa che per un po' dovrò abbandonare Sarti Antonio, sergente, per star dietro a questo individuo poco raccomandabile.

So che lui ce la farà. Arriverà alla soluzione dei tre casi passati per qualche ora fra le mani di Sarti Antonio, sergente. So anche dove sta andando: *Hotel de Paris*, squallido alberghetto in via Vinazzetti, zona universitaria. È lí che si trova a proprio agio. Piú che a casa sua dove c'è una moglie che passa le giornate davanti al televisore e un figlio che si occupa piú di Casa Pound che di dare esami all'università. È lí che il portiere di notte gli fa trovare una *coperta*, di solito bionda e giovane il giusto, quando si accorge che il dottore ne ha bisogno. È lí che si rifugia quando porta avanti le sue indagini non autorizzate.

Infatti, arrivato alla bicicletta assicurata al paletto di ferro da una grossa catena con lucchetto, blocca la borsa sul portapacchi anteriore, avvolge la catena sotto il sellino e fissa il bastone al tubo orizzontale della bici...

Una elegante Bianchi di parecchi anni fa. Solida e nuova. Come appena uscita dalla fabbrica. Ci tiene molto.

Si appoggia al manubrio con entrambe le mani, passa la gamba destra, quella scassata, dall'altra parte della bici e siede. Una spinta con la sinistra a terra e via.

E quando avrà la soluzione alla quale non sono arrivati i colleghi a due gambe, stampiglierà una *erre* rossa sulla copertina delle pratiche e archivierà.

– Vogliono che archivi? E io archivio.

È il suo modo per prendersi una rivincita.

Anche se io non lo capisco.

Non è importante.

Indice

Questo libro è stampato su carta certificata FSC®
e con fibre provenienti da altre fonti controllate.

Stampato per conto della Casa editrice Einaudi
presso ELCOGRAF S.p.A. - Stabilimento di Cles (Tn)

C.L. 24200

Edizione

3   4   5   6   7   8   9

Anno

2019   2020   2021   2022